CHILDREN
OF THE
RUNE
BLOODED

3

전민희 장편 판타지

3

룬의 아이들
블러디드

CHILDREN
OF THE
RUNE
BLOODED

엘릭시르

5

장

PERFORM

6

장

PENETRATE

언젠가 누구든 마침내
내 가슴을 찌를 때,
나는 오늘의 너를 기억하리라.
나의 어린 적이여,
새로 태어난 나의 첫번째 적이여.

그리고 그날, 만일 내 안에 심장이 들어 있다면
그중 검은 불을 품은
가장 단단한 조각은
너의 것이리라.

네게 가장 좋은 것을 예비하였음을 의심치 말라.

5
장

PERFORM

카스티유 경의 고난

로랑 카스티유는 양쪽 발에 들러붙은 정체불명의 오렌지색 반죽을 내려다보며 이런 곳에 오기로 했던 것이 과연 잘한 일이었던가 생각했다. 반죽에서는 변질된 위스키에 상한 달걀을 띄운 것 같은 냄새가 풍겼다.

선택의 여지가 있었는가 하면, 있었다. 꽤 과거로 거슬러 올라가야 하겠지만. 사 년 전 그날의 결심이 아니었더라면 어려서 온갖 괴담의 배경으로나 들어왔던 대륙 반대편의 위험천만한 황무지까지 왔을 리 없다. 로랑은 자신을 태어난 영지의 경계 밖으로도 나가기 싫어하는 고향 사람들과 사뭇 다른 인간이라고 생각해왔지만 필멸의 땅이 잘 있나 궁금할 정도는 결코 아니었다.

그런 곳에 세워진 이 기괴한 성채는 그냥 '킵'이라고 불렸다. 누가 세웠는지도 모른 채 그저 존재하는 것을 찾아내 사용하고 있을 뿐이라 누구도 거기에 이렇다 할 이름을 붙이려 하지 않았다. 이 모습 그대로 가나폴리 시절부터 존재했을까 상상해보면 조금 오싹해지기도 했다. 천 년 가까이 흘렀는데 무너진 흔적도 없이 그대로라니.

　필멸의 땅 인접 지역을 빠르게 황폐화시키는 '메타모르포시키 프시키', 통칭 변종 프시키가 대규모로 발생한 지 올해로 삼 년째다. 초기에 비밀리에 접근했던 마법사들은 프시키는 마법으로 없애지 못한다는 새삼스러운 사실만을 확인하고 물러났다. 다만 그들은 이곳을 발견했다. 프시키가 접근하지 못하는 가나폴리 시대의 성채.

　마법사라는 자들은 세상 사람들과 비밀을 나눠 갖고 싶어 하는 법이 없다. 이번에도 틀림없이 그러고 싶었을 테지만 각 나라가 피해 지역으로 조사관들을 파견하기 시작하자 그들도 생각을 바꿀 필요가 생겼다. 이대로 두면 마법도 모르고 필멸의 땅도 잘 모르는 왕들이 대책이랍시고 엉뚱한 일을 벌여 문제를 더 심각하게 만들지도 모른다. 차라리 정보를 공유해주고 조언에 따르게 하는 편이 낫다.

　각 나라의 마법사들도 평소 서로에게 협조적이지는 않았지만, 중대한 문제를 앞뒀으므로 처음으로 심볼리온을 중심으로 공동전선을 구축하고 거점으로 이 유적을 택했다. 하지만 마법사들만을 믿고 있을 수 없었던, 그리고 손놓고 있다가 주도권을 빼앗길까 우려한 각 나라는 도움을 줄 군대를 파견하겠다고 나섰다. 마법사들은 예로부터 소속 국가에 큰 충성심이 없기 마련이었고 왕들도 그걸 잘 알고 있었다.

마법사들은 틀림없이 이럴 줄 알았지 하고 혀를 차면서도 대규모 인원의 이동을 위해 '전이문'이라는 순간 이동 장치를 몇 군데에 설치했다. 로랑이 방금 통과한 그것 말이다. 오를란느 전이문은 트레비조의 에팔란트라는 산에 있었는데 덕택에 에팔란트에서 킵까지, 사흘 정도 걸릴 거리를 눈 몇 번 깜짝할 사이에 건너왔다. 위험천만한 황무지를 직접 가로지르는 것과는 비교할 수 없는 편리함이다.

이렇듯 왕들조차 겪어본 적 없을 엄청난 편의를 누리고 있지만 어디 가서 자랑하고 싶다는 생각은 들지 않았다. 편리함은 인정해도 경험 자체만 놓고 보자면 불쾌함에 가까웠다. 마법사가 아닌 자들이 마법을 간접 체험하기 때문일까. 전이문을 통과하는 잠깐 동안 자신의 인격이 수천 가닥의 실타래로 갈라졌다가 기적적으로 도로 이어붙여진 기분이지만, 그래서 가위질 한 번이면 엉킨 실뭉치로 돌아가버릴 것 같지만, 아무렇지도 않은 얼굴로 원래의 인격을 연기해야 한다. 저절로 온몸에 힘이 들어간다. 자신을 이루는 요소들이 와르르 무너져

카스티유 경의 고난

내릴 것만 같아서.

그런 기분으로 이곳 '대기실'에 떨어지게 된다. 온도 조절에 실패한 식품 저장고처럼 생겨서는, 덥고 늘 썩는 냄새가 나는 곳에. 냄새의 원인은 바로 이 반죽이었다. 전이문을 통과하면 어찌된 셈인지 꼭 저 오렌지색 반죽이 발에 묻었다. 반죽의 정체가 뭐냐고 여러 마법사들에게 캐물어봤지만 하나같이 어린애한테 어른의 비밀을 감출 때처럼 가식적으로 공감하는 표정을 지으며 "알게 되어도 딱히 즐겁지 않을 겁니다" 같은 대꾸나 할 뿐이었다.

그런 곳에서 십 분 정도 기다리고 나서 밖으로 나가야 하는데, 마법사들의 권고 사항이라지만 왜 그래야 하는지는 아무도 몰랐다. 하지만 여기는 사람도 없었다. 이 위험천만한 땅의 유일한 안전지대인 킵에서 마법사들은 의뭉스럽고 답답하지만 동시에 절대적인 존재였다. 그들이 자세히 설명하지 않는 모든 것에는 특별한 이유가 있다고 믿어야 했다. 진짜로 그런지, 귀찮아서인지, 단순히 잊어버렸기 때문인지는 판별 불가지만.

만약 스물두 살로 돌아가 다른 길을 택한다면 평범한 에투알로서 대략 마흔이나 쉰 살까지 복무하다가 어딘가 부상을 입고 고향 영지로 은퇴해 망나니 뒷바라지나 하며 여생을 보내게 됐을 것이다. 그때쯤엔 망나니도 통풍이나 매독에 걸려

본의 아니게 경건한 생활을 하고 있을지도 모르지만……

젠장, 이쪽이 백배 낫지.

"돌아오셨습니까, 카스티유 경."

눈앞에는 이 년 차 에투알인 비비엔 아르망주가 곧바른 자세로 서 있었다. 이 냄새 지독한 헛간에서 침착하게 미소까지 지으면서. 놀랄 일은 아니었다. 비비엔의 미소는 에투알 사이에서 보기만 해도 등골이 서늘해진다고 소문나 있었다. 상황이 좋지 않고 전망은 더 나쁘고 희망이 없을수록 보게 될 확률이 높아지기 때문이다. 비비엔이 폭소를 터뜨리는 모습을 본 사람은 아무도 없는데 그걸 본 모두가 죽었기 때문일 것이라는 의견이 신빙성 있게 받아들여졌다.

둘 다 에투알이지만 예전처럼 스스럼없이 이름을 부르지는 않았다. 대공국 군대 개편 사업 때문이다. 다른 군대와 섞여 지내며 이래라저래라 해야 하는데 사병들처럼 굴 순 없었다. 로랑이 미소의 의미를 묻듯 비비엔의 얼굴을 빤히 보자 비비엔의 입가가 조금 더 올라갔다.

로랑은 짧게 한숨을 내쉬고는 말했다.

"수고 많습니다, 마담 아르망주. 잉게스비히 여왕 폐하의 고문관께서는 국경 지역으로 마중나온 일행과 안전히 합류했다고 보고해주십시오."

그건 호위라기보다 외교적 친선 행사였다. 정식 교류가 드

물던 나라의 관리들이 킵에서 만난 김에 서로 환심이라도 사보자 싶었는지, 누군가가 오를란느의 에투알이 하이아칸 여왕 폐하의 고문관을 호위해주면 어떻겠냐는 희한한 아이디어를 냈다. 마침 고문관으로 온 사람도 여왕의 친척이라 했다. "에투알이 킵까지 와서 할 수 있는 가장 쓸모 있는 역할이 아니냐" "이왕이면 젊고 잘생긴 친구로 보내자" 따위로 떠들어대는 건 거슬렸지만 다른 나라에도 에투알의 명성이 알려져 있으니만큼 오를란느를 위해 나쁠 것은 없다고 생각하며 다녀온 참이었다.

"네, 수고 많으셨습니다. 다녀오시는 동안 카스티유 경에게 좋은 소식이 있었습니다."

좋은 소식이라고? 로랑은 비비엔의 얼굴에서 미소가 떠나지 않는 것을 보며 침을 한 번 삼키고는 이어지는 말을 기다렸다.

"담당 연대에 발생한 문제를 해결하기 위해……"

담당 연대라고 하지만 로랑이 지휘하는 것은 아니었다. 어디까지나 잔소리나 하라고 불려온 입장이었으므로.

"오늘부로 대령으로 승진하시게 됩니다."

상대가 싫어하는 참견이나마 원활하게 하라고 대상 부대의 지휘관과 동급의 계급을 받도록 했지만 그래봤자 임시였다. 대공국 군대 개편 사업이 끝나면 사라질 이름 따위에 무슨 의미가 있겠는가. 여기까지는 조금도 좋은 소식이 아니었으므로 로랑은 미간을 약간 찡그리며 비비엔을 바라봤다. 그러자 비비엔의 얼굴에서 미소가 지워졌다.

로랑은 단도직입적으로 물었다.

"그래서 무슨 문제를 해결해야 합니까?"

"지휘권 공백이죠. 새 지휘관이 부임할 때까지 알리스 공녀 연대의 지휘권을 카스티유 경이 맡도록 결정되었습니다."

"잠깐, 왜 그런 일이 벌어진 겁니까?"

"어제 여섯 명이 실종되어서요."

담담한 목소리 때문에 언뜻 시시한 사고처럼 들렸지만 그럴 리 없었다. 여기서 사람이 실종될 곳이라면 킵 바깥밖에 없었다. 아직 이렇다 할 작전이 시작되지 않은 지금 나가는 문은 폐쇄되어 있었다. 그걸 열도록 명령할 수 있는 사람은 오를란느 군대 전체에서 단 한 명, 레옹 여단장밖에 없었다. 아니, 여단장이라 할지라도 다른 나라의 지휘관들과 협의를 거쳐야 할 것이다.

"그 여섯 명에 누와예 남작이 포함되어 있었다는 말입니까?"

"네. 왜 나갔는지 이유는 밝혀지지 않았습니다만 뭔가 감춰야 하는 일이 있어서 무모한 행동을 했던 것 같습니다."

킵에 주둔한 오를란느의 군대는 케르느 백작 연대, 회색여우 연대, 녹군기 연대, 알리스 공녀 연대의 네 연대와 부속 부대로 이루어진 한 개 여단 규모다. 각 연대에 에투알 두 명과 수련병 두세 명이 배속되어 이른바 짜증나는 잔소리꾼 역할을 하도록 되어 있었다. 대상이 말을 들을 준비만 되어 있다면, 그리고 그들은 에투알이니만큼 그 정도 인원으로도 개혁 비슷한 것을 할 수 있다는 판단을 누군가가 내린 모양이지만 실상은 조금도 그렇지 않았으므로 기본적으로 계란으로 바위치기 같은 작업이 아닐 수 없었다.

알리스 공녀 연대의 연대장 누와예 남작은 '목도리도마뱀'이라는 별명으로 불렸다. 평소 턱짓으로 사열을 마치고 오후에는 반드시 낮잠을 즐기며 제 군복과 군모, 군도에 각각 담당병을 둘 정도로 몸치장에 몰두하는 사내였다. 목도리도마뱀이라는 별명은 로랑이 킵에 오기 전부터 붙어 있었는데 이 근방에서나 볼 수 있다는 그 동물을 처음 보는 순간 웃음이 터졌을 정도로 꼭 닮았다. 그런 반면 검을 쓸 줄 아는지는 로랑의 관점으로 아직 확인된 바가 없었는데 어쩌자고 고작 병사 몇 명만 데리고 킵 밖으로 나갔단 말인가? 황무지가 평소에는 고요하지만 주기적으로 위험천만한 존재들이 나타나는 곳임을 잊었던 말인가?

그때 비비엔이 덧붙였다.

"개편 작업이 좀더 원활해지겠죠."

틀린 말은 아니었다. 대공국 군대 개편의 가장 큰 적은 언제나 지휘관들이었다. 일반 병사들을 제압하기란 에투알에게 그리 어려운 일이 아니었다. 이러쿵저러쿵 말이 많다가도 실력 차이를 실감하는 지점에서 쉽사리 승복한다. 하지만 지휘관이라는 작자들은 능청스럽기가 기름 바른 장어 같고 제 이해관계가 얽혀 있으면 어린애가 웃고 갈 억지도 개의치 않았다.

제 연대의 개편을 담당하게 된 로랑이 턱짓이나 눈짓으로 움직일 수 없는 상대임을 알게 되자 명령, 농담, 친한 척, 청력 저하의 과정을 거쳐 최근에는 로랑이 한 말만 잊어버리는 선택적 기억상실증 흉내를 내고 있는 인간이지만 그렇더라도 내일 죽어버리기를 기원한 적은 없었다. 킵에서 외부 실종이란 사망과 동의어였다. 그런 것을 '좋은 소식'이라고 말하는 비비엔의 냉정함이 오싹하기도 했지만 로랑은 내색하지 않았다. 비비엔을 하루이틀 겪는 것도 아니고.

"알겠습니다."

슬슬 십 분이 되었겠다 싶어 로랑의 시선이 입구 쪽을 향하자, 마찬가지로 에투알다운 시간 감각을 가진 비비엔이 말했다.

"대기 시간 막 끝났습니다. 대령 임관과 관련해서 다섯시에 지도부와의 면담이 예정되어 있습니다. 이어서 만찬에 참석하시면 됩니다. 면담 전에 약간의 준비가 필요하실 테니 숙소로 가시지요."

카스티유 경의 고난

그야 지도부라는 자들도 만찬에 향이 특별한 오렌지색 소스를 원치는 않을 것이다. 그 생각을 하던 로랑은 문득 의아해졌다.

"그나저나 대기실이 시간 보내기에 좋은 곳은 아닌데 굳이 여기서 제 귀환을 기다린 이유가 있습니까?"

"네."

웬일인지 그 뒤를 설명하지 않아 로랑은 다시 물으려 했다.

"그래서 이유가……"

"숙소로 가보면 아시게 됩니다."

"제가 킵을 비운 동안 또다른 사건이라도 생겼습니까?"

"크게 신경쓰실 정도는 아닙니다."

"무슨 일이 있긴 했군요."

비비엔이 무표정하게 고개를 까딱하더니 말했다.

"조금 거슬리는 사람이지만, 이 대기실의 존재와 비슷한 정도죠."

로랑은 더 캐묻기를 포기하고 대신 대기실을 흘끔 곁눈질하며 덧붙였다.

"이 대기실을 만든 사람이라면 한번 만나서 왜 이따위로 만들었는지 물어보고 싶긴 했습니다."

"듣기로는, 왕립 마법 학교의 징계실과 똑같이 생겼다고 합니다."

비비엔은 문을 열고 밖으로 나갔다. 로랑은 뒤따라 걸음을 옮기면서 웃음을 참기 위해 입술을 깨물었다. 비비엔 같은 사람도 참지 못하고 비꼬고 말았을 정도로 오를란느 마법사들은 이상한 부분에서 고집을 부릴 때가 있었다. 이를테면 전이문과 같은 편리한 것을 얼마든지 만들 줄 알지만 되도록 불편을 감수하는 태도를 미덕으로 여기며, 부득이하게 만들어야만 하는 상황이 온다면 최대한 불편한 방식으로 제공하려 애쓰는 정신머리 말이다.

폭풍우가 몰아치는 밤, 궁정 마법 고문 에케르가 꼴사나운 우비를 들쓰고 진흙투성이 장화를 신고서 나타났던 일이 생각났다. 그가 자신이 마법을 쓰는 대신 그런 꼴로 온 이유를 아느냐면서 첫마디를 떼자마자 샤를로트가 "의고적 형식주의?"라고 대꾸하는 바람에 고문은 말문이 막히고, 뒤에 서 있던 에투알들은 폭소가 터지고, 불쌍한 마리 루이만 중간에서 쩔쩔매고……

분명 올해 나눴던 대화인데 이상하게 옛일 같다.

너무 먼 곳이기 때문일지도 모른다. 사실상 대륙 반대편이 아닌가? 이런 곳까지 잘도 와 있는 자신이 이십육 년간 알아 온 로랑 카스티유가 맞는지, 아니면 전이문을 통과하다가 실 몇 가닥을 흘려버리거나 남의 실 몇 가닥을 주워 온 건 아닌지 조금쯤 의심스럽기도 했다. 분명히 어느 시점에서 운명이 바뀐 건 틀림없으니 아주 조금씩 그렇게 되어왔는지도 모른다. 어쩌면 사 년이라는 전이문을 통과하는 동안.

　로랑은 평소 복잡한 생각을 하는 편이 아니었지만 대기실을 나오자마자 눈앞에 펼쳐지는 압도적으로 비현실적인 풍경은 어떤 인간이든 사색으로 몰고 가는 힘이 있었다. 누런 지평선 위로 흰 점 하나 찍히지 않은 하늘이 저녁 다섯시의 남색으로 짙어져가고, 그 아래 인형극 무대인가 싶을 정도로 고운 분홍색을 띤 성채가 좌우로 뻗어 있었다. 소금 결정처럼 반투명하고 불규칙하고 거칠고, 그리고 분홍색이다. 꼭 복숭아색이랄까. 인형 공주와 왕자를 위한 성을 실수로 너무 크게 지은 것처럼.

　마법사도, 탐험가도, 용병이나 보물 사냥꾼도 아닌 자신이 이런 곳에 와 있는데 또 거기서 하는 일은 고작 말 안 듣는 귀족들과의 실랑이라니. 깊이 생각하려 들수록 우스워지므로 생각을 멈춰야 한다. 이게 다 대공 전하가 귀족들도, 그들의 충성심도, 그리고 에투알도 믿지 않기 때문에 벌어진 일이니까.

　이번 개편 작업을 통해 대공은 에투알의 단합력을 약화시키는 대신 에투알의 조직력과 규율을 자연스럽게 대공국 군대로 흡수하고 싶을 것이다. 잘만 된다면 에투알을 다루기도 쉬워지고 귀족들의 특권은 약화되어 둘 다 대공 전하의 눈치를 보게 되겠지. 즉, 그건 에투알을 위한 것도 귀족들을 위한 것도 아니었다. 대공국 군대, 그리고 군대의 주인인 대공을 위한 계획일 뿐이다.

하지만 그렇게 개편된 군대는 장차 샤를로트 공녀가 물려받지 않겠는가?

그러므로 지금은 주어진 일을 충실히 해내면 된다. 그간 로랑을 지독스레 방해한 '목도리도마뱀'도 마침 사라졌다. 어쩌면 자신도 비비엔 같은 관점을 갖는 편이 나을지도 모른다. 개편 작업이 원활해지겠지 뭐.

"가시지요."

비비엔은 평소답지 않게 성마른 기색이었다. 대체 무슨 일이기에? 로랑은 한쪽 눈썹만 찌푸린 채 성채에서 시선을 거두고 비비엔을 뒤따라 장교 숙소로 쓰이는 '빌라 뒤 데제르'로 걸음을 옮겼다. 굳어진 오트밀을 이겨 바른 빛깔과 외관을 볼 때 이 건물은 오를란느 마법사들의 작품이 틀림없다고 생각하면서. 입구에 준비된 매트에 부츠 밑창을 닦아내자 뒤따라오던 냄새가 겨우 조금 가시는 듯했다.

"도대체…… 이 넌더리 나는 냄새는 정체가 뭐요? 고귀한 신분에 어울리는 좀 제대로 된 입구는 없는 건가?"

로랑이 숙소로 들어간 뒤 얼마 지나지 않아 또다른 일행이 같은 과정을 거쳐 킵에 발을 들여놓았다. 다홍색 벨벳 코트를 걸친 마흔 언저리의 남자, 오귀스트 드 캉페슈 후작은 메슥거리는 표정으로 오렌지색 반죽이 묻은 부츠를 벗어 멀찍이 내던지고는 수행원이 내민 새것으로 갈아 신었다. 후작을 수행한 자들도 똑같이 코를 싸쥐고 있었으나 그들에게는 갈아 신을 신발이 없었다. 후작이 냄새가 싫었다면 훨씬 숫자가 많은 그들의 신발에 신경을 써주었어야 했겠지만 후작은 그들로부터 멀찍이 떨어지는 것으로 문제를 해결했다.

"으읍, 끄윽! 여긴 한번 들어오면 드나들 생각을 아예 말아야겠어. 전이문이란 게 좋은 건 줄로만 알았더니 왜 다 썩어버린 거야? 관리 소홀 아니야? 그나저나 저 성벽 색깔 한번 별나네. 저게 킵인가?"

깨진 도자기 조각을 문지르는 것 같은 목소리가 높아지자 지나가던 사람들이 움찔하며 그쪽을 쳐다보았다. 수행원 무리와 함께 서 있던 마법사가 조금 떨어진 곳에서 대답했다.

"그렇습니다, 참사관님."

"대체 뭘로 만들어서 색이 저런 거야?"

"성분은 아무도 모릅니다. 가나폴리의 유적이라서요."

"모르긴 왜 몰라? 좀 잘라다가 부숴보거나, 약품에 담가보면 될 거 아니야? 마법사들이 그런 것도 못 알아내나?"

"죄송하지만 자를 수 없습니다. 이 황무지 사막에서 저 상태 그대로 천 년 넘게 존속된 것을 보면 알 수 있듯이……"

"천 년은 무슨. 비 좀 맞으면 녹아버릴 것처럼 생겼는데. 여기가 비가 안 오는 데라서 그냥 있는 거 아냐? 그나저나 그럼 저 안의 방이나 그런 것도 다 천 년 전 그대로란 말이야? 그런 데서 사람이 살 수는 있는 건가?"

"……들어가보면 아시게 됩니다."

대공 전하의 참사관이 온다는 소식에 마중나갔다가 줄곧 지금과 같은 마구잡이 질문에 답해야 했던 마법사는 치솟는 짜증을 간신히 누르는 기색이었다. 거리가 멀다보니 다행히 표정을 들키지는 않았지만 실은 상대방도 신경쓰지 않았다. 후작은 자기가 하고 싶은 말을 아무렇게나 내던질 뿐, 상대의 반응에는 별 관심이 없었다.

후작이 또다시 주위를 두리번대며 트집거리를 찾고 있을 때 구원자가 나타났다.

"오셨습니까, 캉페슈 후작!"

케르느 백작 연대의 연대장인 바란 백작이 장교 둘을 거느리고 성큼성큼 걸어왔다. 후작은 두 팔을 벌렸고 둘은 가벼운 포옹을 나누었다. 바란 백작이 말했다.

"먼길 오시느라 고생 많으셨습니다. 아름다운 오를란느는 어떻습니까? 대공 전하께서는 여전히 오를란느를 비추는 밝은 빛이시겠지요?"

"그야 물론이오. 그러니까 본인 같은 뛰어난 참사관을 임명하시는 게 아니겠소이까? 하하하!"

낯뜨거운 자화자찬에도 불구하고 바란 백작은 지지 않고 크게 웃으며 말을 받았다.

"하하하, 당연한 말씀이 아니겠습니까? 후작께서 오셨으니 대공 전하께서도 킵의 상황을 정확히 알게 되실 테고 당연히 개선 명령도 내려주시겠지요. 안 그렇습니까?"

"맞는 말이군. 첫번째로 저 구역질나는 오물이 나오는 전이문을 개선하도록 할 거요. 귀족에게 저런 냄새를 맡게 하다니 이만저만한 무례가 아니야."

"그래주신다면 참으로 감사하겠으나 들어가보면 더 많은 문제가 있다는 걸 알게 되실 겁니다."

"그럴 거라고 예상했소이다. 이 멀고 황량한 곳에서 고생하는 장교들에게 새파란 어린애들을 붙여서 잔소리나 늘어놓게 하게 하다니, 그건 좀 아니지."

바란 백작은 캉페슈 후작이 무슨 소리를 하는지 바로 알아차렸으나 모르는 체하며 화제를 돌렸다.

"그나저나 수도에서는 재미있는 소식이 좀 있습니까? 여기 있자니 모든 것이 궁금하군요. 자, 안으로 들어가십다. 만찬까지는 시간이 남았으니 잠시 쉬며 목이라도 축이시지요."

바란 백작은 꽤 영리했으므로 후작을 별실로 안내하게 한 뒤 핑계를 대며 어디론가 사라졌다. 캉페슈 후작과 긴말을 나

뒤봤자 좋은 일은 없고 트집만 잡힐 뿐이라는 것을 그는 잘 알고 있었다.

말 많은 참견꾼이 많기로 유명한 오를리 궁정에서도 손꼽히는 호사가인 캉페슈 후작의 특별한 점은 단지 말만 많지는 않다는 것이었다. 열일곱 살부터 출전한 궁정 마상 시합에서 세 번 연속 우승한 기록은 그의 명성의 작은 부분이었고, 결투를 일곱 번 벌여 상대를 모조리 죽여버린 전적이야말로 모르는 사람이 없었다. 일곱 번의 결투는 모두 상대편이 걸어왔는데 이자를 아는 사람들은 오죽했으면 그랬겠느냐고 고개를 내젓곤 했다. 그만큼 말로 사람을 짜증나게 하는 재주가 빼어난 인물이었다. 심지어 그는 죽은 일곱 명을 제 트로피인 양 조롱삼아 언급하곤 해서 여덟번째 결투가 벌어질 뻔했던 위기가 한두 번이 아니라 했다. 하지만 누구든 목숨은 아까운 법이었다.

캉페슈 후작은 상대가 분노를 참는 상황을 마치 스포츠처럼 즐겼다. 지금도 일부러 상대의 대답이 궁해질 소리만 늘어놓으면서 재미있어하고 있을 것이다. 이런 자를 킵의 동향을 살펴보고 돌아올 참사관으로 임명한 것이 정말로 대공 전하의 뜻일까?

하지만 캉페슈 후작가는 오를란느에서 손꼽히는 가문이었으므로 어딜 가든 권위가 있었고, 적이 많고 친구는 적은 후작은 누군가와 야합하여 문제의 진상을 숨기거나 할 가능성이 낮은 인물이기도 했다. 캉페슈 후작과 오늘밤 우호를 다져봤자 내일 초저녁쯤 안줏거리가 될 뿐이라는 것을 모르는 사람은 드물었다. 후작 본인도 자신의 이런 평판을 자랑스러워하고 있었으므로 비록 본인의 편견으로 다소 윤색된 내용이라 한들 대공 전하는 킵의 주둔 여단에 대해 비교적 사실에 가까운 정보를 전해듣게 될 것이다.

"카스티유 경! 오랜만이군!"

로랑이 숙소의 문을 열자 몸집이 크고 둥글둥글한 인상의 남자가 안쪽의 의자에서 일어났다. 금세 상대를 알아본 로랑의 얼굴이 펴졌다. 3분견대 소속 조안느 드 도벨의 오빠인 다비드였다. 다비드는 에투알이 아니었지만 동생 덕택에 에투알 여럿과 아는 사이였고 특히 3분견대와 친하게 지냈다. 그가 로랑의 발치를 흘끗 보더니 킥킥 웃으며 말을 이었다.

"방금 전이문을 통과한 모양이군. 그거, 필멸의 땅의 유령들이 좋아하는 감자튀김 소스 같은 거라지?"

로랑이 콧잔등을 찡그려 보였다.

"감자튀김 신세가 되더라도 이따위 소스가 발라지고 싶지는 않네요."

"역시 이런 소스나 좋아하니까 죽고 나서 유령이 되는 거잖아. 그렇지? 그런데 말이야, 그거 약간 치즈 같은 냄새 나지 않아? 너희 고향에서 만드는 거 있잖아."

"……푸른곰팡이 치즈요?"

로랑의 기막힌 표정을 본 다비드는 킬킬 웃어대며 로랑을 껴안고 등을 두드렸다. 그러면서 귓가에 대고 "야, 너 방금 속으로 욕했지" 하고 놀려대는 것도 잊지 않았다. 둘이 포옹을 나누는 사이 비비엔이 말했다.

"그럼 잠시 후에 뵙겠습니다."

비비엔은 로랑이 뭐라 말하기도 전에 나가버렸다. 어쩐지 곤란한 일을 피해 달아나는 느낌이랄까. 로랑은 다비드가 반갑긴 했지만 일이 뭔가 이상하게 돌아간다는 생각을 지울 수가 없었다. 일단 눈앞의 싱글싱글 웃고 있는 사내가 왜 여기 있는지부터가 그랬다.

"이 먼 곳까지 어쩐 일이십니까? 예전원에서는 드디어 나오신 건가요?"

"응. 로랑 너도 내 자리를 노리는 녀석들이 얼마나 많은지 알지? 세상에 할일 없이 노는 둘째 셋째 넷째가 어찌나 널렸는지, 이 꿀 떨어지는 자리를 혼자 오 년이나 꿰차고 있었으면 이제 그만 나가라고, 남아도는 자식들을 둔 귀족들이 서른 명이나 연명장을 썼다지 뭔가. 하루에 열 줄 기록할 일도 드문 예전원에 있다가 그런 걸 보니 난독증이 와서 눈이 핑핑 돌아가잖아. 그래서 재빨리 도망 나왔지."

귀족들의 품계와 예우를 관장하는 예전원은 귀족 자제들의 한가한 직장으로 인기가 좋았다. 백작 가문의 차남인 다비드는 한량에 가까운 유한 성품에 온갖 가문의 사람들과 잘 지냈으므로 예전원 비서관 노릇에 제격이었다. 평생직장이나 다름없는 그런 곳을 갑자기 그만두었다고? 다비드의 평소 말버릇을 아는 로랑은 기괴한 설명을 곧이듣지 않고 눈살을 한 차례 찡그린 다음 말했다.

"빙빙 돌리지 마시고 효율적인 설명 바랍니다. 에투알 방식을 알면서 그러십니까."

다비드가 킥킥 웃었다.

"그 소리 조안느한테도 한 번 들어본 것 같은데."

"한 번이 아니었겠죠."

"그래, 그래. 내가 입만 열면 조안느가 손을 내저으면서 '에투알식'으로 요점만 말하라고 그랬지. 그래도 로랑 너는 아니었잖아. 한 이 년 전까지만 해도 귀여웠는데. 이제 너도 알레망 단장처럼 서류에 철자 하나 뒤집혔다고 페루즈 강에 던져버렸으면 좋겠다는 눈빛을 보내는 인간이 되어가는 거겠지."

귀족 한량인 다비드와 달리 로랑은 제 상관을 농담 대상으로 삼으려 들지 않고 간단히 대답했다.

"단장님처럼 될 수만 있다면 잘된 일이죠."

다비드는 피식 웃더니 도로 의자에 털썩 앉아 마시던 잔을 집어들었다. 킵에 처음 온 사람들은 건조한 기후에 적응을 못 해 한동안 갈증으로 고생하곤 했다. 로랑은 오렌지색 반죽이 묻은 부츠를 벗어놓고 돌아와 맞은편에 앉았다. 날마다 생각하던 질문이 자연히 튀어나왔다.

"공녀 연하께서는 평안하십니까?"

다비드는 고개를 까딱해 보였다.

"석 달 전 기준으로는 그러셨지."

"석 달이라면 연하께서 새롭고 멋지고 위험천만한 생각을 해내시기에 충분한 기간이군요."

"그야 그렇지. 또 무슨 사고를 치셨더라도 네가 오를리까지 쫓아갈 일은 없을 규모여야 할 텐데."

로랑이 즉각 웃음기를 날려버리고 대꾸했다.

"연하를 사고뭉치 어린아이처럼 보는 말씀은 삼가주시기 바랍니다."

"그럼 넌 왜 내 얼굴 보자마자 그런 질문을 하고 있냐?"

"새롭고 멋지고 위험천만한 생각과 사고를 친다는 것은 다릅니다. 저는 거기서 '위험천만한' 부분을 감당하는 역할일 뿐입니다."

다비드는 웃을까 말까 하다가 자세를 바로잡으며 말했다.

"그래, 네 말이 맞다. 주군을 모시려면 그만한 각오는 있어

카스티유 경의 고난

야지. 참, 아까 나 왜 여기 왔느냐고 했지?"

다비드는 로랑이 열여덟 살 수련병이던 시절부터 알고 지냈다. 로랑이 조안느와 친하다보니 자연스럽게 다비드도 로랑을 동생처럼 대해왔고 다른 에투알과도 곧잘 어울리곤 했다. 그렇다보니 안락한 삶을 살아온 다비드도 에투알의 본능을 어느 정도 이해했다. 편안히 있는 듯하다가도 임무를 상기하면 바로 기본자세로 돌아간다는 것을.

"참사관님이 오늘 막 여기 도착했거든. 난 그분하고 같이 온 거야. 수행원으로."

로랑이 눈을 둥그렇게 떴다.

"참사관 수행원이 되셨다고요? 아예 소속이 바뀌신 것 아닙니까?"

"그게 좀 그렇게 됐다. 떠밀려서…… 자원한 셈이라고나 할까."

"자원하셨다고요?"

다비드는 좋게 말해 한직에 어울리는 성미라 하지만 실은 책임질 일을 극도로 꺼려서, 뭘 하겠다고 먼저 나서는 모습을 본 기억이 없었다. 다비드가 로랑의 표정을 보더니 손사래를 쳤다.

"알아, 알아. 정확히 말하자면 자원은 아니지. 그냥 이런 사람이 따라가야 할 것 같다고 간단히 건의만 하려 했단 말

이야. 그랬더니 나더러 하라잖아. 딱 적임자라고. 아버지라
도 막아주시려나 했더니 예나 지금이나 우리 부모님은 나한
테 관심이 없어가지고 말이야. 내 이름만 봐도 알 수 있는 일
이지. '다비드 드 도벨'이 당신들은 발음이 되나보지? 하여튼
일이 그따위로 풀려가지고 예전원 방명록의 빗나간 획이나
고치고 있어야 할 내가 이 목마르고 먼지 나는 동네에 떨어지
게 된 거야. 이렇게 된 이상 전적으로 에투알만 믿어야지. 앞
으로 잘 부탁한다."

로랑은 잠시 머리를 굴려 오늘 벌어진 기묘한 일들의 앞뒤
를 이어보았다. 그리고 말했다.

"건의를 하실 만한 이유가 있었던 모양이군요."

"그게 뭐랄까, 좀 문제를 일으킬지도 모른다는 생각이 들었
거든. 아니, 내 생각이 아니고…… 뭐 내 생각도 같았지만."

"새 참사관님이 성질이 급하신 분인가보군요. 대체 어떤
분이시기에……"

그때 누군가가 열려 있는 문을 두드리더니 안쪽에서 보이
도록 고개를 내밀었다.

"실례합니다. 도벨 비서관님, 여기 계셨군요. 참사관께서
부르십니다."

다비드가 잘됐다는 듯 얼른 일어나더니 말했다.

"젠장, 만찬에 참석하라는 모양이다. 나도 옷 좀 갈아입어

야겠다. 그럼 이따가 보자."

그러더니 다비드도 도망치듯 나가버렸다. 로랑은 미간을 찡그린 채 고개를 갸웃했다. 다비드도 뭔가 할말을 피해 가버린 것 같지 않은가?

그들은 그럴 이유가 있었다. 새 참사관, 캉페슈 후작은 로랑과 매우 껄끄러운 사이였다. 둘의 악연은 이 년 전으로 거슬러올라간다.

지금은 오를리 궁정의 누구나 두 사람의 관계를 알지만 당시까지만 해도 한쪽은 뼈대 있는 후작 가문의 주인, 로랑은 작위는커녕 귀족 친척 한 명 없는 평민으로 애초에 말다툼 상대조차 될 일이 없는 사이였다. 귀족들이 보기에 평민 출신 에투알이란 그저 조금 뛰어난 근위병에 불과한 존재였다.

사건의 표면만 보자면 이러했다. 오랫동안 샤를로트 공녀의 시녀였던 쇼몽 백작부인이 모임을 열어 공녀를 초대했다. 그런데 그날 밤 수상쩍은 화재가 일어나 쇼몽 저택은 전소되고 백작부인 본인을 비롯해 많은 사람이 죽었다. 공녀는 강에 뛰어내려 간신히 살아남았는데 그 과정에서 공녀를 구하러 갔던 사람들 사이에 약간의 다툼이 있었다고 전해졌다. 큰불에 놀라 뛰어나온 오를리 시민들도 강 앞에서 사납게 다투는 자들을 보았는데 몇몇은 말다툼이 아니라 칼부림이었다고 말

34
—
블러디드 3

했다. 이튿날 오후 화재는 진압되었고, 며칠 뒤 발표된 바로는 부엌에서 불을 잘못 다뤄 벌어진 화재였다고 했다.

그건 오를리 시민들에게 한 발표였고, 귀족들은 조금 다른 진실을 알고 있다고 믿었다. 그날 물에 흠뻑 젖은 채로 강에서 나온 샤를로트 공녀는 쇼몽 백작부인을 찾으러 가려 했으나 사람들이 가까스로 말렸다. 샤를로트는 격분해 있었는데 그건 백작부인이 샤를로트를 배신했기 때문이었다. 화재가 나기 직전 백작부인은 샤를로트를 어느 방에 가두었다고 했다. 즉, 화재를 가장해 공녀를 죽이려 한 암살 기도였다는 것이다.

하지만 백작부인이 왜 샤를로트 공녀를 배신했는지는 아무도 분명히 말하지 못했다. 백작부인은 샤를로트가 일곱 살이었을 때 공녀의 수석 시녀가 된 후로 큰 문제 없이 공녀를 모셔왔다. 샤를로트도 스스럼없이 백작부인의 살롱에 놀러갔을 정도로 제법 친한 사이이기도 했다. 백작부인은 딸이 없어서 어려서부터 섬겨온 공녀가 친딸처럼 느껴진다고 종종 말했을 정도였다. 그런 사람이 제 저택을 다 태워가며 공녀를 죽이려 한 까닭은 무엇인가? 또 그런 음모를 꾸몄다면 왜 자신은 빠져나오지 못했단 말인가?

캉페슈 후작은 그날 사건 현장에 있었다. 쇼몽 백작부인에게 초대받은 손님 중 하나였다고 했다. 그러나 그날 그자는 기막힌 짓을 연달아 저질렀다. 첫째로, 저택으로 달려와 샤를로트의 행방을 묻는 에투알들에게 '궁으로 돌아가셨다'는 거짓 정보를 말해 수색에 큰 혼선을 주어놓고는 그저 술에 취해 잘 모르고 한 말이었다고 당당하게 둘러댔다. 둘째로, 그날 화재 사건의 결정적인 단서를 쥐고 있는 백작부인의 시종을 붙잡아 근위병들에게 맡겨두었는데 그자를 제멋대로 단칼에 죽여버리는 엄청난 일을 저질렀다.

"이런 놈을 감히 살려두다니…… 전하의 지엄한 법을 보여줘야 마땅하지!"

당황한 근위병들이 가버리려는 후작을 붙들고 실랑이를 하고 있을 때 때마침 로랑이 돌아왔다. 상황을 알아차린 로랑은 대뜸 검을 뽑아 후작에게 겨누며 말했다.

"이 행동은 당신이 공녀 연하의 적임을 증명한 것과 다름없다."

"뭣이? 무례한! 난 오귀스트 드 캉페슈 후작이다! 감히 근위병 나부랭이가 내게 검을 들이대?"

로랑도 그제야 상대가 누구인지 알았지만 움찔하기는커녕 바로 맞받았다.

"공녀 연하의 안전을 해치려 든 자는 누구든 보내줄 수 없다. 원한다면 결투로 봐도 무방하다."

캉페슈 후작이 결투로 여럿 죽여놓고 뽐낸다는 사실은 로랑의 귀에까지 들어왔을 정도로 유명했다. 후작은 순간 당황하는 듯하다가 곧 큰 소리로 비웃었다.

"병사 주제에 감히 나와 결투를 하겠다고? 평민들의 목숨에 후작 가문의 고귀한 칼날이 가당키나 하단 말인가? 썩 비키지 못해!"

"난 병사가 아니라 에투알이고, 로랑 카스티유라고 한다."

그날 밤 로랑은 오랜만에 휴가를 받아 고향에 다녀오려다가 급히 달려온 참이라 에투알 제복을 입고 있지 않았다. 후작은 에투알이라는 말에 흠칫 놀라더니 갖은 뻔뻔스러운 핑계를 대며 꼬리를 뺐다. 결투 신청을 한 번도 거절한 적이 없다는 명성이 무색할 지경이었지만 그자에게는 다행스럽게도 '상대가 귀족이어야 한다'는 명분이 남아 있었다. 곧 사람들이 여럿 달려와 둘을 떼어놓았고 상황은 그렇게 일단락되었다.

이 사건은 통칭 '쇼몽 사건'으로 불리게 되었고 그날 밤 공녀가 죽을 뻔했으므로 '암살 기도'라고도 불렸다. 하지만 정말로 암살 기도가 맞았는지, 그렇다면 배후는 누구였는지, 백작부인이 직접 음모를 꾸몄는지 아니면 말려든 희생자일 뿐인지는 증명되지 않았다. 죽어버렸으므로 죄상을 캐낼 방법도 없어서 그 일로 벌을 받은 사람도 없었다. 다만 이틀 뒤, 회복되어 궁에 나온 샤를로트는 캉페슈 후작과 마주치자 웃음기 없는 한마디를 건넸다.

"로랑 카스티유가 평민이라서 당신과 검을 맞댈 자격이 없다고 했다지?"

다음날, 로랑은 대공 전하의 부름을 받아 공녀의 목숨을 지켜낸 공을 치하받는 것과 함께 기사로 서임되었다. 에투알은 귀족 출신일지라도 가문과 관련된 특권을 포기하며 작위 계승권도 다른 형제자매에게 넘기는 것이 보통인지라 에투알로서 공을 세워 없던 작위를 받게 되는 것은 매우 드문 경우였다. 역사상 고작 세 번 있었던 일이라 했다.

이 소식이 알려지자 궁정의 호사가들은 결투 광인인 캉페슈 후작이 드디어 여덟번째 결투를 벌일 조건이 무르익었다면서 신바람이 났다. 상대가 에투알이어도 과연 이길 수 있을까? 후작은 기사에 불과한 자와 자신의 이름을 같이 거론하지 말라며 불쾌해했으나 그래서 결투는 안 하느냐고 물어보면 거만하게 고개를 저었다.

"상대가 누구든 상관없다. 난 걸어오는 결투는 사양하지 않아. 더구나 공녀 연하께서 친히 마련해주시는 자리를 거절할 수야 없는 일 아닌가?"

하지만 결투는 성사되지 않았다. 그야 로랑은 사람들이 뭐라고 떠들어대든, 그리고 후작이 뭐라고 말하고 다니든 아무 반응도 보이지 않았기 때문이다. 그렇다고 후작이 직접 결투를 신청하는 일도 없었는데 만약 그랬다면 그것대로 우스운 꼴이 되었을 것이다. 이것은 제법 재미있는 화젯거리여서 정말로 싸운다면 누가 이길 것인가를 놓고도 많은 이야기가 오갔다.

"후작은 귀족들 중에서 최고의 검객 아닙니까? 젊은이니까 기운이야 넘치겠지만 경험 많고 노련한 후작을 당하지는 못할 것 같군요."

"오, 모르시는 말씀. 에투알이 어떻게 싸우는지 못 들어보셨나보군요. 장담컨대 에투알이 이깁니다. 그자들은 인간 검사라고 할 수 없어요. 아마 귀신도 베어 넘길 수 있을걸요."

후작의 비위를 맞추고자 하는 사람들은 "불패의 전적을 가진 후작에게 겁먹어 덤비지 못하는 걸 보니 에투알도 별것 아니군요" 같은 소리를 쉽사리 내뱉었고, 후작도 우쭐거릴 근거가 생겨나 흡족해했다. 다시 말해 결투 논란은 후작의 명예를 지켜주는 선에서 적당하게 마무리되었다.

"그 카스티유 경이라는 젊은이도 아무리 공녀 연하의 비호를 받는다지만 후작 같은 대귀족을 결투로 죽여버리면 미래가 어찌되겠나? 검술이 전부가 아니야. 살아남을 궁리를 해야지."

"글쎄, 그보다는 작위도 받았겠다, 실리는 다 챙겼으니까 쓸데없는 소란이 가라앉도록 조용히 있는 거겠지. 그게 현명한 행동이기도 하고."

여기까지가 오를리 궁정 사람들이 아는 '암살 기도' 사건의 전말이었지만 이 또한 진실의 전부는 아니었다. 로랑에게 캉페슈 후작은 용서 못할 적이었다. 그러나 자신의 임무는 그자와 결투를 벌여 명예를 되찾는 것이 아니라 살아남아서 가능한 한 오래 공녀를 지키는 것이었다.

반면 캉페슈 후작은 진짜로 결투하게 될 가능성이 없다고 생각되자 카스티유 경 이야기가 나올 때마다 무시하고 조롱했다. 그건 후작의 세계관 속에서 당연한 일이었다. 그에게는 공녀조차 대수로운 존재가 아니었기 때문이다. 공녀가 대수롭지 않은데 공녀의 측근이 별것이겠는가?

그런 생각이 후작만의 것도 아니었다. 오를리 사교계의 귀족들 중에는 샤를로트의 출신이며 자질, 위상, 행동거지에 이르기까지 모든 것을 평가 절하하려 애쓰는 자가 여럿이었다. 후작 또한 그런 주변의 의식을 무심결에 공유하고 있었을 따름이었다. 다수의 추종자를 거느린 알베르 공 파벌, 상리스 후작 파벌, 외드 공비 파벌의 귀족들이 공녀를 냉담하게 보았으므로 악소문은 늘 끊이지 않았다. 출신도 불분명한 여자의 딸이라 뒷받침해줄 인맥도 없는 주제에 귀족 사회의 전통을 배우고 호감을 사서 조화를 이룰 궁리는커녕 일찌감치 에투알 같은 곳에나 들어가버린 처세도 모르는 어린애.

"고귀한 핏줄을 타고난 분이잖아요. 그런 분답게 너그럽게 선물을 뿌려서 사람들의 환심도 사고, 어린 나이를 이용해서 어리광도 좀 피우고 귀염성 있게 굴었어봐요. 없는 어머니 노릇을 대신해주려는 귀부인들이 줄을 섰겠지. 아무리 공녀님이라지만 사교계에서 뒤를 봐주는 귀부인도 없이 어떻게 귀공녀 노릇을 제대로 하겠어요?"

"장차 귀부인이 될 수나 있을지 모르겠더군요. 천생 근위병으로 타고난 것처럼 딱딱하고 싸늘한데. 유연한 사교성을 발휘하는 재주가 없는 걸 보면 필시 어머니가 평민인 거겠죠. 그런 게 숨긴다고 숨겨지겠습니까?"

"특히 공녀께서 사람들을 쏘아볼 때 '너희 중 누군가가 우리 오빠를 죽였지?' 하고 다그치는 느낌이 나서 불쾌해질 때가 있어요. 그게 대체 언제 적 일인데 아직까지 그런담."

"대공 전하처럼 속내를 감추면 될 거라고 생각하는 것 같은데 어린애가 그러고 있으니 우스울 뿐이더군요. 어린애는 '잘 모르니 가르쳐주십시오' 하는 자세가 가장 호감을 사는 줄도 모르고. 어릴 땐 귀여웠는데 이제는 예뻐할 마음이 조금도 들지 않아요."

"어떤 사람들은 공녀가 똑똑하다 하던데 내가 보기에는 헛똑똑이 같더군요. 현명함이 없잖아. 대체 세상의 어느 누가 공녀가 검술을 배워 실버스컬에 나가는 걸 기대합니까? 그런 건 적당히 하다가 말아야지 저렇게 지나치면 필연코 우아함을 잃고 말죠."

'공녀는 대공국을 물려받아 통치할 재목이 아니다.' '대공국에는 다른 후계자가 필요하다.' 그 말을 감히 입 밖에 내지 못하다보니 돌려 말하는 악의적인 비난에는 끝이 없었다. 귀부인이기보다 군인에 가까우니 권력을 잡으면 사소한 실수도 냉정하게 처벌하겠지. 아노마라드에 싸움을 걸어 오를란느를 잿더미로 만들지도 몰라. 무엇보다 베르나르 대공자의 죽음에 개입한 자를 찾겠다고 피바람을 불러일으킬지도 모르는 일이지. 오를란느인들은 미워하는 인간을 거꾸러뜨리기 위해 수십 년이 걸릴 공작을 아무렇지도 않게 꾸미곤 한다……

그렇다면 누가 대공감으로 적당할까? 대공의 막냇동생 알베르 공의 아들인 필리프가 활달한 성품에 검술과 승마에도 뛰어나서 인기가 높다던데. 알베르 공 본인도 귀족들의 귀감이라 불릴 정도로 완벽한 예의범절을 갖춘 인물이라지 않던가? 대공 전하의 사촌인 블라스 경도 있다. 비록 세 번 결혼한 전적은 있지만 세련되고 재치가 있는데다 사람을 쉽게 내치지 않으니 통치자의 자질이 있지 않은가?

귀족들이 높이 평가하는 자질이란 귀에 걸면 귀걸이, 코에 걸면 코걸이라는 식이어서 활달함이란 약간의 문란함을, 완벽한 예의범절이란 돈 쓸 일마다 앞장서서 퍼붓는 행동을, 사람을 쉽게 내치지 않는다는 것은 주변에 아첨꾼이 가득한 상태임을 의미하기도 했지만 알 바 아니었다. 그들이 하고 싶은 말을 뒷받침해주기만 하면 되었다.

샤를로트는 오빠가 사라진 뒤 자신에게 쏟아질 거대한 악의의 파도를 일찌감치 예감한 듯했다. 대공 자리가 손 내밀면 잡힐 과일처럼 보이기 시작한 자들, 베르나르의 불운에 환호했을 그들은 어리고 제 편 없는 공녀를 소문으로 꺾는 것쯤이야 식은 죽 먹기라고 생각하리라.

그런 상황에서 샤를로트가 바로 대공녀의 위位를 받아들였더라면 말 그대로 십자포화 한복판에 떨어지게 되었을 것이다. 반면 대공녀가 되기를 미루고 죽었을 게 뻔한 오빠에게 집착하는 모습은 다소 애처롭기도 해서 평범한 사람들의 동정심을 샀다. 무엇보다 적들의 사나운 예봉을 피하는 효과가 있었다. 베르나르 대공자가 죽은 게 언제냐고 투덜거릴지언정 누구도 대놓고 비난하지는 못한다. 베르나르의 죽음은 대공 전하에게 여전히 아픈 상처였다. 스무 살이 될 때까지 대공녀가 되지 않겠다고 한 것은 성의를 다한 추도로도 비칠 수 있는 일이었다.

'추도'라는 첫번째 갑옷을 두른 샤를로트는 이어 속내를 보이지 않는 것으로 약점을 감추어 심리적 틈새를 노리는 자들을 차단했다. 뭘 보면 웃는지도 모르겠고, 어떤 대화에 마음이 풀어지는지도 모르겠고, 화려한 물건에도, 연회나 산해진

미에도, 미인에도 관심이 없고 오직 검술을 좋아한다는데 이미 웬만한 귀족들을 여흥으로 상대해줄 수준은 까마득히 넘은지라 역시 사교의 수단이랄 수 없는, 한마디로 침입할 구석이 없는 공녀. 마치 대공 전하가 그렇듯.

그러려면 다정함도 취향도 보여줄 수 없다. 사랑하고 아끼는 자들을 늘리면 적들의 표적이 되거나 계략의 빌미가 될 뿐이다. 스스럼없이 웃을 또래 친구 하나 사귀지 못한다. 가신들이 친구 노릇을 대신해줄 뿐.

열여섯 살, 열일곱 살, 열여덟 살, 열아홉 살 샤를로트가 그런 인간 같지 않은 처신을 해냈기에 온갖 소문을 떠들어대는 자들도 실상을 까보면 고작 공녀가 냉정하며 사교계를 즐기지 않는다는 사실을 물어뜯고 있을 뿐이었다. 다시 말해 천년 동안 이어져온 대공 가문의 유일한 직계를 그까짓 것으로 꺾지는 못한다. 공녀는 잘 해내고 있다. 귀족들은 공녀를 이기지 못할 것이다.

"그러니까 굳이 와서 저 짓거리를 구경할 필요는 없다는 거죠."

연회장 입구까지 온 비비엔은 안쪽의 테이블들을 슬쩍 들여다보고 나직이 뇌까렸다. 저만치 안쪽 자리에서는 캉페슈 후작이 만족스럽지 못한 샴페인을 물처럼 목구멍에 퍼부으며 오를리 사교계의 대변인 노릇을 시작하는 중이었다.

공녀의 검

"전하께서 관심을 갖고 계시냐고? 그야 당연한 일이 아닌가? 대공국이 영토 밖으로 여단 규모의 군대를 파견한 게 팔년 전쟁 이후로 처음이야! 이런 투자를 하셨는데 전하께서 기뻐하실 만한 성과는 나오고 있나? 지금까지야 타국에서 우리 오를란느인의 뛰어남을 실감할 기회가 그리 없었겠지만 지금은 별로 크지도 않은 이 성채에 온 대륙의 인간들이 다 모여 있지 않나? 대공국 군대는 물론 두각을 드러내어 대공 전하의 명예를 드높이고 있겠지? 어떤가?"

"그야 뭐 지당한 말씀이지만……"

킵이 각국 군대의 힘자랑 놀이터가 아니라는 것도, 이렇듯 여러 나라가 군대든 뭐든 보냈다는 사실은 이곳에서 발생한 문제가 얼마나 엄중한지를 나타낸다는 것도, 아직까지 어느 나라 군대든 특별히 실력을 발휘할 상황이 벌어진 적은 없다는 것도, 그런 상황의 발생이란 마상 시합 따위와는 성격이 다른, 수많은 사람의 목숨이 오고가는 위난을 의미한다는 것도, 어느 것 하나 한마디로 설명하기란 불가능했다. 그리고 상대는 한마디로 요약되지 않는 이야기에 귀를 기울일 성격이 아니었다.

"역시 그렇겠지? 하지만 나는 증거도 없는 이야기를 가지고 오를리로 돌아가 헛소문을 퍼뜨리는 부류가 아니오. 전하께서는 그런 자들을 매우 싫어하신다오. 캉페슈 가문이 전하께 신용이 있는 것은 어딜 가든 진상을 파악해 정확한 정보를 전해드리기 때문이니까. 자, 재미있는 이야기를 좀 들려주면 좋겠군. 오를란느는 어떤 일을 했소? 설마 주도권 다툼에서 밀리거나 한 건 아니겠지? 레옹 여단장은 연합군에서 어떤 위치요?"

"그건 한마디로 설명하기가……"

캉페슈 후작은 입맛을 다시다가 손에 들고 있던 샴페인을 훌쩍 마셔버렸다. 눈치를 보고 있던 누군가가 얼른 새 잔을 가져와 건넸다.

서쪽 홀에 마련된 만찬은 오를리 사교계에서 칭찬받는 우아한 연회와는 거리가 멀었다. 벽지 한 장 바르지 않은 살풍경한 벽에 투박한 테이블과 의자, 세련됨과는 거리가 먼 상차림에 캉페슈 후작의 눈살은 일찌감치 찌푸려진 뒤였다. 고작 마흔 명 정도 모였는데 홀만 쓸데없이 넓어서 다소 휑했고, 저 혼자 그럴싸한 샹들리에가 테이블이 놓인 쪽에서 멀찍이 떨어진 홀 한가운데에 우스꽝스럽게 매달려 있었다.

그날 후작이 유난히 빈정대고 트집을 잡은 이유 중 하나는 샴페인이 너무 맛이 없었던 까닭도 있었다. 하지만 이 건조한 땅에 막 들어온 후작은 줄곧 목이 말랐으므로 맛이 있든 없든 계속 음료를 마시는 수밖에 없었다. 처음 캅에 온 귀족들의 실망에 익숙한 장교들은 대충 비위를 맞춰 넘어가려 했지만 하필이면 누군가가 공녀의 안부를 묻는 바람에 후작의 입에 쓸데없는 활기를 불어넣은 꼴이 되었다.

"샤를로트 공녀 연하께서 안녕하신가, 그 말인가? 글쎄. 워낙 여기저기로 훌쩍 사라지시는 분이라 알 길이 없군그래. 그만하면 자중하실 때도 됐는데 여전히 어린 아가씨답게 천진하셔서 말이야. 덕택에 대공국의 미래가 참으로 안개 속이라지."

새 참사관에게 좋은 인상을 줘야겠지 싶어 가까이 앉았던 귀족 출신 장교들이 머뭇머뭇 놀란 시늉을 했다. 손님 접대를 하자면 그의 이야기에 맞장구를 쳐야 했기 때문이다.

"혹시 또 무슨 일이 있었습니까?"

"원래 한시도 조용한 날이 없어. 그러니까 호위병이 일흔여덟 명이나 필요한 게 아니겠나?"

후작이 무엇을 비꼬는지 알아듣지 못한 누군가가 되물었다.

"아니, 일흔여덟 명이나 됩니까? 왜 그렇게 많은 호위가 필요하죠?"

다른 자가 그자의 팔꿈치를 툭 쳤다.

"에투알 얘기잖아."

"아, 에투알이 일흔여덟 명인가요? 하지만 에투알은 지금……"

후작은 짜증스럽게 눈살을 찌푸렸다. 킵에 장교로 파견된 귀족들은 이른바 상류사회의 눈치라는 것이 부족했다. 그러니까 이런 척박한 곳으로 보내지는 거겠지만. 어쨌든 독설을 퍼붓고 싶어 안달이 난 후작에게는 비비꼬인 농담을 착착 받아주는 눈치 빠른 상대가 아쉽기 그지없었다.

"그래서 공녀님은 어딜 가셨는데요?"

"난들 아나. 모르니까 문제 아닌가. 행선지도 알리지 않고 사라질 신분이 아닌 분이 그러시니까 아랫사람들만 전전긍긍하는 게지. 대체 점잖은 몸가짐은 언제 익히시려는지."

캉페슈 후작이 샤를로트가 아노마라드로 간 정황을 아는 것은 아니었다. 하지만 공녀가 나타날 만한 장소에서 얼굴을 볼 수 없으니 귀족들이 평소처럼 억측하는 것을 그도 옮겨 말하고 있을 따름이었다. 그는 아무 파벌에도 속하지 않았지만, 좋든 나쁘든 유명세가 있고 거리낌 없이 막말을 잘하다보니 소문의 진원지 노릇을 톡톡히 했다.

하지만 연줄이 없어 킵 같은 곳에나 보내지는 얼뜨기들은 유행도 모르고 상식적인 의견을 내놓았다.

"그럴 만큼 중요한 볼일이 있으신 건 아닐까요?"

후작이 인상을 찡그리더니 목청을 높였다.

"열아홉 살 공녀께서 은밀히 해결하셔야 할 중요한 볼일이 대체 뭔가? 이 평화로운 대공국에 그런 위기가 있을 리도 없지만, 있다 한들 그게 그분께 맡길 일인가? 귀여운 공녀께서 시시때때로 멋대로 사라지는 건 어린 아가씨들이 꽃놀이 가는 거나 다를 것 없는 이유뿐이야."

장교들은 무어라 대꾸해야 좋을지 몰라 서로 눈치를 보았다. 후작의 생각대로 그들은 오를리 사교계와 거리가 먼 존재였기에 샤를로트 공녀는 여전히 하나뿐인 대공국의 존귀한 후계자였다. 게다가 그들은 군인이었으므로 공녀의 에투알 경력도 꽤 높이 평가하는 편이었다. 그렇다보니 웬만하면 지체 높은 후작의 말에 맞장구를 치고 싶은데도 말이 쉽게 나오지 않았다.

"그게…… 뭐 꽃놀이를 가실 수도 있죠. 꽃철이 되면 누구나 한 번쯤……"

"대공국이 평화롭다니 다행스럽네요. 하하하……"

엉뚱한 소리를 듣는 후작의 표정은 짜증스럽게 일그러져 있었다. 그때 한 명이 맞은편에 와 앉으며 대꾸해왔다.

"공녀 연하께서 귀공녀답지 못하다는 거야 누구나 아는 얘기지만 멋대로 사라지시기까지 하는 줄은 몰랐군요. 혹시 수상쩍은 무리와 손이 닿으시는 건 아니겠죠? 제가 듣기로 최근 아노마라드 쪽의 어떤 세력과 손을 잡으려 하는 자들이 있다던데. 이 킵에서도 수상쩍은 소문이 나돈 지가 좀 되었거든요. 아무래도 연합군이랍시고 아노마라드 군대와 어깨를 맞대다시피 지내고 있으니까요."

지도부 면담이 생각보다 오래 걸리는 바람에 로랑은 만찬에 참석하는 대신 새로 맡게 된 알리스 공녀 연대의 장교들과 간단히 식사를 마쳤다. 특별히 축하할 일은 아니라 해도 어쨌든 지휘관이 된 셈이라 축하의 의미로 포도주가 나왔다. 로랑은 술을 즐기는 편이 아니었지만 장교들이 자꾸 권하는 바람에 몇 잔을 마실 수밖에 없었다.

식사를 마치고 막 숙소로 돌아가려 하는데 바란 연대장이 보낸 병사가 왔다. 퇴근 전 여단 본부에 잠시 들르라는 것이었다.

"무슨 일이지?"

로랑이 묻자 병사가 대답했다.

"아까는 건네주는 것을 깜빡 잊으셨다고, 여단 창고의 여분 열쇠를 받아 가시랍니다."

킵은 개조가 불가능한 구조물이고 오를란느 군대에 배정된 공간은 한정되어 있다보니 각 연대별로 물품을 보관할 창고 등을 효율적으로 배치할 수가 없었다. 지휘관들도 종종 어디까지가 자신의 관리 범위인지 깜빡하곤 했다.

"어디로 가면 되지?"

"여단 본부 부속실입니다."

로랑은 고개를 끄덕이고 여단 본부 쪽으로 걸음을 옮겼다. 사 년 전, 사과의 섬에서 그랬듯 경쾌하고 빠른 걸음이었지만 그날의 스물두 살 먹은 로랑과 지금의 로랑 사이에는 색채조차 기괴한 거친 강이 흐르는 듯했다. 공녀의 측근이 되고 나서야 그는 공녀를 제대로 지킨다는 것이 각오나 의지 이상의 임무임을 알았다. 귀족들의 세계는 겉보기에 화창하게 갠 봄날씨 같지만 한 발짝 안으로 들어가보면 냉혹함이 축축한 안개처럼 드리워지고 곳곳에 집요한 악의가 말뚝처럼 박혀 있었다. 말뚝을 찾아 뽑겠다고 정신없이 걷다보면 뭔가에 취한 듯 어지럽고 숨을 쉬기도 힘들어진다. 고향에서 영주 아들의 망나니 같은 행동을 바라보며 미워하던 마음으로는 경험할 수 없었던 유독한 공기였다.

오를리의 귀족들은 겉으로 고요하되 한시도 눈을 감는 일이 없다는 전설 속의 흙요정 같은 데가 있었다. 흙요정은 온몸에서 축축한 진흙이 흘러내리는 모습으로 젖은 웅덩이 근처에 고요히 누워 있으면서 지나가는 사람을 엿보고 들려오는 모든 말을 외운다. 자기가 있다는 기척은 내지 않지만 만약 들킨다면 그 사실을 감추기 위해 가장 효과적인 행동을 할 것이다. 그들이 엿본 것으로 무슨 짓을 하는지는 모른다. 그러니 웅덩이 근처에 작고 가느다란 어린애의 윤곽 같은 것이 보인다면 입을 다물고, 못 본 체하며 지나가라.

한때는 샤를로트도 모든 귀족을 적으로 돌릴 필요는 없다는 충고를 받아들여 몇몇 우호적인 귀족과의 관계를 유지해 보려 했다. 그랬기에 쇼몽 저택의 모임 같은 곳에도 갔던 것이고. 하지만 이제는 아니었다. 거기서 죽을 뻔한 후로 샤를로트는 친분에 끌려다니다가 위험에 처하니 단호하게 끊어내는 쪽으로 태도를 바꾸었다. 귀족들을 상대하는 것은 대공이 되고 난 후에도 쉽지 않으리라. 사실상 머리 몇 개쯤은 날려버릴 각오로 공포 정치를 펴야 가능하지 않을까? 하지만 연하께서 그 정도를 못 하시겠는가?

로랑은 정치가가 아니었기에 그 정도에서 적당히 상상을 그쳤다. 필요한 일과 적절한 시기는 공녀 연하가 정한다. 지금은 베르나르 대공자의 암살 문제에 집중하고자 하는 공녀의 뜻을 충실히 받들 뿐이다. 그 과정에서 힘을 다해 공녀를 지킬 뿐이다.

그러자면 그도 강해져야 했다. 육체적인 강함이 아니라 더러움을 견뎌내고, 때로 악의를 꿰뚫어보고도 뻔뻔스럽게 버티는 억센 마음이 필요했다. 선하고 충성스러운 것만으로는 이겨내지 못하는 싸움이다. 천성이 솔직하고 쾌활한 로랑 같은 사람에게는 바람과 햇빛 아래 자란 식물을 늪에 옮겨 심는 것 같은 고통이 뒤따르는 일이기도 했다.

로랑이 변했듯 샤를로트도 변했다. 하지만 아직은 소녀 같은 천진함이 남아 있어서 로랑은 때로는 안도하고 때로는 걱정스러웠다. 동시에 샤를로트가 자기보다 강하다는 것을 실감하기도 했다. 샤를로트는 짓궂은 소녀의 모습과 냉혹한 공녀의 모습을 생각보다 가볍게 오갔다. 가면을 썼다 벗었다 하듯, 남자아이가 되었다 여자아이가 되었다 하듯, 누구에게 웃어주고 누구를 쏘아볼지, 손을 내밀지 검을 겨눌지 마치 본능적으로 아는 것 같았다. 이해하기 힘들다. 하지만 다행스럽다. 그렇지 않았더라면 곁에 있는 로랑이 공녀의 변해가는 모습에 오히려 더 고통스러웠을 것이다.

하지만 혹시 그 모습이 단순히 괴로워하는 것보다 더 힘든 건 아닐까……

여단 본부에 이르러 열쇠를 건네받은 로랑은 고작 길쭉한

나무패에 매달린 열쇠의 조악함에 실소했다. 여기서 벌어지는 일은 하나같이 조금씩 우스운 데가 있었다. 대공국 군대 전체가 사용하는 창고의 열쇠가 마치 시골 마을 방앗간 열쇠처럼 생겼다니.

이어 숙소로 돌아가려던 로랑은 소란스러운 분위기 때문에 아래쪽 연회장을 내려다봤다가 비비엔을 발견했다. 마침 누군가가 나오느라 연회장 문이 조금 열려 있었는데 비비엔은 한쪽 구석에 서서 안쪽을 들여다보고 있었다. 볼일이 있으면 들어가면 될 텐데 왜 그렇게 서 있는지 모를 일이었다. 로랑은 문득 계단 세 개를 내려가 비비엔 앞으로 뚜벅뚜벅 다가가 물었다.

"마담 아르망주? 거기 무슨 일 있습니까?"

갑자기 비비엔이 활짝 웃어 보이는 바람에 로랑은 화들짝 놀랐다. 그럴 수밖에 없었다. 여기가 죽을 자리는 설마 아닐 텐데 대체 왜……

"연회장에는 무슨 일이십니까? 피곤하실 텐데 그만 들어가 쉬시지요."

"숙소로 돌아가는 길이었습니다만."

"아, 그렇군요. 저는 신경쓰지 말고 어서 가보십시오."

그때 열린 문 안쪽에서 사람이 나오다가 로랑을 발견하고 당황한 표정이 되었다. 다비드였다.

"어, 네가 여긴 웬일이냐? 무슨 볼일이라도 있어?"

그러면서 재빨리 문을 닫으려 했지만 뒤따라 또다른 사람이 나오고 있어서 그럴 수가 없었다. 아홉시가 가까운 터라 술을 즐기지 않는 사람들은 슬슬 연회장을 떠날 시각이었다.

"특별한 볼일은 없습니다만."

"그럼 얼른 가라. 안에 술 취해서 정신 나간 소리 늘어놓는 인간이 한둘이 아니야. 들으면 머리만 아파진다."

그렇게 말하는 다비드도 술을 안 마신 얼굴은 아니었다. 로랑의 한쪽 눈썹이 조금 올라갔다.

"제가 들으면 안 될 얘기라도 나온 모양이죠?"

딱 잘라 묻자 다비드의 얼굴에서도 웃음기가 가셨다. 난처한 기색을 숨기지 못하며 시선을 피해보려 했지만 소용없었다.

"어휴, 조안느 같은 눈으로 쳐다보지 마라. 헌금함에서 동전 슬쩍해 단풍 사탕 사 먹은 얘기까지 다 튀어나오려 하잖아."

그러면서 도와달라는 듯 비비엔을 봤지만 비비엔은 이쯤 되면 어쩔 수 없다는 것처럼 무표정하게 눈만 굴렸다. 로랑은 둘의 얼굴을 번갈아 보더니 두 걸음 다가서서 문고리를 잡았다. 문을 밀자 연회장이 펼쳐지면서 목소리들이 와르르 밀려들었다. 동시에 잘 알고 있는 목소리가 예민하게 단련된 귀를 찔렀다. 저도 모르게 왼손이 꽉 쥐어지며 핏줄이 파랗게 돋았다.

캉페슈 후작이다.

저만치, 세 테이블 너머 안쪽 자리에 앉아 있었다. 제법 먼 데도 목소리가 워낙 알아듣기 쉽고 또 컸다. 술을 웬만큼 마셨다는 의미다. 많은 사람으로 둘러싸인 불그레한 얼굴이 사람들 틈으로 가려졌다 나타났다 했다.

그자의 맞은편에서 웃어대고 있는 자는 상리스 후작부인의 친척인 파팽 소령이다. 상리스 후작은 베르나르 대공자를 낳았던 죽은 대공비의 아버지였다. 그 가문 사람들은 누구보다도 집요하게 샤를로트를 미워했다. 다른 파벌은 대공 가문의 일원이 중심이어서 차기 대공 자리를 노리느라 그런다고 해석할 여지라도 있었지만 상리스 후작에게는 그런 것도 없었다. 그저 딸에 이어 손자까지 죽는 바람에 대공가에 제 가문이 남긴 흔적이 깨끗이 지워지고 엉뚱한 여자의 딸인 샤를로트가 장차 대공이 되리라는 사실이 분해서 견딜 수가 없는 모양이었다.

다비드가 따라 들어오자 로랑이 말했다.

"참사관이 저분이었군요."

"그래. 되도록 늦게 마주쳤으면 싶었는데. 하루이틀 있으면 이것저것 보고 나서 좀 수그러들 거 아냐. 지금은 기고만장해서 꼴이 말이 아니다. 얼른 나가자."

"아뇨."

로랑은 주위를 둘러봤다. 나간 사람이 여럿이라 빈자리는 금세 눈에 띄었다.

"무슨 소릴 하는지 들어보고 가야죠."

"들어서 뭘 하게?"

"최신 오를리 소식이 있겠죠."

"최신 오를리 소식은 나한테 들어. 술 취한 양반한테 뭘 기대하는 거야?"

로랑은 어느새 침착한 상태로 돌아와 다비드를 보았다.

"저런 사람의 입에서 들어야 할 소식이 있는 법이죠."

로랑은 정말로 문가에 가까운 테이블에 한 자리 차지하고 앉았다. 다비드도 참사관이 연회장을 떠나기 전에 쉬러 갈 입장은 아니었으므로 옆자리에 앉으며 로랑의 눈치를 살폈다.

"이래서 내 꼴이 우습게 된 거야. 너도 알다시피 후작의 어머니가 우리 할머니하고 친하시잖아. 후작이 킵에 다녀올 참사관으로 뽑혔다는 소리를 듣고 네 생각이 나서 어머니한테 어쩌자고 저런 인간을 보내느냐고 불평 몇 마디 했을 뿐인데, 순식간에 수행원으로 끼워넣어놨지 뭐냐. 예전원보다야 추밀원이 출셋길이다 이거지. 어휴, 아들은 못났는데 어머니만 꿈이 야무져서 살기가 힘들다. 어차피 이렇게 된 거, 가서 너랑 후작이랑 싸움이나 말리자 싶었던 건데."

"제가 뭐 대단한 사람이라고 후작하고 싸울 상대가 되겠습니까."

다비드가 킥킥 웃었다.

"후작을 칼도 못 뽑고 꼬리 내리게 만든 유일한 사내인 주제에 그런 소리는 하지 말지?"

"그거 그런 상황 아니었고요. 그땐 이유가 있었을 뿐입니다."

"그래, 알고말고. 너야 딱 한 가지 이유만 없으면 조용히 지내잖냐."

그렇게 말해놓고도 아무래도 걱정스러웠는지 조금 후, 다시 얼굴을 들이밀며 물었다.

"혹시 너 이러고 있다가 술잔 같은 거 집어던지는 거 아니지?"

로랑이 눈을 가늘게 떠 보였다.

"저 이제 스무 살 아닙니다, 도벨 비서관님."

로랑은 실제로 스무 살에 술잔은 아니고 포크를 집어던진 전적이 있었다. 다비드도 함께 있었던 어느 야외 모임 자리에서 에투알의 실력이 예전 같지 않다고 떠드는 누군가의 모자에 달린 깃털을 들고 있던 포크 한 자루로 날려보내고는 "수련병이 이 정도니까 정식 에투알의 실력은 알아서 상상하라"고 말했던 사건이었다. 로랑도 어렸기에, 그리고 술을 몇 잔 마셨기에 했던 일이지만 금세 에투알 본부에 누군가가 일러바치는 바람에 불려가서 한바탕 야단을 맞고 경위서까지 써야 했다. 그뒤로 또 그런 행동을 한 적은 없었다.

그때 비비엔이 척척 들어와 맞은편에 앉으며 말을 받았다.

"스무 살 아니니까 검을 뽑으면 무슨 일이 날지도 잘 아시겠죠. 그런 의미에서 포도주나 한 잔 드시고, 저도 좀 주시죠."

그러면서 어디선가 들고 온 새 잔 두 개를 나란히 내려놓고 로랑을 빤히 보았다. 로랑도 비비엔을 보았다. 잠시 그러고 있다가 말없이 술을 따라 밀어주며 물었다.

"무슨 의미로 하는 소립니까?"

"보아하니 저한테도 삼 분 안쪽 같은데, 자칫하다가는 주황 딱지 밟을 일이 생긴다는 뜻입니다. 그러니까 이거라도 마시고 날 좀 무디게 하시란 겁니다."

"......"

잠시 후 둘은 술잔을 마주치고는 금세 마셔버렸다. 다비드가 고개를 갸웃대다가 비비엔을 건너다봤다.

"주황 딱지인지 그게 난 무슨 뜻인지 모르겠지만 말이오. 카스티유 경한테 술 권하는 거, 그거 잘하는 일이 맞습니까?"

"네."

"쟤가 술이 그리 세지 않은데?"

"그러니까요."

다비드는 여전히 이해가 가지 않아 미간을 찌푸렸다. 상식적으로 사람이 술기운이 돌면 적당히 참고 넘어갈 일에도 발끈하게 되지 않던가?

다비드는 비록 동생이 에투알이지만 본인은 몸 다루는 재주가 형편없었다. 검술도 어려서 흉내만 조금 내다 말았다. 그렇다보니 에투알의 검술이 몸 상태에 따라 변화한다는 이야기를 종종 들었어도 제대로 이해하지는 못했다. 에투알이 가장 강해지는 때는 죽음을 앞뒀을 때다. 그다음은, 평상시다. 그들은 평상시에 최적의 몸 상태를 유지하기 위해 과음이나 과식, 여흥 등 무절제한 생활을 피하고 비상시가 아니라면 하루 일과를 깨뜨리는 법도 없었다. 군인이지만 마치 수도자처럼 살아가는 그들이 진심으로 싸울 마음을 먹고 칼을 뽑았을 때는 팽팽히 당긴 활시위처럼 반응한다. 눈 깜짝할 사이에 끝이 난다.

그렇게 살아온 사람에게는 술 한 잔도 뚜렷한 변화를 일으키는 법이었다. 에투알은 시간의 흐름이나 거리 가늠에 예민한 것처럼 몸의 변화에도 민감했다. 다만 비비엔이 몰랐던 것은 로랑이 조금 전 식사 자리에서도 포도주를 몇 잔 마셨다는 사실이었다. 겉으로 보기에는 평소와 똑같아 보였으니까. 아니, 사실 비비엔은 지금껏 로랑과 술을 마셔본 일이 없었으므로 변화가 있다 한들 어떻게 나타나는지 알지 못했다. 여기 들어와 앉은 것부터가, 아니 가다 말고 비비엔을 봤다고 굳이 내려와 말을 붙인 것부터가 평소와 약간 다르다는 것을 알 만큼 친근한 사이가 아니었다.

그때 후작의 목소리가 다시 커졌다.

"아노마라드 놈들은 명예심이 없어서 저들에게 이득만 된다면 무슨 짓이든 사양을 안 하지. 알다시피 엉터리 교단 따위를 만들었을지라도 돈만 퍼부으면 금세 멀쩡한 꼴로 탈바꿈하지 않던가? 그런 탈을 쓴 자들이 오를리에 들어와서 학교 같은 데를 다니며 평범한 학생인 체하다가……"

무슨 엉뚱한 소리인가 싶었던 로랑이 중얼거렸다.

"무슨 소릴 하는 거야?"

"난들 알겠냐?"

하지만 곧이어 로랑의 미간에 주름이 잡혔다. 특별한 단어가 들려왔기 때문이다.

"……꽃 따위로 학교를 뒤덮어서 공녀님의 탄신일을 축하한다느니, 그런 아부를 하는 놈들의 정체도 필시 그런 놈들과 줄이 닿았을 테지. 다들 조심해야 해. 여기라고 그런 놈이 없으란 법이 있겠는가?"

이 세상에서 '공녀'만큼 로랑의 귀에 잘 들어오는 단어도 없었다. 다비드가 크게 당황하며 후작을 건너다보더니 말했다.

"원래 헛소문 좋아하잖아. 어디서 또 이상한 소리라도 들었나보지. 일일이 다 상대하려면 입만 아프다니까."

"……"

로랑은 말없이 귀를 기울였다. 캉페슈 후작의 목소리는 다소 낮아졌지만 로랑이 알아듣지 못할 정도는 아니었다.

"나이가 어리면 그런 놈들을 쉽게 알아보지를 못해. 경험이 부족하거든? 그걸 그놈들도 알지. 왜 하필이면 공녀님을 찍어서 환심을 사려 들겠어? 모르지, 벌써 한두 번 만나줬을지도. 공녀님이 좀 고독하시잖아. 사교계의 예의라는 것이 이 세상에 없는 것처럼 구니까 귀부인들이 상대를 안 해주거든. 그러니 사탕발림하는 인간들이 여간 아쉽지가 않을 거 아니야. 누가 충심으로 보살펴드려야 할 텐데. 워낙 남의 말을 듣는 성미가 아니셔서 말이야."

"공녀님 주위에 조언해주시는 분들은 다 어디로 가셨단 말입니까? 설마 한 분도 없지는 않을 거 아닙니까?"

"조언자? 있긴 누가 있어? 아노마라드 귀족이랑 결혼한 여자? 공녀님 귀에 아노마라드 얘기를 속살거려서 나라를 망치는 그런 매국노들이야말로 다시는 오를리에 들어오지 못하도록 추방령을 내려야 하는데. 그다음에는 뭐, 에투알밖에 더 있나? 그런데 공녀님은 그 에투알을 좀 멀리해야 해. 에투알을 그만뒀다지만 그러고도 계속 그놈들이랑 어울리니까 귀공녀답지가 못하고, 사납고 제멋대로인 게야. 사내애들하고 어울려 노는 여자애들이 꼭 그렇거든? 내 친척 중에도 그런 애가 있었는데 꼭 하는 꼴이 봉두난발에 도깨비같이 하고는……"

후작의 말이 조금 거슬린 누군가가 넌지시 말했다.

"그래도 에투알에서 실력을 인정받았다는 건 대단한 일인데……"

"인정? 젊은 사람들이 이렇게 옛날이야기를 모른단 말이야. 예로부터 에투알에는 '명예 에투알'이라는 것이 있어. 대공 가문 출신인 분들은 적당히 흉내내며 날짜만 채우면 에투알 자격을 준단 말이야. 그런데 공녀님은 그것조차 못 받았는데 뭘 봐서 실력을 인정받아? 검 좀 쓴다고 소문이 나서? 그야 돌아가신 대공자한테 처진다는 소리를 듣기 싫어 무리하는 걸 보고 사람들이 예의상 해주는 소리잖아. 대공자의 검을 왜 갖고 다닌다고 생각하나?"

파팽 소령은 무척 재미있어하는 표정이었다.

"아하, 공녀께서 그 인간 같지 않다는 에투알에서 어떻게 버티셨나 했더니 그런 사연이 있었군요. 역시 소문만 믿을 게 아니네요. 당연히 특혜가 있었지."

로랑이 쥐고 있던 열쇠 달린 나무패가 딱 소리를 내며 부러졌다. 다비드가 벌떡 일어나면서 로랑에게 제발 참으라는 눈짓을 보냈다. 그런 다음 서둘러 후작 곁으로 갔다. 허리를 굽히며 뭐라고 속삭이자 후작이 손을 홰홰 내저었다.

"아직 초저녁이야! 이 정도로 취하긴! 나를 뭐로 보고……"

또다른 자가 물어왔다.

"그럼 공녀님의 검술이 뛰어나다는 평도 사실이 아닙니까?"

"그걸 믿었나? 열아홉 살 먹은 아가씨치고는 좀 쓸 만할지 몰라도 제대로 상대하면 한칼거리도 안 되지. 귀부인들의 검술이란 게 예로부터 별것 있던가? 괜히 그런 걸 배워봤자 품성만 거칠어지는 게야."

"하지만 공녀님하고 대결해서 이긴 사람은 아무도 없지 않던가요?"

"멍청하긴. 상대가 공녀님인데 알아서 져드려야지. 그런 식으로 근사하게 포장해왔지만 나처럼 검을 오랫동안 연마한 사람의 눈은 소문 따위로 못 속이거든?"

그때 문가 테이블 쪽에서 로랑이 일어서며 말했다.

"이런 데서 공녀 연하를 잘 아는 분을 뵙게 될 줄은 몰랐군요."

그제야 고개를 들고 로랑의 얼굴을 발견한 캉페슈 후작은 순간 당황한 기색이었으나, 곧 키들키들 웃으며 대꾸했다.

"아니, 여기는 에투알도 들어오나? 그런 줄 알았으면 말조심 좀 할 걸 그랬네? 난 장교들만 들어오는 줄 알았지. 고귀한 가문 출신들 말이야."

'경'으로 불리게 되긴 했지만 여전히 고귀한 가문 출신은 아닌 로랑을 비꼬려는 의도가 틀림없었지만 로랑의 표정은 바뀌지 않았다.

"여기선 카스티유 대령이라고도 합니다만."

조금 전까지 그까짓 임시 직책이 다 뭐냐고 생각하던 로랑은 자신이 생각해도 뻔뻔스럽게 대꾸하고는 식탁 뒤를 돌아나오며 말을 이었다.

"하지만 유감스럽게도 잘못된 정보가 좀 많군요. 공녀 연하가 에투알에서 특혜를 받으셨는지 궁금하시다면 제가 잘 알려드릴 수 있습니다."

로랑은 후작 앞으로 다가가는 대신 테이블이 없는 빈 공간, 샹들리에가 걸린 곳에서 몇 걸음 떨어진 곳에 멈추어 섰다. 사실상 결투를 한다 해도 무리가 없을 정도로 널찍한 자리였다.

"연하께선 이미 열다섯 살 수련병 시절에 당시 정식 에투알이던 저보다 뛰어나셨죠."

정확한 사실은 아니지만 상관없었다. 하지만 그 말에 꽤 많은 사람이 술렁거렸다. 특히 로랑을 자주 보아온 알리스 공녀 연대의 장교들이 그랬다. 로랑은 에투알 중에서도 손꼽히는 실력자라지 않던가? 물론 로랑은 킵에 온 이래 훈련 외의 일로 검을 뽑은 일이 없었다. 정확히는 그럴 일이 없었다. 이유가 있든 없든 에투알과 대결하고 싶어하는 자는 아무도 없었다.

"그러니 저를 못 꺾는 실력이라면 감히 연하께 덤벼들지

65
—
공녀의 검

않는 편이 현명한 겁니다."

 캉페슈 후작과 마주앉았던 자들이 일어서는 바람에 후작과 로랑 사이에 가로놓인 것은 술잔과 접시로 난잡한 테이블뿐이었다. 그 너머에 비스듬히 앉은 후작이 비릿한 웃음을 머금으며 말했다.

 "그 말은 지금 너…… 아니지, 대령이 나와 여기서 칼 한번 맞대보자는 뜻 같은데, 내가 대공 전하께서 임명한 참사관이라는 사실을 잊은 건 아닌지?"

 캉페슈 후작의 말대로 파견 여단의 군대에 소속된 로랑이 참사관과 결투하는 것은 큰 문제가 될 수 있다. 후작이 대귀족이라는 사실보다 공무로 파견되었다는 점이 더 중요했다. 대공 전하가 임명한 관리를 죽이는 것은 개인적인 결투로 변명될 수 없었다. 대공 전하의 일을 방해한 셈이 되는 것이다.

 비비엔이 말한 '주황 딱지 밟을 일'이 바로 그런 사태를 가리킨 말이었다. 에투알 사이에서 주황 딱지는 대법원을 뜻하는 은어였다. 군사 법원이 그곳을 상징하는 검정 깃발 때문에 '검정 딱지'라는 별명을 갖고 있었는데, 대법원의 법관들이 입는 옷은 주황색이기 때문이다. 본래 군인은 문제를 일으켜도 갈 일이 없는 곳이지만 상대가 추밀원 소속 참사관일 때는 이야기가 달라진다.

 로랑은 캉페슈 후작을 보았다. 눈빛만으로는 당장 죽여버리고 싶다는 뜻을 분명히 담은 채로 말했다.

"우리 모두가 대공 전하의 지엄한 명을 받들어 이곳에 와 있다는 사실을 잊은 적은 없습니다. 하지만 저는 동시에 대공 전하께서 친히 중임을 내려주신 공녀 연하의 기사로서, 조금 전의 무례한 발언에 대해 정정 및 정식 사과를 요구합니다."

"하!"

후작이 고개를 젖히며 짧은 비웃음 소리를 내더니 말했다.

"난 어디까지나 공녀 연하의 신변과 평판을 걱정하는 의미에서 한 말이었소. 여기, 내 말을 들은 자들도 다들 동의할 거요. 그렇지 않소?"

"연하께서 남의 말을 듣는 성미가 아니시고, 사납고 제멋대로이며, 돌아가신 대공자한테 처진다는 소리를 듣기 싫어 무리하고 있고, 제대로 싸우면 한칼거리도 안 된다는 소리가 신변과 평판을 걱정하는 말이라니."

그때까지만 해도 사람들은 로랑이 캉페슈 후작의 사과를 받아내기 위해 조목조목 짚는 모양이라고만 생각했다. 로랑이 이곳에서 대령이라 해도 상대는 대귀족이었으므로 진심으로 싸움을 걸기야 하겠는가 싶었던 것이다. 그랬기에 이어진 말을 들은 모든 이의 입이 딱 벌어졌다.

"제정신으로는 그런 개소리를 곧이들을 수가 없군요."

"......"

안 그래도 붉던 캉페슈 후작의 얼굴이 토마토처럼 달아오르고 웅성이던 소음조차 싹 멎었다. 불안한 침묵, 이어 테이블을 내리치는 소리와 함께 밀쳐낸 술잔과 접시 들이 떨어져 박살이 났다. 노성이 터져나왔다.

"감히 내 앞에서 그따위 소리를 지껄여!"

옆에 있다가 혹시라도 후작의 기분을 거스를까 겁을 먹은 사람들은 멀찍이 비켜났다. 수행원들도 여기저기에서 일어나며 난처한 표정으로 웅얼거렸다.

"참사관께 그 무슨 해괴한 말을……"

"이런 일은 반드시 대공 전하께서……"

그들이 말을 맺지 못한 것은 이쪽이 후작이라면 저쪽은 공녀 연하 대신 사과를 요구하고 있었기 때문이다. 후작 가문의 가신 출신인 수행원 한 명만이 소리쳤다.

"멀찍이서 말씀을 엿듣다가 멋대로 오해를 해놓고 감히 후작께 무례한 망발을 지껄이다니, 당장 사죄하지 못할까!"

갈까 말까 머뭇대던 파팽 소령도 힘을 얻었는지 불쑥 돌아서서 말했다.

"카스티유 대령께서도 참사관께 예의를 지키셔야 하지 않습니까? 여기는 계급 없는 에투알이 아닙니다. 대령님의 계급은 어디까지나 임시고 말이죠."

로랑의 눈썹이 짜증스럽게 꿈틀거렸다.

"아, 임시니까 소령이 대령에게 잔소리를 해도 괜찮다 그 말이군요. 대공 전하께서 임시 계급을 내리신 뜻은 전혀 이해하지 못하는 것 같지만 누구나 대공 전하의 마음을 헤아릴 수 있는 건 아니겠죠. 그러니까 대공 전하의 하나뿐인 후계자이신 공녀 연하를 음해하는 말에 '당연히 특혜가 있었지' 같은 소리나 지껄이고 있는 것이겠고요."

다른 연대장들이 자리에 없었으므로 이곳에서 대령보다 계급이 위인 사람은 한 명도 없었다. 그때 캉페슈 후작이 자리에서 일어났다. 의자는 뒤로 나동그라지고 테이블이 흔들려 술잔들이 넘어지고 깨졌지만 아무도 말리지 못하고 그저 쩔쩔맸다. 반면 로랑은 얼굴색도 변치 않고 말을 이어갔다.

"공녀 연하께서 이곳에 계셨더라면 그런 말을 한 자들의 무엄한 입을 다물게 하는 데 이십 초 정도 걸리리라 확신합니다. 한꺼번에 상대하신다면 오 초 정도 절약되겠죠."

비현실적인 숫자가 연달아 나오자 사람들은 당혹스러운 표정이었다. 그들은 에투알이 최상의 상태에서 대결할 때면 한순간에 모든 것을 결정짓는다는 사실을 알 기회가 없었다.

"저는 연하가 아니므로 사십 초 정도는 걸릴 것 같군요. 한꺼번에 덤비면 저도 십 초 정도는 절약할 수 있을 테니 그쪽으로 하시든가요."

그런 말을 하면서 칼자루도 건드리지 않고 편안히 서 있었으므로 사람들은 저 말이 농담인지 위협인지 판단을 못하고 머뭇댔다. 로랑의 말을 들으며 정작 이마를 짚는 사람은 따로 있었다.

"아이쿠, 쟤 취했잖아. 저거 지금 술주정인데⋯⋯"

로랑을 오래 보아와서 잘 아는 다비드가 이마를 문질러대다가 땀을 닦아내며 중얼거렸다. 비비엔이 다비드를 봤다.

"술주정이라고요?"

"쟤가 원래 술 취하면 평소 머릿속으로만 재던 수치들이 입 밖으로 막 튀어나옵니다. 하여튼 아까 당신이 괜히 술을 줘서 지금 큰일나게 생겼잖습니까?"

비비엔이 고개를 저었다.

"싸움을 막는 건 연회장에 들어오기 전에나 가능한 일이었습니다. 들어온 이상 이미 예견된 결과였죠. 저는 그저 주황 딱지까지 안 갈 정도로만 완화해보려고 했는데."

비비엔은 입술을 꽉 다문 로랑의 옆얼굴을 한 번 보더니 얕은 한숨을 내쉬었다.

"카스티유 경의 주량을 과대평가했던 모양이네요."

그때 캉페슈 후작이 테이블을 돌아 나와 로랑을 향해 걸어왔다. 비틀대는 걸음도 아니었다. 대략 열 걸음쯤 남았을 때 로랑이 말했다.

"거기서 멈추시죠. 한 걸음만 더 오면 제가 당신을 찌르는

데 삼 초밖에 안 걸리게 됩니다."

"가문도 없는 천한 놈이…… 건방지게 지껄이지 말란 말이
야!"

후작이 검을 뽑아 달려드는 것을 모두가 보았다. 비록 술에
취하긴 했지만 왕년의 명성에 걸맞게 민첩한 움직임이었다.
그러나 그다음에 일어난 일은 분명치 않았다. 뭔가 빠르지만
간결한 움직임이 스쳐가고, 요란한 소리가 울리는가 싶더니
후작은 바닥에 무릎을 꿇은 채 턱만 쳐들고 있었다. 소리는
후작의 검이 바닥에 떨어지며 낸 소리였다. 로랑은 그 앞에
서 있었는데 검을 뽑지도 않은 채였다.

"저, 방금 어떻게 된 거야?"

"뭐……였지?"

후작은 로랑을 올려다보고 있었다. 실은 즉시 일어나려 했
지만 그럴 수가 없었다. 오른쪽 다리가 마비된 것처럼 힘이
들어가지 않아 그 자세로 버티기조차 힘들었다. 그런 후작의
코앞에서 로랑이 허리에 찬 검을 검집째로 풀더니 바닥에 세
우고는 말했다.

"이 검은 대공 전하께서 저의 서임식 날, 공녀 연하를 지키
라며 하사하신 검입니다. 연하께서 이곳에 안 계시므로 대신
이 검에 입을 맞추면 사죄한다는 뜻으로 알겠습니다."

무릎을 꿇은 것만도 치욕스러운데 검에 입을 맞추라니, 상

상도 못한 요구를 받은 후작의 입가가 파르르 떨렸다. 당장이라도 벌떡 일어나 호통을 치고 싶었지만 다리는 여전히 말을 듣지 않았다.

"대체 무슨 짓을 한 거지?"

나직이 씹어뱉는 목소리는 로랑에게만 들렸다. 로랑은 고개를 숙여 후작의 눈을 들여다보더니 미풍처럼 가벼운 나머지 조금 비웃는 듯도 한 어조로 말했다.

"진심으로 사죄하시면 좋은 일이 생길 겁니다."

"……"

후작이 계속해서 무릎을 꿇고 있는 것 때문에 이미 수많은 사람이 웅성거리고 있었다. 그들은 조금 전 자신이 뭘 봤는지 잘 이해하지 못했다. 눈꺼풀에 남은 잔상을 머릿속에서 한번 더 굴려보고는 간신히 상황을 끼워맞췄지만 사람마다 이해가 제각각이었다. 어쨌든 엉성한 곳을 증폭된 상상력으로 메웠기에 저마다 뭔가 엄청난 것을 보았다고 생각했다.

"아까, 엄청나게 빠르던데 말이야."

"후작께서는 어디 다치셨나?"

"아무데도 상처가 없는 것 같은데 꼼짝도 못하시네."

"전에 얘기 들은 적이 있어. 에투알은 마법도 쓴다더라고……"

캉페슈 후작은 아무리 애를 써도 다리가 말을 듣지 않자 조바심이 났다. 주변의 귀족들 중에는 통풍 등 이런저런 지병을 앓는 경우가 많았다. 평소 절름대며 다니는 인간들을 비웃어왔는데 자신이 그 꼴이 될지도 모른다고 생각하자 등에 식은땀이 솟았다. 조금 전의 분노야 어찌됐든 빨리 이 자리를 벗어나고 싶은 마음뿐이었다.

후작은 로랑이 잡고 선 검집 표면의 작약 무늬에 재빨리 입을 맞추고는 몸을 젖혔다. 그러자 로랑이 한 발짝 물러나더니 검을 옆구리에 끼고는 두 손으로 후작을 번쩍 들다시피 일으켰다.

"으······."

후작은 순간 당황했으나 다시 두 발을 내딛자 어느새 다리가 본래대로 움직인다는 것을 깨달았다. 기쁘기도 했지만 동시에 창피하기도 했으므로 그는 뛰다시피 도망쳐 연회장을 나가버렸다. 뒤이어 로랑도 마치 주위에 아무도 없는 것처럼, 심지어 비비엔이나 다비드에게 인사조차 하지 않고 자리를 떠났다.

한숨을 내쉬며 의자에 주저앉은 다비드가 곁에 선 비비엔을 봤다.

"저 봐요. 진짜로 술 취했잖아요. 쟤는 지금 우리하고 같이 있었던 것도 잊어버린 거거든요. 저대로 방에 가서 얌전히 옷도 잘 갈아입고 잔 다음에 다음날 아침이나 되어야 어리둥절해할 겁니다. 그나저나 오늘 이 사달을 본 사람이 스무 명은 되는데 이거 내일 어떻게 되려나."

"그렇기 때문에 검 안 뽑고 이쯤에서 끝난 겁니다."

뜻밖의 대꾸를 들은 다비드가 미간을 찡그렸다.

"무슨 소립니까, 그게?"

비비엔은 선 채로 제 술잔을 들어 남은 포도주를 한 모금 마시더니 말했다.

"카스티유 경이 검을 뽑았으면 아까 후작은 죽었어요. 물론 지금처럼 사람들은 왜 죽었는지도 잘 몰랐을 테지만."

"그러고 보니까 진짜, 처음에는 그렇게 기세등등하던 후작이 순순히 무릎 꿇은 게 좀 이상하긴 했거든요. 어떻게 된 겁니까?"

에투알은 여럿을 한꺼번에 상대할 때, 또는 적을 죽이지 않고 사로잡아야 할 때 정면 대결을 하지 않고도 움직임을 무력화시키는 방법을 다양하게 훈련했다. 다리 쪽의 급소를 공격해 마비시키는 방법은 배우기 어려운 기술이지만 정식 에투알이라면 누구든 빈손으로도 할 수 있었다. 마비 시간을 조절하는 기술은 한층 까다롭지만 로랑이라면 능수능란하게 해냈을 것이다.

그리고 그런 기술이 통할 정도로 실력 차가 있는 상대라면 더 쉬운 온갖 급소를 자유자재로 골라 공격하고도 남았다. 이

경우 상대를 죽이지 않는 것이 오히려 어려웠다. 왜냐하면 에투알이 최상의 상태로 익숙한 기술을 쓸 때면 그 속도와 정확함 때문에 일종의 살기가 깃들기 때문이다.

"술이 살기를 낮춰주는 효과가 있어요. 에투알이라면 누구나 알죠. 에투알 중에는 일부러 독한 술을 작은 병에 담아서 갖고 다니는 사람도 있어요. 세상에는 무례한 자들이 많지만 그럴 때마다 매번 누군가를 죽이고 싶지는 않거든요. 사람을 죽이는 기술을 수년간 몰두해서 갈고닦는다는 건 그런 거죠."

다비드는 할말을 잃은 표정으로 비비엔을 바라보다가 어깨를 움츠렸다. 곁에 선 여자는 물론이고 로랑이나 제 동생도, 곧잘 만나서 웃고 떠들던 모든 에투알은 모두 살인 병기였다. 보는 것만으로도 눈에서 피가 흐를 것처럼 오싹하게 날이 선 검인 것이다. 평소에는 실감하지 못하다가 이런 순간만은 깨닫는다.

그들은 오랫동안 오를란느의 가장 날카로운 검이었다. 옛 오를란느 군주들은 그 검을 능숙하게 휘두르며 적들을 무릎 꿇리고 감히 거역하는 자를 참했을 것이다. 그 시절 그들은 그럴 필요가 있었다. 천 년이나 왕국을 이어오고, 그 왕국이 대공국이 되기까지 북부의 땅에는 무수한 피비린내가 있었다.

그러나 언제부터인가 군주들은 더이상 그 검을 쥐고 싶지 않은 듯했다. 두려웠는지도 모른다. 세상은 평화로운데 검은 너무 날카로워서, 실수로 베이거나 섣불리 찌를까봐 벽장에 넣고 잠가두고 싶어졌는지도 모른다. 그런 세월이 쌓이며 대공 가문에 무인의 피가 흐른다는 말도 흐릿해졌다. 군주가 찾지 않는 검에는 먼지가 쌓이고 어느새 일흔여덟 자루밖에 남지 않았다.

그들이 옳았는지도 모른다. 살기등등한 무기를 쥐고서 사람들과 웃으며 대화하거나 포옹을 하기란 어렵다. 오늘날 검으로 할 일은 그다지 없다. 대공은 예전처럼 무례한 자를 즉결 처분하지 않는다. 아노마라드가 대공 전하를 그저 '공작'이라고 부를지라도 성문을 걸어 잠그고 전쟁을 준비하지는 않는다.

하지만 언제까지나 그러할까? 다시 검을 쥐어야 하는 날은 오지 않을까? 그런 날이 닥친다면 허둥지둥 벽장을 뒤져 검을 꺼내 갈아야 할까? 준비도 안 된 손길로 건드렸다가 제 몸을 먼저 찌르지는 않을까?

그런 시절에 샤를로트 공녀는 검을 쥐고 살아가는 쪽도, 벽장에 넣는 쪽도 택하지 않고 그들 속에 뛰어들어 일부가 되었다. 그게 귀족들이 말하듯 상식적인 사람들이 공녀를 꺼리게 만든 시대착오적인 선택인지, 아니면 군주에게 필요한 두 가지 모습을 자유자재로 겸비하는 방법인지는 다가올 시대가 증명할 일이었다.

이 년 전, 쇼몽 저택의 4층 테라스에서 로랑은 샤를로트와 나란히 서 있었다.

아래로는 시커먼 강물이 흘러가고, 문을 닫았는데도 복도 쪽에서 매캐한 연기가 계속해서 새어들어왔다. 로랑이 재킷을 벗으며 "뛰어내려야 합니다"라고 말하자마자 샤를로트는 입고 있던 드레스의 치마 부분을 쫙 찢어냈다. 드레스를 입고 강에 빠져서야 살아날 가망이 없다. 너덜거리는 보디스와 얇은 스타킹, 한쪽만 남은 귀걸이와 손끝이 새카맣게 된 비단 장갑. 그런 우스꽝스러운 꼴로 강을 내려다보는 공녀의 어깨가 가쁘게 들썩거렸다. 분해서, 긴장해서, 저 검은 강이 자신을 빨아들일 듯해서.

샤를로트는 알아서 뛰어내릴 작정이었겠지만 로랑은 생각이 달랐다. 이 높은 곳에서 단번에 차가운 물에 떨어지면 둔기로 얻어맞는 정도의 충격이 온다. 자칫 심장마비가 일어날 수도 있다.

로랑은 샤를로트를 힐끗 보고는 일부러 농담조로 말했다.

"연하를 위해 목숨도 한번 걸어보고 그래야 녹봉값을 하는 거 아니겠습니까?"

두려움을 감추느라 딱딱하게 굳어 있던 샤를로트의 입가가 어색한 미소를 그렸다.

"이번이 두번짼데?"

그때 로랑이 대꾸 없이 샤를로트를 홱 잡아당겨 감싸안고는 뛰어내렸다. 허공에 몸을 맡긴 짧디짧은 순간 로랑은 생각했다. '벼랑에 몰려 뛰어내리는 일은 한 번이면 충분하다.' 직후, 유리창 수십 개가 박살나는 것 같은 소리에 귀가 마비되며 강한 충격이 오고 냉기로 온몸이 쭈뼛해졌다. 캄캄한 물속으로 빨려들어가는 동안 삼 초의 공백이 머리를 스치고, 그사이 샤를로트가 허리를 감은 팔을 뿌리치며 손을 뻗더니 대신 로랑의 손을 낚아챘다. 무거운 커튼처럼 몸을 휘감는 강물을 헤치고 둘은 거의 동시에 수면으로 떠올랐다.

"하, 하아, 괘, 괜찮으십니까?"

물에 흠뻑 젖은 샤를로트의 얼굴은 흡사 우는 듯했다. 왜냐고 물어볼 필요도 없었다. 보자마자 그냥 안다고 생각했다. 덜덜 떨리던 샤를로트의 입술이 달싹였다.

"하아, 후우, 너한테, 다시는……"

"이런 일, 없을 겁니다. 제가, 목숨걸고 맹세합니다."

거의 저절로 튀어나온 말이었다. 샤를로트가 알아들었는지 지금 생각하면 확실하지 않았다. 그때는 짧은 순간에 너무 많은 일이 벌어졌다. 주변도 소란스러웠다. 강변으로 몰려든 사람들이 저마다 소리치고 있었다. 사방팔방으로 내달리며 "불이야!"를 외치는 소리도 메아리쳤다. 무언가가 우지끈 무너지는 소리도 났다. 강물은 검은 소용돌이처럼 그들을 다시 빨아들이려 했다.

샤를로트는 고개를 끄덕였다. 입술이 지워진 말을 그렸다. '그래줘.'

하지만 그날, 샤를로트를 불구덩이로 밀어넣으려 한 '누군가'와 쇼몽 백작부인을 연결한 장본인은 캉페슈 후작의 칼에 죽었다. 그건 틀림없이 증거인멸이었다. 그때부터 로랑은 어느 파벌에도 속하지 않는 막말꾼인 체하는 후작에게 흉계가 있다고 판단했다. 보이지 않던 세력이 후작이라는 암초로 감지된 것이다. 지금껏 존재도 모르던 칼날이 턱밑에 들이대어진 듯 등골이 서늘했다. 그간 대놓고 샤를로트를 비웃던 자들이 차라리 고마울 지경이었다.

본래 그날 로랑은 고향에서 급한 기별을 받아 특별 휴가를 신청했었다. 저녁 무렵 허가가 떨어지자마자 출발해서 오를리 성문을 통과하던 그는 가문의 문장이 없는 허름한 마차 두 대가 들어오는 것을 보았다. 마차는 커튼을 내려 안쪽이 보이지 않았고, 급히 달려온 듯 말들이 가쁜 숨을 내쉬고 있었다. 어쩌면 별것 아니라고 여길 수도 있는 모습이었다. 하지만 기묘한 육감이 그의 시선을 붙들었다. 마차들이 떠나자 그는 수문장 앞으로 되돌아갔다.

"조금 전 들어간 마차는 어디로 가는 겁니까?"

수문장은 "보르 거리의 식당으로 가는 식료품"이라고 답했다. 안쪽에 밀가루 자루만 잔뜩 실려 있더라는 것이었다. 로랑은 마차가 달려간 쪽을 한 차례 쳐다보고는 생각했다. 밀가루를 수레가 아니라 마차에 실을 필요가 있나?

동시에 한 가지가 떠올랐다. 오늘 공녀 연하께서 가시기로 한 쇼몽 저택이 보르 거리에 있지 않던가.

물론 그 거리에는 쇼몽 저택 말고도 수많은 집이 있었다. 그러나 공녀가 오늘처럼 다른 귀족의 집을 방문하는 일은 매우 드물었기에 하필이면 뭔가가 겹친다는 생각을 떨칠 수가 없었다. 백작부인은 워낙 가까운 사이인지라 근접 호위를 하는 에투알 대신 일반 근위병이 따라가기로 했다던 기억도 났다. 왜 그랬을까? 혹시 백작부인이 요청했던 건 아닐까?

밤새워 달려가도 제때 닿을지 모를 여정을 앞두고 있었지만 로랑은 결단을 내려 마차를 뒤쫓아갔다. 마음속에서 망상이 지나치다는 목소리가 들려왔지만 못 들은 체했다. 단 한 번만, 오늘밤까지만 확인하자. 틀렸다면, 아무에게도 말할 필요 없이 출발하자. 착오의 대가는 자신이 치르면 된다.

그 마차는 과연 식당이 아니라 쇼몽 저택 쪽으로 향했고, 저택으로 들어가기 직전 로랑에게 붙들려 멈춰 세워졌다. 거기서 끌어냈던 시종을 저택 밖에서 공녀를 기다리던 근위병들에게 맡겨놓고 미처 마차를 조사할 틈도 없이 안으로 달려

들어갔다. 로랑이 살롱에 샤를로트가 없음을 확인하고 위층으로 뛰어올라갔을 즈음 탑에서 불길이 치솟았다. 샤를로트가 갇힌 방을 찾아내 문을 부수고 들어갔을 때 이미 저택은 거대한 불덩이로 변해 있었다. 조금만 늦었더라면 어찌되었을까. 상상만으로도 간담이 서늘해질 정도로 모든 것이 순식간이었다. 그리고 그사이 캉페슈 후작은 시종을 살해했다.

뒤늦게 달려온 다른 에투알들이 저택 주변을 샅샅이 뒤졌지만 아무것도 모르고 도망친 하인 몇 명을 찾아냈을 뿐이었다. 밀가루가 실려 있던 마차는 불티가 튀어 타버렸다고 했다. 증거는 모두 사라졌다. 오직 공녀를 구했을 뿐.

그날 세운 공으로 로랑은 기사가 되었다. 사람들은 평소 무슨 생각을 하고 다니면 그런 순간 그런 행동을 하게 되느냐며 신기해했다. 사실상 예지력 아닌가? 또는 평민이 새파란 나이에 작위를 받다니 운도 좋다며 부러워하기도 했다. 그러나 정작 로랑은 그날의 일을 명예롭게 기억하지 않았다. 자신은 공녀를 훨씬 잘 지켰어야 했다. 모르는 사이에 공녀의 목숨이 첨탑 끝에 내걸리도록 내버려두지 않았어야 했다.

그랬기에 로랑은 사람들이 그날 이야기를 하는 것을 좋아하지도 않았고, 기사 작위 또한 영광스럽다기보다 막중하게 받아들였다. 그런 일은 다시는 없어야 했다. 그걸 막을 책임은 이제 자신에게 있었다.

샤를로트와 그날 이야기를 나눈 일은 그후로 딱 한 번이었다. 작위를 받은 다음날 궁전의 정원에서였다. 샤를로트는 로랑에게 고맙다고, 그리고 앞으로는 더 조심하겠다는 말을 하고 싶었던 것 같았지만 로랑은 말없이 몇 걸음 내쳐 걷다가 뜻밖의 대꾸를 했다.

"내키지 않는 사교 모임 같은 건 앞으로 깔끔하게 무시하시고 좀더 재미있는 취미를 찾아보시기 바랍니다. 이왕이면 귀족들이 놀라 자빠질 만한 게 좋겠네요."

샤를로트는 놀란 눈으로 로랑을 바라보았다. 처음에는 비꼬는 말인가 싶었지만 하루이틀 본 사이도 아니었으므로 눈을 들여다보자 금세 진심임을 알았다. 잠시 후 샤를로트가 나직이 속삭였다.

"왜, 내가 재밌는 일도 못 해보고 가련하게 죽어버릴까봐?"

"열일곱 살이란 원래 목적도 없이 쏘다니다가 싼 맛에 형편없는 물건도 사보고, 웃기지도 않은 얘기에 허리가 꺾어지도록 깔깔 웃고, 얼굴만 멀쩡한 명청이를 만나봤다가 너무 명청하면 엉덩이도 걷어차버리고 그러면서 보내는 겁니다."

그런 얘기를 하면서 웃지도 않았으므로 샤를로트도 웃지 못한 채 정원의 잎사귀를 하나 비틀어 따면서 말했다.

"진심으로 하는 얘기 같네."

"경험자로서 하는 말이죠."

"로랑의 열일곱 살은 수련병으로 구른 기억밖에 없을 것 같은데?"

"아니거든요. 그때 그러면서도 할 건 다 했거든요."

샤를로트가 입술을 비죽였다.

"쳇, 잘난 체하긴."

잠시 둘 다 말이 없었다. 이윽고 샤를로트가 생각에 잠겼던 시간에 비해 무척 가볍게 느껴지는 어조로 말했다.

"알았어. 해볼게. 그 대신에."

로랑이 돌아보자 샤를로트가 빙그레 웃었다.

"당신도 죽지 마, 카스티유 경."

"……"

공녀의 입술로 처음 불려서였을까, 그 이름은 제 것이 아닌 양 어색하게 들렸다. 그러나 대답을 망설인 이유는 그래서가 아니었다. 지키지 못할 약속은 하고 싶지 않았기에. 그런 각오가 없이는 이런 말을 꺼내지도 않았다.

사람들의 눈에 공녀 연하가 흠 없는 칼날로 보일지라도 실은 그렇지 않다는 것을 누구보다도 잘 알았다. 열일곱 살 소녀가 늘 긴장해서 도사린 채 사는 게 옳다고도 생각하지 않았다. 어쩌면 로랑이 귀족 출신이 아니었기에 더욱 안타까워했는지도 모른다. 악의의 말뚝이 곳곳에 박힌 안개 속 차가운 호수, 그런 곳에서 태어나 자라온 공녀를.

그분께 조금의 여유라도 드리고 싶다. 그러자면 호위가 더욱 까다로워질 것은 알고 있다. 그래도 적들은 그분의 약한 부분을 알지 못할 것이다. 영영 알지 못하게 할 것이다. 최후의 순간까지 그분의 한 걸음 앞에 설 것이다.

에투알 브릴랑테가 되어서.

그래서 로랑은 '네'라고 대답하는 대신 팔을 쭉 펴서 정원을 가리키며 말했다.

"어딜 가셔도 좋은데 되도록 마른땅으로 부탁합니다."

샤를로트의 입가에도 힘이 들어갔다.

"응. 물에 빨려들어갈 때 무섭더라."

이튿날, 로랑은 늘 일어나던 시각에 깨어났다. 뭔가 심각한 꿈을 꾼 것처럼 가슴에 답답한 느낌이 남아 있었다. 샤를로트 공녀를 본 듯도 한데.

머리가 약간 지끈거렸지만 일어나 움직이기 시작하자 곧 괜찮아졌다. 하지만 얼굴에 물을 끼얹었을 때 어제 일이 떠올랐고, 로랑은 잠시 멍하니 있다가 곧 얼굴을 세차게 문질러댔다. 아아, 젠장. 이건 또 뭐람.

그날은 지휘를 맡게 된 연대의 사열이 예정되어 있었다. 아침 아홉시, 알리스 공녀 연대에서는 누구의 입에서 시작되었는지 몰라도 어젯밤에 있었다던 일이 마구 부풀려져서 퍼지는 중이었다.

"새로 연대장 되신 카스티유 대령이 참사관님을 눈 깜짝할 사이에 무릎 꿇렸다는 거야. 완전 귀신같았다던데. 어휴, 그 구경거리를 장교들만 보다니."

"연대장님의 검에 입까지 맞췄다더라고."

"검에 입맞추는 거 충성 맹세 아니었냐?"

"야, 난 말로만 들었지 에투알이 정말 그 정도인 줄은 몰랐는데. 싸우는 거 한 번도 못 봤거든. 이거 좀 겁나네."

"솔직히 지금까지는 이거 해라 저거 해라 되게 귀찮게 군다 싶기만 했는데 갑자기 말 좀 잘 들었어야 했나 싶어졌고."

"오늘부터 완전 빡세게 굴리는 거 아니야?"

"저번 연대장님하고 다르긴 하겠지. 일단 새파랗게 젊잖아."

"젊은데 그런 실력이라니 성질도 더럽지 않을까?"

"으흠, 흠."

그때 부관인 보두앵 소령이 헛기침을 했고 병사들의 수군거림은 금세 가라앉았다. 잠시 후 에투알 제복 대신 새 군복을 입은 로랑이 나타나 걸어왔다.

"일동 차렷!"

로랑은 아무렇지도 않은 얼굴로 사열을 마쳤지만 병사들이 평소와 달리 흥미진진한 눈빛으로 자기 얼굴을 흘끔댄다는 것을 모르지는 않았다. 꼭 그랬기 때문은 아니었지만 로랑은 이렇다 할 연설 없이 오후 일정만 말하고 해산을 명령했다.

"대공국의 영광을 위해!"

"대공국의 영광을 위해."

로랑이 자리를 뜨자 등뒤에서 소곤거림이 잔물결처럼 퍼져나갔다. 그는 모르는 체하고 연병장을 빠져나가려다가 한쪽에 서 있는 비비엔을 발견하고 그쪽으로 다가갔다.

"어제 같이 있었죠? 그냥 가버려서 미안합니다. 사실은……"

머리가 맑아지면서 어젯밤에 퍼부은 말들이 차례차례 떠오르고 있었으므로 로랑은 얼굴을 약간 붉혔다. 발끈한 나머지 입이 저절로 움직였을 뿐 로랑은 자신이 말재주 있다고 생각한 적도 없었고 평소 연설을 길게 늘어놓는 것도 싫어했다.

비비엔이 로랑을 올려다보더니 무표정하게 대꾸했다.

"날마다 어제처럼 드셨으면 지금쯤 군대 개편도 다 끝났을 텐데 아쉽네요."

소풍 바구니에 든 아침식사

"현이 생겼다니, 뭐 잘된 일 아닌가요?"

애초에 말이 통하지 않을 줄 알았지만 그래도 혹시나 싶어 말해보다니 역시 막시민의 잘못이었다. 청어절임은 열린 가방 안에 놓인 낡아빠진 바이올린을 훑어보더니 덧붙였다.

"아니네. 현이 있어봤자 영 못쓰게 생겼네. 별로 좋은 일도 아니네요."

카프리치오는 예전에도 낡은 모양이었지만 지금은 나무의 광택이 완전히 사라진데다 사포로 갈아내기라도 한 듯 겉표면이 벗어지고 얼룩덜룩하게 변색되어 악기라기보다 폐품에 가까웠다. 이 년 전 현이 사라진 후로 갑작스레 심해진 변화였다. 예전에 막시민은 낡아 보이는 카프리치오의 겉모양이구혼자를 물리치기 위해 미인을 늙은이로 변장시킨 것 같은 속임수라고 여겼지만, 이제는 진짜로 낡아가고 있음을 인정할 수밖에 없었다. 이러다가 몇 년 더 있으면 어디든 바스러져서 다시는 연주할 수 없게 되려니 생각했지만 끝내 버리지는 않았다. 왜? 추억의 기념품이라서?

"제 생각에는……"

줄곧 생각에 잠겨 있던 데보라가 입을 열자 막시민은 조금 기대했다. 어쨌든 마법사니까 쓸모 있는 의견을 내놓지 않을까 싶어서였다.

"마법 같네요."

"그게 어떤 마법이냐는 거잖아."

"그야 모르죠."

쓸모 있는 인간 같은 건 이 방안에 없었다. 막시민은 인상을 쓴 채 짧은 한숨을 내쉬고는 바이올린을 쏘아봤다. 저걸 도로 가방에 넣고 자물쇠를 채운 다음 벽장 같은 데 처넣고 잊어버려도 될까 생각하고 있을 때 데보라가 다시 말했다.

"결과만 보고 무슨 마법인지 알아내기란 쉽지 않아요. 네 냐플에서 마력 감식반이라도 달려오지 않는 한 말이죠. 다양한 가능성이야 생각해볼 수 있겠죠. 하지만 이 시점에서 중요한 건 무슨 마법인가가 아니에요."

"그럼 뭐가 중요한데?"

"제대로 된 일이 벌어졌느냐 하는 것."

"제대로 된 일이라니?"

"그러니까, 그걸로 연주가 되느냐는 거죠."

막시민은 기묘한 표정으로 바이올린을 흘끔 보고 다시 데 보라를 봤다. 수상쩍은 마법으로 바이올린에 없던 현이 생겨 났는데, 그걸 켜보고 연주가 잘되면 횡재라도 한 셈 치라는 건가? 그걸 건드렸다가 뭔가 심각한 문제가 생길 가능성은 생각하지 않는 거냐? 저주라든가! 오염이라든가! 폭발이라 든가! 자연재해라든가! 세계 멸망이라든가!

막시민의 표정 변화를 보고 있던 데보라가 보일락 말락 한 웃음을 머금었다.

"너무 그렇게 걱정하지 마세요."

"왜?"

"오래된 마법 유물이 처음부터 위험한 물건이 아니었다면, 새롭게 마법을 걸어 위험하게 바꾸는 건 쉽지 않아요. 그걸 만든 사람 이상으로 뛰어난 마법사를 불러오지 않는다면 말 이죠. 그리고 그런 마법사는 당연히 흔치 않을 거고요. 긴 세 월에 걸쳐 보관되어왔다는 자체가 이 유물이 뛰어난 물건이 었음을 방증하죠."

"잠깐, 왜 멋대로 이게 마법 유물이라고 단정짓는 거야?"

"척 보기만 해도 보통 바이올린이 아니잖아요?"

설마 여기에도 카프리치오를 알아보는 인간이 있단 말인가? 예전에 이 바이올린의 전 주인과 소유권을 놓고 심각한 다툼을 벌인 기억을 떠올린 막시민은 긴장했다.

"뭘 봐서 그렇다는 건데?"

"아니라면 저런 쓰레기를 왜 가방에 고이 넣어 다니겠어요?"

옆에서 청어절임이 거들었다.

"바로 불쏘시개로 써버리지."

"하지만 누군가의 소중한 추억이 깃든 물건이라서 간직했을 가능성은……"

"없겠지. 플레상스 경 그런 성격 아닌 것 같은데."

"그래. 내가 보기에도 아니야."

멋대로 자기들끼리 결론을 내린 둘은 다시 막시민을 봤다.

"그러니까 연주나 한 곡 들려주시지 그래요? 마침 날씨도 맑은데 경쾌한 걸로. 참, 연주할 줄 아시는 건 맞죠?"

"에이, 설마 연주도 못하면서 바이올린을 들고 다닐까."

"플레상스 경은 그런 성격이 아니지."

"그럼. 아주 실용적인 성격이죠."

막시민이 어제 저녁을 먹으면서부터 느낀 건데 데보라와 청어절임은 딱히 사이가 좋지는 않았지만, 물론 좋을 이유도 없지만, 어쩌다 죽이 맞으면 막무가내 2인조로 돌변할 때가 있었다. 조짐을 느낀 막시민은 재빨리 손을 내저으며 발끝으로 가방을 걷어차 덮어버리고는 말했다.

"아침 댓바람부터 무슨 놈의 연주야? 이웃들이 창문 열고 삿대질하는 꼴이라도 보고 싶은 거야?"

데보라가 어깨를 으쓱했다.

"듣기만 좋다면야 삿대질할 일이 있을 리 없죠."

"듣기 안 좋아. 바이올린 못 켜면 갖고 다니지도 못하냐?"

"그럼 왜 갖고 다니는데요?"

"애완 다람쥐 키웠다. 다람쥐 통이야. 됐냐?"

그렇게 대꾸한 막시민이 갑자기 벌떡 일어나며 한쪽에 던져뒀던 겉옷을 주워 들었다. 청어절임이 눈을 둥그렇게 뜨며 물었다.

"어디 가세요?"

"가긴 어딜 가. 너희 같은 위험인물들을 놔두고. 저 소리 안 들려? 잠시 옆방에 들어가 있을 테니까 저 인간 오면 대꾸 잘해라."

그제야 귀를 기울여보니 멀찍이서 발소리가 다가오는 중이었다. 아직 사무실들이 열릴 만한 시각도 아니므로 틀림없이 베네트일 듯했다. 데보라가 물었다.

"뭐라고 전할까요?"

"플레상스 경의 손자는 이 거리에서 영원히 자취를 감췄다고."

청어절임도 물으려 했다.

"그럼…… 그런데 다람쥐는요?"

어느새 가방까지 낚아채고는 잡동사니를 성큼성큼 타넘어 옆방으로 들어가버린 막시민의 목소리가 희미하게 들려왔다.

"제 인생 찾아 떠났다."

쾅, 문이 닫혔다.

청어절임과 데보라가 닫힌 문을 보다가 다시 서로를 보며 어이없는 눈빛을 나누는 사이 발소리가 문 앞에 도달했다. 철 컥, 척 하고 잠긴 문을 잘도 여는 것으로 보아 틀림없이 열쇠 를 가진 베네트려니 생각했는데 예상은 어긋났다.

"안녕? 잘들 잤어?"

조금 열린 문틈으로 미소 띤 얼굴을 빼꼼 내민 이스핀은 데 보라와 청어절임을 보고 닫힌 문을 건너다보더니 흐으음 하 는 콧소리를 냈다. 그러더니 한쪽 손에 쥐고 있던 것을 쑥 내 밀어 보였다. 큼직한 바구니였다.

"들어가도 될까?"

아침에 막 구워낸 듯 고소한 냄새를 풍기는 막대기 빵 두 개가 비죽이 튀어나온데다 덮개 천 밑에서 소시지 냄새가 솔 솔 풍기는 바구니는 거절당할 리 없는 입장권이었다. 두 사람 의 얼굴에는 화색마저 돌았다. 그렇지 않아도 아까부터 배가 고파오던 참이었다.

"그럼요!"

"대환영이죠!"

이스핀이 들어와 문을 닫는 사이 데보라와 청어절임은 서둘러 잡동사니 속에서 테이블로 쓸 만한 것을 찾아내고 걸터 앉을 만한 것들을 끌어오는 등 부지런히 움직였다. 이스핀은 아침 볕이 제법 드는 방을 둘러봤다. 채광을 보니 일단 기본은 된 곳이네. 아니지, 기본만 된 방이네.

흰 아치형 뼈대가 희미하게 드러난 아마색 천장은 고풍스러웠지만 벽은 여기저기 긁힌 자국투성이였고 창에 끼워진 유리는 흐릿하게 변색되어 맞은편 건물의 덧창들이 물먹은 그림처럼 번져 보였다. 바닥에는 돌 부스러기와 먼지가 쓸려 다녔다. 방안의 대부분을 차지하다시피 한 낡은 가구들은 세입자들이 세를 못 내고 도망치느라 남겨둔 것들일 테고, 덕택에 전체적으로 가구 묵은 냄새가 감돌았다.

청어절임이 어디선가 끌어온 테이블은 높이는 적당했지만 손가락 자국이 찍힐 정도로 먼지가 가득해서 근사한 소풍 바구니와 어울리지 않았다. 주위를 두리번대다가 쓸 만한 것을 찾지 못한 청어절임이 제 소매로 테이블을 닦으려 하자 이스핀이 손을 내젓더니 바구니를 덮었던 천을 걷어 테이블에 휙 깔았다. 그리고 냅킨에 싼 나이프와 포크까지 착착 늘어놨다.

소풍 바구니에 든 아침식사

천이 걷히자 바구니 안에 든 음식이 모습을 드러냈다. 얇게 자른 훈제 햄, 방금 튀긴 듯 기름이 자글자글 감도는 통통한 소시지, 신선한 버터, 두 가지 치즈, 오렌지잼과 사과 콤포트가 든 병을 본 그들은 아이처럼 싱글벙글해졌다. 청어절임이 손뼉을 치며 말했다.

"이야, 내가 올해 먹었던 중 최고의 아침이다!"

데보라도 물었다.

"이런 걸 어디서 가져왔어요?"

이스핀은 대답하기 전 창가로 가서 커튼을 밀어젖히고 덧창을 열어 환기부터 시켰다. 그런 다음 쿠션 한쪽이 뜯긴 콘솔 의자를 번쩍 들고 돌아와 테이블 앞에 놓고 앉았다. 천장도 높다란 방에 서늘한 공기가 훅 밀려들자 청어절임이 몸을 움츠렸다.

"근데 추운데."

"뭐가 추워? 이 정도면 완전 따뜻한 날씨잖아."

그런 말을 하고 있는 때는 12월 하순으로, 켈티카의 겨울이 제법 매섭다고 생각해온 두 사람은 터무니없다는 눈빛을 보냈다. 다만 그날은 물이 얼지는 않을 정도의 날씨였고, 말하는 사람이 오를란느인이었을 뿐이었다.

"어제 베네트 아저씨랑 저녁 먹으러 갔던 식당 있잖아."

이스핀은 나이프를 무심코 군용 나이프처럼 한 바퀴 돌리더니 막대기 빵을 착착 자르면서 말을 이었다.

"거기로 가는 길에 골목 틈새로 보이던 카페가 그럴듯해 보이더라고. 그래서 어젯밤에 자러 가기 전에 들러서 몇 가지 물어보고 도시락을 예약해뒀지. 이런 겨울에 강변으로 소풍 간다고 하니까 정신이 좀 이상하다고 생각하는 것 같긴 했지만, 바구닛값을 넉넉히 쳐주고 거스름돈은 가지라고 하니까 갑자기 부럽다는 둥 헛소리하면서 즐거운 시간 보내시라고 하더라."

청어절임은 빵과 소시지를 한꺼번에 입에 쑤셔넣은 채 새 빵에 오렌지 잼을 바르며 물었다.

"그냥 음식을 싸달라고 하면 되지 왜 소풍 간다고 했는데요?"

"그야 누군가가 체크무늬 천으로 감싼 소풍 바구니를 받아보고 싶은 것 같아서지."

그러고 보니 테이블에 깐 천은 정말로 파란 깅엄 체크였다. 그때까지도 닫힌 문은 열리지 않은 채였다. 이스핀은 모르는 체하고 문 쪽으로 고개를 빼며 중얼거렸다.

"조금 있으면 진짜로 바구니와 천만 받게 될 것 같은데……"

그래도 반응이 없자 목소리를 좀더 높였다.

"빵은 절반밖에 안 남았고, 소시지는 두 개밖에 안 남았고, 치즈도 거의…… 데보라, 그거 다 먹었으면 콤포트 맛봐. 포도주를 넣고 졸였다는데 향이 괜찮지 않아?"

데보라는 금세 눈치를 채고 대꾸했다.

"아, 정말이네요. 좋은 포도주를 넣었나봐요. 살짝 취할 것 같은 근사한 향이……"

그때 문이 벌컥 열렸다. 막시민은 의자 다리를 타넘으며 재빠르게 청어절임과 데보라 사이에 끼어들더니 소시지 한 개를 얼른 집어 입에 넣으며 말했다.

"야, 이렇게 맛있는 걸 가져왔으면 큰 소리로 소문을 내야지. 이렇게 늦게 알려주면 어떡하냐?"

"냄새가 그럴듯하면 재깍 뛰어와야지. 안 오기에 난 또 창문이라도 넘어 도망간 줄 알았네."

이스핀이 웃음을 참으며 대꾸하자 막시민도 뻔뻔스럽게 눈을 치떠 보였다.

"내가 왜? 죄지은 것도 없는데."

음식을 먹는다기보다 쓸어넣어버린 뒤 배를 두드리고 있던 청어절임이 눈치 없이 거들었다.

"그럼 아깐 왜 이 거리를 영원히 떠났다고 전하랬어요?"

"그야 베네트한테 그러라는 거였지. 얘는……"

막시민이 문득 말을 멈추자 이스핀이 뒤를 받았다.

"성실한 동료이자 1호 의뢰인이란 말이지. 그러니까 도망갈 생각은 이제 접었다는 거네? 그렇게 양심 있게 구는 걸 보니 아침식사를 가져온 보람이 느껴지는데? 많이 먹어. 응?"

그러더니 어깨까지 토닥거렸다. 힐끔 쳐다보니 생글생글 웃고 있는 게 틀림없이 뭔가 다부진 계획을 세워갖고 온 모양이라 막시민은 희미한 생명의 위협을 느꼈지만 최후의 만찬이라선가 모든 것이 너무 맛있어서 멈출 수가 없었다. 마침내 버터 묻은 빵 부스러기 하나까지 말끔히 사라지고 나자 막시민은 대충 걸터앉았던 발받침에서 일어나 허리를 펴며 물었다.

"오늘은 도로 양봉업자 아들이 됐냐?"

이스핀의 옷차림을 보고 한 말이었다. 이스핀은 흰 드레스 셔츠에 짤막한 감청색 서지 재킷을 차려입고 브리치스에 부츠를 신어 관리들이 거느리는 젊은 비서 같은 분위기를 풍겼다.

"그건 아니고, 고귀하신 어느 귀족분을 섬기는 심복 역할이야. 그분께선 한 달 전에 플레상스 경에게 남들에게 알려지면 곤란한 문제를 비밀리에 의뢰했는데 탐정께서 그만 선금만 떼어먹고 사라지고 말았지. 그분은 화가 났지만 말했다시피 비밀이니까 사람들에게 이 사실을 밝힐 순 없었어. 그런데 손자라는 젊은이가 돌아와 묵은 채권을 뒤져보려 한다는 이야기가 들려왔으므로 크나큰 분노를 누르고 다소간의 인내심을 발휘해 나를 보내신 거야."

"와, 그렇게 된 거로군요."

청어절임이 고개를 끄덕대고 있자 막시민이 손에 들고 있던 모자로 의자 팔걸이를 탁탁 때렸다.

"청어절임 너는 뭘 수긍하고 있냐."

"그나저나 쟤는 언제까지 청어절임인 거야?"

이스핀이 문득 묻자 막시민도 청어절임을 봤다.

"너 진짜 이름은 뭐야?"

"아, 그건…… 그냥 페터라고 부르세요."

곁에서 데보라가 고개를 갸웃했다.

"페터? 너무 존재감 없는 이름인데. 청어절임이 차라리 낫겠다."

막시민은 무슨 소리를 하느냐는 눈빛으로 데보라를 힐끔 봤다. 그런데 뜻밖으로 페터라는 자도 고개를 끄덕거렸다.

"그럼 뭐, 그럴까요? 생각해보니 누가 저한테 별명을 지어준 것도 처음이거든요."

별게 다 처음이라 좋겠네, 라고 생각했지만 실은 막시민도 줄곧 청어절임이라고 부르다가 갑자기 페터라고 부르려니 어색한 건 사실이었다. 지금 창문을 열고 '페터!'라고 부르면 거리 곳곳에서 창이 열 개쯤 열릴 것 같기도 하고.

"성은 뭔데?"

"바우어인데요."

다시 창을 열고 '페터 바우어 씨!'라고 외치는 상상을 해보았다. 창이 세 개는 열리지 않을까?

"……알았다. 청어절임 해라."

이름으로 실랑이하는 사이 데보라가 남은 그릇을 바구니에 도로 챙겨넣었고 막시민은 "어휴, 추워"라고 중얼대며 창을 닫고 왔다. 이스핀은 쿠션이 뜯어진 의자에, 막시민은 긴 의자 끄트머리에, 데보라는 뒤집어놓은 쓰레기통에, 청어절임은 밑 빠진 의자에 걸터앉아보려 애쓰는 가운데 데보라가 체크무늬 식탁보를 만지작거리며 중얼거렸다.

"이거 예쁘네요. 소풍이란 게 내 삶에 존재했던 게 언제였던가 싶기도 하고."

"다들 소풍 좋아하네. 언제 한번 갈까."

이스핀이 턱을 괴며 중얼거리자 막시민이 손가락을 세워 한 바퀴 돌려 보이며 핀잔을 주었다.

"이 멤버가 소풍 다닐 사이냐? 그럴 날씨도 아니고."

"다 아니긴 하지만, 때와 상대를 골라가며 가려다가는 죽을 때까지 못 가는 수가 있거든."

어쩐지 시무룩한 목소리였지만 막시민은 굳이 반응하는 대신 말했다.

"소풍은 나중에 알아서 가든지 말든지 하고, 아침도 다 먹었으니까 내가 첫째로 하고 싶은 얘기는 우리가 꼭 이 방에 모여 있을 필요는 없는 사이라는 거야. 빈집털이하다가 집주

인과 마주친 놈들이 왜 도망치지도 않고 내 뒤를 줄레줄레 쫓
아왔을까, 이 지점부터 시작해보자. 자, 너부터. 왜 따라왔
냐?"

막시민이 가리키자 청어절임이 얼른 대답했다.

"저녁을 사줄 것 같아서요."

"그게 다야?"

"배고팠거든요."

"배고프다고 아무나 막 쫓아가냐?"

집 나온 청소년한테나 하면 적당한 말이었지만 청어절임은
막시민보다 몇 살이든 많으면 많았지 적을 것 같지는 않았다.
청어절임이 눈치를 보며 비실비실 웃었다.

"그러니까요. 제가 달리 갈 데가 있었으면 빈집에 숨어들
어 살아보려는 궁리를 했겠느냐고요."

"너, 플레상스 경한테 선금을 주고 무슨 일을 부탁했다고
하지 않았냐? 갈 데도 없다는 인간이 탐정한테 의뢰할 돈은
있었다고? 똑바로 말 안 할래?"

"와, 기억력 좋다. 근데 그게, 의뢰를 한 건 맞는데…… 그
것도 누가 줬던 거라서…… 원래 그 사람이 저한테 심부름을
시켰는데……"

얘기를 들어보니 청어절임은 본래 어떤 사람의 심부름으로
플레상스 경에게 편지를 전하러 왔었다고 했다. 플레상스 경

은 답장을 써주면서 전하고 돌아오면 심부름값을 두둑이 주겠다고 약속했던 모양이었다. 그런데 돌아가보니 그 사람은 사라져버렸고, 다시 플레상스 경에게 돌아갔지만 플레상스 경마저 사라진 후여서 받아야 할 심부름값은 허공으로 사라진 꼴이 되었다.

화가 난 청어절임은 한동안 플레상스 경의 집을 기웃거리며 언제 돌아오나 기다렸지만 어느 날 제 집으로 돌아갔더니 도둑이 들어 온 집을 뒤집어엎었고 가족들은 친척집으로 피신 갔다는 소식을 듣게 되었다. 친척집 형편도 뻔한지라 뒤따라가봤자 낄 자리가 없겠다고 생각한 그는 플레상스 경의 빈 집에 들어가 버텨보려는 궁리를 했다. 플레상스 경이 돌아오면 심부름값을 안 줘서 그랬다고 우기면 될 것 같았다나. 물론 값나가는 것을 발견하면 슬그머니 들고 도망칠 계산도 있었을 것이다.

막시민이 인상을 썼다.

"그럼 넌 플레상스 경한테 아무것도 의뢰한 적이 없었던 거잖아? 선금도 준 적이 없고."

"아, 그거요. 주긴 줬어요. 그러니까, 저한테 심부름 시킨 사람요."

"넌 그걸 어떻게 알았는데?"

"편지를, 봉랍이 조금 뜯어졌기에, 어차피 받을 사람도 없어졌고, 해서 안을 좀 봤죠. 거기에 선금은 잘 받았다, 라고 적혀 있었으니까 뭐, 선금을 주긴 준 거잖아요."

"그런데 그 선금이 왜 네가 준 걸로 둔갑하는데?"

막시민이 뒤통수를 한 대 때리는 시늉을 하자 듣고 있던 이스핀도 "대체 왜 이런 인간한테 심부름을 시키는 거야"라고 중얼거렸다. 그러자 청어절임이 항변했다.

"그렇지만 11구에서 여기까지 심부름을 올 사람이 그리 많지는 않거든요! 처음에는 고작 동전 열 닢짜리였는데, 11구에서 여기까지 걸어오려면 한나절이나 걸리고, 마차를 타버리면 5엘소밖에 안 남을 테니까 당연히 걸어와야 하고, 주소를 찾자면 글도 읽을 줄 알아야 하고……"

"그야 네가 다른 할일이 없었던 거겠지. 바빴으면 그 돈 받고 왕복 하루를 쓰려고 했겠냐? 하여튼 그건 됐고 내가 보기에 이상한 건……"

막시민이 생각을 훑는 사이 이스핀이 고개를 갸웃했다.

"그런데 인간적으로 심부름값 너무 싸네. 시킨 사람이 못된 건가, 여기 물가가 형편없는 건가, 아니면 켈티카에 실업 문제가 심각한 건가……"

"그렇죠? 맞죠? 제가 착한 거 맞죠?"

청어절임이 반색하는데 이스핀이 말을 맺었다.

"……네가 한심한 건가. 그런데 얘기를 듣고 있자니까 네번째에 무게를 두고 싶어지네. 심부름값은 보통 선불이잖아. 그런데 왜 심부름값도 안 받고 플레상스 경의 답장을 전하러 간 거야?"

"그게 플레상스 경이 선불로 받으면 30엘소, 편지를 전하고 돌아오면 100엘소 금화를 주겠다잖아요. 멀쩡한 저택에 사는 신사니까 약속은 지킬 거라고 생각했죠. 그렇게 사라져 버릴 줄이야 상상이나 했겠느냐고요."

이스핀과 막시민은 동시에 다른 이유로 놀랐다.

"100엘소? 무슨 밀가루 반죽도 아니고 이 동네는 물가가 왜 이리 극단적이야?"

"잠깐, 너 혹시 내가 그 100엘소를 대신 줘야 한다고 생각해서 따라온 건 아니겠지?"

청어절임은 막시민을 흘끔 쳐다보더니 딴전을 피웠는데 보아하니 그런 생각이 전혀 없었던 건 아닌 것 같아 더더욱 어이가 없었다. 돈 문제가 나오자 진지해진 막시민은 체크무늬 테이블보를 탕 소리가 나게 짚으며 선언했다.

"미리 말해두지만 그럴 일은 절대 없다. 할아버지가 멋대로 선심을 쓴 건 나랑 아무 상관도 없고, 젠장할 심부름값이 세상에 100엘소면 내가 지금부터 당장 거리로 나가서 전업 심부름꾼 한다. 그나저나 편지 있지? 내놔봐."

막시민의 그런 말은 플레상스 경의 손자라는 신분이나 고

상한 차림새와는 어울리지 않았으므로 청어절임은 고개를 갸웃거리며 편지를 꺼내려다가 멈칫하더니 말했다.

"잠깐만요. 이 편지를 당신한테 주면 전 편지를 전한 게 되니까 진짜로 당신이 심부름값 줘야 하는 것 아니에요?"

순간적으로 헷갈릴 뻔했지만 막시민은 금세 정신을 차리고 청어절임을 노려봤다.

"야, 그 편지는 우리 할아버지가 쓴 거잖아. 나한테 준들 발송인에게 되돌린 것밖에 안 되는데 무슨 놈의 심부름값이 있냐? 편지는 수취인한테 갖다준 다음에, 할아버지를 찾아서 청구하든가 말든가 해라. 멋대로 뜯어버린 편지에 심부름값을 줄지는 모르겠다만."

그런 다음 엉거주춤 품속의 편지 귀퉁이를 쥐고 있던 청어절임의 손에서 편지봉투를 낚아챘다. 봉투는 예상대로 봉랍이 사라진 상태였고, 안에는 편지 한 장과 뭔가 단단한 것이 들어 있었다.

　　무명의 의뢰인 귀하

　　안전하게 계시다니 다행스럽습니다. 제 주변은 아직까지 평온합니다. 그자가 사람을 한 번 보내왔으나 소식을 모른다고 하자 돌아갔습니다.

　　지난번에 보내주신 선금은 잘 받았습니다만 제 관점에서는 다소 지나친 금액이라 일부 돌려드리고 싶군요. 하지만 지금은 직접 찾아갈 수도 없고 심부름꾼에게 맡길 액수도 아니고 하니 다른 방법을 생각해내야 할 듯합니다.

　주변이 걱정되시겠지만 저는 반드시 약속을 지키는 사람이니 너무 걱정 마시고, 인내심을 갖고 기다리십시오. 그럼, 말씀하신 열쇠를 동봉합니다.

제레미 드 플레상스

　봉투를 뒤집자 열쇠가 굴러나와 손에 떨어졌다. 장식도 고리도 없이 단순하게 생긴 놋쇠 열쇠였다. 막시민은 편지를 한 번 더 주의깊게 읽더니 이스핀에게 건네주고는 청어절임을 봤다.

　"여기 무명이라고 돼 있지만 넌 이 사람을 만났을 것 아니야? 뭐하는 사람인데?"

　"아 그게, 정확히 말하자면 만난 거랑은 좀 다르고, 그 사람의 하인인가? 그런 사람을 만난 것 같아요."

　"하인이라고? 그럼 귀족이란 말이야? 그런 사람이 자기 집에서 사라졌다고?"

　"집이 아니고요. 카페였어요. 귀족인지 아닌지 그런 것까진 모르겠는데 하여튼 플레상스 경한테 답장을 받으면 단골 카페로 찾아오라고 해서 갔는데 거기 없었단 말이에요."

105
—
소풍 바구니에 든 아침식사

"카페에다가 맡겨두는 방법도 있었을 거 아냐?"

"그러다가 그 사람이 저 없을 때 편지를 가져가버리면 제 심부름값은요?"

"어휴, 넌 하여간 심부름 한 번에 심부름값을 양쪽에서 다 받으려고······"

"어차피 둘 다 못 받았는데······"

막시민은 들고 있던 편지봉투로 청어절임의 어깨를 때리는 시늉을 하고는 의견을 묻듯 이스핀을 봤다. 편지를 다 읽은 이스핀은 본래대로 접어 막시민에게 건네주고는 청어절임을 향해 빙그레 웃어 보였다. 이스핀의 미소를 본 청어절임은 어제의 경험 때문인지 저도 모르게 움찔했다.

"아까부터 듣고 있자니 너, 이야기를 미묘하게 왜곡한다."

이스핀의 말을 듣자 청어절임은 허둥지둥하는 기색이 되어 도망갈 길이라도 찾듯 주위를 흘끔거렸다.

"제가요? 제가 뭘요?"

막시민이 몸을 조금 내밀더니 청어절임과 시선을 맞췄다.

"이제부터 잘 들어. 네가 한 얘기를 하나씩 맞춰볼 테니까. 네 말대로라면 넌 편지 받을 사람과 단지 길이 엇갈렸을 뿐인데, 양쪽에서 심부름값을 받고 싶어서 이쪽저쪽을 기웃거리다가 정작 중요한 편지를 전달하지 못했다는 이야기지. 만나기로 한 카페에서 충분히 기다리지 않았다든가. 왜냐면 플레상스 경이 주기로 한 금화가 눈앞에 아른거렸을 테니까 말이야. 그래서 편지는 일단 전달한 걸로 치고 금화부터 받고 싶어서 플레상스 경한테 돌아갔다는 건데……"

"네, 네."

"그런데 가보니까 플레상스 경도 없더란 말이지. 그제야 당황해서 도로 카페로 달려가 그 손님을 찾아봤겠지만 역시 만나지 못했고. 11구에서 플레상스 경의 집까지 한나절이 걸린다는 네 주장대로라면 네가 카페로 돌아간 건 적어도 다음 날, 사실상 다다음날. 일이 이렇게 됐으니 그 사람은 네가 답장을 갖고 잠적했다고 생각했을 테고, 널 만나면 한번 손봐주려고 단단히 벼르고 있으려나? 네가 겁내는 게 그건가? 네가 중요한 편지를 봉랍까지 뜯어서 봐버렸다는 걸 알면 반응이 아주 재밌을 테니까. 자, 네가 두려워하는 상대가 그자야?"

말문이 막힌 청어절임은 입만 뻐끔거리고 있다가 간신히 말했다.

"저, 저, 저한테 왜 상대 같은 걸 찾으시는지…… 물론 당신들은 무섭지만……"

막시민이 봉투로 테이블을 탁탁 두드렸다.

"어제부터 오늘까지 내가 너에 대해 확실히 알 수 있었던 건 하나뿐이야. 넌, 너 자신이 위험에 빠졌다고 판단했어. 왜냐하면 어제 널 반쯤 죽일 뻔한 우릴 아무렇지도 않게 뒤따라

왔거든. 적어도 우리보다 무서운 뭔가가 있었다는 거지. 하지만 네가 한 이야기 속에는 네가 그렇게까지 겁낼 만한 상대가 보이질 않아. 그게 내가 첫번째로 이상하게 생각하는 점이야. 다시 말해 네 얘기는 꽤 그럴듯했지만 내 첫 전제와 맞질 않는단 말이야."

"……"

청어절임은 여전히 입을 약간 벌린 채 뭐가 뭔지 모르겠다는 표정을 짓고 있었다. 막시민의 미간에도 세로 주름이 잡혔다.

"자, 문제의 무서운 놈은 누구일까. 편지를 준 그자가 아니라면 네 집에 들었다던 도둑? 단순히 도둑이 들었다고 가난한 사람들이 제 집을 놔두고 친척집까지 피신을 가겠어? 내 상식으로는 말도 안 되는 소리거든. 그러니 진짜로 무서운 놈이라 식구들한테까지 피해가 갈까봐 따라가지 않고 빈집에 숨어 있으려 했다, 일이 위험해진 것 같으니까 편지 내용이 뭔지도 알아야겠다 싶어서 뜯었다, 거기까진 말이 돼. 그럼 그 도둑은 누구지? 머리 잘 굴리면서 어리숙한 척, 모자란 척 그만하고 똑똑히 말해봐. 청어절임이라고 불러주세요? 페터 바우어도 본명이 아니지?"

청어절임의 입에서 얼른 대답이 나오지 않자 이스핀이 차가운 시선을 보냈다.

"네 별명이 왜 청어절임이 됐는지 잊었어? 어제 상황으로 되돌리는 데 내가 십 초 이상 걸릴 것 같니?"

조금 전 같았으면 이런 말을 듣자마자 금세 벌벌 떠는 시늉을 하며 횡설수설 지껄였을 텐데 청어절임은 묘하게 머뭇거리고 있었다. 그때 데보라가 입을 열었다.

"네가 답장을 가져다주기로 했다는 11구의 카페 말인데."

청어절임은 그때까지도 데보라를 바라보고 있지 않았으나 다음 말이 나오자 목덜미가 움찔했다.

"혹시 '베고니아'라는 곳인가?"

"……"

청어절임은 대답하지 않았지만 시선은 데보라를 향해 있었다. 입술이 잠시 떨리다가 열렸다.

"어제 당신이 한 얘기에 사실이 좀 들어 있었나보네."

어조부터가 달라졌다. 조금 전까지는 꾸며낸 가벼움이었다면 실제 목소리는 훨씬 낮았다. 이어 웅크린 채로 고개를 쳐든 청어절임은 고개를 한쪽으로 천천히 기울이며 희미한 비웃음을 띠웠다.

"두 분, 예상대로 꽤 똑똑해. 하지만 역시 젊어서 그런지 데보라가 오빠 어쩌고 한 얘기만은 천진난만하게 곧이듣는 것 같더군. 하지만 내 생각은 달랐어. 왜냐하면."

청어절임의 시선이 이스핀, 그리고 막시민에게 옮겨갔다.

손가락은 데보라를 가리키고 있었다.

"쇠의 왕이 제 영지로 초대했던 자를 저렇게 고스란히, 뒤쫓는 끄나풀도 없이 풀어놓을 것 같은가?"

검정 리본

데보라의 목소리도 날카로워졌다.

"네 정체가 밝혀질 것 같으니까 나까지 끌고 들어가려 하는데 어림없어. 네가 지금껏 연기를 잘해서 나도 속았다는 건 인정하겠지만 난 어제도 이분들에게 진실만 말했어."

"아하, 말한 건 진실이고 진실이 아닌 건 말 안 하고, 그런 종류의 정직함 말인가? 그런 거라면 나도 잘하는데 말이야. 하지만 당신 발목에 쇠의 왕이 묶어둔 리본이 나풀거리고 있다는 사실만은 부인하지 못할걸?"

"......"

둘은 서로를 노려보고 있었다. 이스핀은 돌발 사태를 예감하고는 몸을 젖히며 주위의 사물을 훑어 눈에 담았다. 미리 봐두어야 무슨 일이 벌어지든 효율적으로 대처할 수 있다. 그러나 긴장은 엉뚱한 식으로 깨어졌다. 조금 전까지 자기가 연기하던 인물에 맞게 웅숭그리고 있던 몸을 쭉 펴서 자신만만한 자세를 잡으려던 청어절임이 그만 요란한 소리를 내며 자빠졌기 때문이다. 밑 빠진 의자에 엉덩이만 슬쩍 걸치고 있었다는 점을 깜빡 잊는 바람에.

"으……"

엉덩이가 의자 뼈대 틈으로 빠진 청어절임과 이지러져 박살난 의자 꼴을 보던 이스핀은 막시민을 슥 쳐다봤다. 막시민도 이스핀을 돌아본 참이었다. 둘은 잠시 어처구니없는 눈빛을 교환하고 있었으나 동시에 약간의 의견도 오갔다. 정확히는 역할을 나누었다. 이윽고 막시민이 중얼거렸다.

"폼도 잡던 놈이 잡아야 뭐가 되는 세상이지."

"그…… 말이 뭐, 맞긴 한데……"

청어절임은 낑낑대며 일어나 엉덩이를 문지르며 얼굴을 찌푸리고 있다가 막시민을 돌아보더니 도로 가벼운 목소리로 돌아가 말했다.

"저한테 좀 다양한 정체성이 있다보니 가끔 헷갈리거든요. 양해 바랍니다."

"양해 같은 소리 하네. 난 그런 거 취급 안 해. 뭔가 감추는 놈치고 좋은 걸 감추는 경우는 없더라고. 그런 놈을 내가 뭘 믿고 상대한단 말이냐?"

"그래서 쫓아내시려고요? 그러면 제가 가진 많은 정보가 아쉽게도 그대로 사라질 텐데요."

청어절임이 뻔뻔스러운 미소를 지으며 그렇게 말하자 이스핀이 고개를 젓더니 손을 내밀었다. 청어절임이 손을 잡자 한 번 획 당겨서 일으켜세우고는 말했다.

"쫓아내다니? 그럴 리가. 세상에 공짜가 어디 있어? 남의 방에서 잘 자고 일어나서 남이 사 온 도시락까지 얻어먹었으면 값을 해야지. 그거 엄청 비싼 거야. 뭐든지 내 손을 거치면 다 엄청나게 비싸져. 아는 건 물론이고 모르는 것까지 싹싹 긁어 뱉어내기 전에는 아무데도 못 갈 줄 알아."

그사이 청어절임은 주위를 두리번대다가 못질된 묵직한 상자를 낑낑대며 끌고 오더니 모서리에 올라앉고는 '전 아무데도 안 가거든요' 하는 눈빛으로 막시민을 쳐다봤다. 막시민은 고개를 내저었다.

"이런 놈이 주는 정보를 어떻게 믿어? 처음부터 속이려고 마음먹고 접근한 놈이 틀림없는데."

"괜찮아. 헛소리하면 대가가 쓰디쓰다는 걸 실감하게 해주면 누구나 내면 깊은 곳에 숨겨진 정직함을 되찾게 돼 있거든."

"어떻게 실감하게 해줄 건데? 칼이라도 들이대게?"

"왜 들이대기만 해야 하겠니? 자를 게 얼마나 많은데."

그러면서 한쪽 입술을 삐딱하게 씹으며 흥미로운 눈빛으로 청어절임을 구석구석 뜯어보는 체했다. 청어절임은 당당하게 굴려 했지만 어제의 경험이 있다보니 목덜미에 저절로 소름이 끼쳐왔다. 청어절임이 경험한 바로 꽤 귀엽게 생긴 이 아가씨는 다음 행동을 예측할 수 없는 사이코여서 방금 전 소풍 바구니를 들고 생글생글 웃으며 들어왔을지라도 잠시 후 당신 얼굴에서 귀가 불필요해 보이니 깎아 없애주겠다고 나서는 것이 조금도 어색하지 않았다.

이스핀이 말을 이었다.

"자, 이렇게 하면 어때? 당신은 내면의 정직함을 부스러기까지 끌어내서 이제부터 하는 질문에 대답해. 그걸 우리 셋이 듣고 있다가 저거 미심쩍다, 싶으면 손을 드는 거야. 그러면 내가 아무거나 하나 자를게. 그리고 그다음 질문을 하는 거지."

"자, 잠깐만······"

"자, 첫번째 질문. 넌 쇠의 왕인가 뭔가의 명령을 받고 우리 중 누군가에게 접근했다. 긍정, 부정, 어느 쪽?"

이스핀이 마구 몰아쳐버리는 바람에 청어절임의 목소리도 커졌다.

"아니야!"

"아니라네. 자, 어떻게들 생각해?"

이스핀이 막시민과 데보라를 돌아보자 막시민은 어깨를 으쓱하기만 했고, 데보라는 이스핀을 보다가 시선을 청어절임에게 돌렸다. 그러더니 한 손을 들 것처럼 슬쩍 움직였다. 당황한 청어절임은 발까지 구르며 소리쳤다.

"아, 아니라니까! 아니라고! 절대로 아니야!"

데보라가 이스핀을 향해 쓴웃음을 보냈다.

"아닌가봐요."

이스핀은 마주 미소를 지어 보이고는 바로 말을 이었다.

"그럼 다음 질문. 아니라면 네가 우릴 따라온 목적은 뭐지?"

"그건…… 플레상스 경 손자가 파악한 게 맞아. 플레상스 경이 사라지기 전에 마지막으로 만난 사람은 나였어. 내가 답장을 받아 가고 다음날 돌아가보니 사라졌으니까. 난 쇠의 왕이 그 신사를 잡아갔다고 생각했지. 다음 차례는 누구겠어? 플레상스 경의 마지막 편지를 갖고 있는 내가 아닐까?"

"이 열쇠 때문에?"

막시민이 엄지와 검지로 집은 열쇠를 미심쩍은 눈빛으로 보다가 내밀었다. 청어절임이 고개를 끄덕거렸다.

"아마도 그렇지 않을까? 하지만 열쇠의 용도도 모르고 하니 확실한 건 아니야. 내가 어떻게 알겠느냐고. 돌아가보니 그 집에는 아무도 없고, 문은 안쪽에서 잠겨 있고, 돌아오기를 기다리다못해 창을 뜯고 안으로 들어가보니 의자에 이런 게 붙어 있었을 때……"

청어절임은 제 주머니에서 뭔가를 끄집어냈다. 언뜻 보기에는 특별할 것 없는 가느다란 검정 리본이었다.

"이게 뭔지 알아? 그분의 표지라고. 사라진 걸 찾지 말라는 뜻이지. 그분이 가져가셨으니 그분의 재산이다. 그게 물건이든 사람이든."

막시민이 손을 내밀어 리본을 건네받는 동안 데보라가 리본을 뚫어져라 보며 몸을 부르르 떨더니 말했다.

"저도 알아요. 쇠의 왕의 지배 표지죠. 아까 저자가 제 발목에 리본이 묶여 있지 않느냐는 소릴 한 것도 이걸 말했던 거예요. 처음 플레상스 경의 집에 들어갔을 때 저 리본을 봤다면 전 그대로 그 집을 나갔을 거예요. 저자가 떼어 갖고 있었기 때문에 몰랐네요. 하지만 그 리본을 봤으면서도 그 집에서 버티고 있었다니, 그건 그것대로 좀 믿어지지 않네요."

청어절임이 대꾸했다.

"난 그 리본이 집 전체가 아니라 플레상스 경이라는 한 사람에게 붙은 걸로 판단했기 때문이야. 플레상스 경이 나한테 편지를 건네줄 때 바로 그 의자에 앉아 있었거든. 사람은 사라지고 리본만 남아 있는 걸 보니까 등골이 오싹하더구먼. 하지만 동시에 이런 생각이 들었지. 나한테 편지를 준 직후에 그 신사가 끌려간 거라면, 그리고 이 편지에 중요성이 있다면

116
—
블러디드 3

얼마 안 가 날 찾겠구나. 그렇다면 당장 도망친들 무슨 소용이 있겠어? 데보라, 당신도 알잖아?"

"그렇다고 그 집에 버티고 있은들 달라질 게 있어? 조금이라도 일찍 끌려갈 뿐이지."

"아니. 그것 말고도 할 게 있지. 거래 조건이 될 만한 걸 찾아야지……"

그렇게 대꾸한 청어절임이 막시민에게 떠보는 듯한 시선을 보냈다.

"난 그 집을 구석구석 뒤져서 아주 중요한 물건을 찾아냈어. 그걸 누구도 못 찾을 곳에 숨겨놨지. 끌려간 뒤에도 그걸 거래 조건으로 해서 풀려나보려고 그랬던 거야. 거의 닷새쯤 걸렸던가. 곱게 지낸답시고 나름 애썼는데 불도 안 켜고 부스럭대고 그랬더니 어느 집 애들인지 문짝에 '귀신 나오는 집'이라고 써놓고 가서 오히려 편해졌지. 하여튼 그러고 있는데 당신들이 나타난 거야. 처음에는 쇠의 왕이 보낸 자들이라고 생각했는데 몇 마디 말하는 걸 듣고 곧 아니란 걸 알았지."

"어떻게 알았는데?"

"그치들은 유머 감각이 조금도 없거든."

이스핀이 피식 웃어버렸다. 그렇게 웃더라도 위기감이 사라질 일이 없는 것이 사이코 아가씨 역할의 편리한 점이었다.

"뭐, 당신이 집주인이라고 주장하기도 했지만 말이야. 보아하니 당신들은 꽤 강해 보였어. 그래서 어쩌면, 낮은 가능성이긴 하지만 내 목숨을 며칠 더 부지할 수 있지 않을까 싶었던 거야. 그리고 어차피 이렇게 된 판이니 솔직한 얘기 하나 더 하자면, 당신들이 좀 재밌어 보이기도 했어."

"재미라고?"

막시민이 이게 미쳤나 하는 표정으로 노려보자 청어절임이 나지막이 킬킬거렸다.

"그래, 재미. 당신들은 뛰어나기도 했지만, 가뿐해 보였어. 뭔가에 짓눌려 있지 않은 듯했어. 물론 당신들한테도 나름대로 심각한 걱정거리들이 있겠지만 동시에 그걸 뚫고 나갈 자신감과 재주가 있어 보였거든. 하루하루 쫓기거나 견디거나 하는 게 전부였던, 빠른 다리 하나 믿고 내달리는 초식동물 같은 나하고는 전혀 다른 냄새. 발톱이 있는 자들만이 멈춰서서 주위를 둘러보는 자유를 누리지. 나한테 그런 건 없었어. 그런데 옆에서 보기만 하니까 왜 이렇게 재밌는 건지. 정말이지 너무나 무임승차가 하고 싶더군."

그때 지금껏 때리는 시늉만 하던 막시민이 청어절임의 뒤통수를 진짜로 때렸다.

"헛소리는 작작 해둬. 고작 하루 밤낮 본 사이에 뭘 대단하게 아는 것처럼 지껄여? 한 가지는 확실히 알겠네. 네가 무임승차를 하려 했다는 것. 그래서 네가 숨겼다는 문제의 중요한 물건을 가지고 이번에는 우리하고 협상을 해보고 싶다 그거 겠지? 그런데 그게 나한테 전혀 중요하지 않은 물건이면 어쩔래?"

그 집에서 찾은 중요한 물건이라면 물론 플레상스 경에게 소중한 무언가일 것이다. 쇠의 왕이라는 자도 좋아할 만한 물건인 모양이니까 파울 사건과 관련이 있을지도 모른다. 하지만 그러든 말든 막시민과는 아무 상관이 없었다. 진짜 손자도 아닌데 플레상스 경이 풀다 만 문제 따위 알 게 뭔가?

청어절임이 고개를 저었다.

"그럴 리가 없을 텐데. 왜냐하면 그게 있어야 당신들도 뭘 해볼 수가 있을 거거든."

막시민이 귓가를 후비며 대꾸했다.

"내가 뭘 해봐야 하는데? 넌 내가 여기 왜 온 줄이나 알아?"

"아, 그건 모르지. 할아버지 안부나 알아보러 온 게 아니란 것만은 알겠지만. 하지만 왜 왔든 간에, 조만간 쇠의 왕이 너희에게 깊은 관심을 품으리라는 것만은 너무나 명백하지 않은가?"

청어절임의 평범한 인상, 스치듯 봤다면 기억하기도 힘들 것 같던 얼굴에 처음으로 또렷한 표정이 서렸다. 두려움, 그리고 그걸 억누르기 위한 시니컬함이었다.

그제야 이자가 어떤 사람인지 어렴풋이 알 듯했다. 딱히 잘 생기지도 못생기지도 않은, 인상이 희미한 외모에는 장점이 있다. 의심받지 않고 어디든 지나가고 슬그머니 사라지고, 실수로 맞부딪히더라도 시시한 예의만 갖추면 쉽사리 잊힌다. 그렇게 자신을 감추는 데 익숙하기 때문에 무슨 생각을 하고 있는지 알아내기는 쉽지 않다. 그런 자들 대부분이 진짜로 평범한 사람이기 때문에.

청어절임이 말을 이었다.

"그러니까 대비를 하셔야지. 난 아까 말한 당신들의 좋은 점을 지켜주고 싶거든. 아, 물론 내 한목숨 내걸고 지켜주고 싶다는 그런 차원의 얘기는 아니고, 그냥 보기에 좋으니까 너무 빨리 망가지지는 않았으면 좋겠다는 뜻이야. 보기 좋은 꽃도 며칠 있으면 지겠지만 누가 짓뭉개버리려 하면 말리고 싶잖아. 무슨 일이 닥치든 결국 헤쳐나가리라고, 제 능력도 재주도 믿는 마음. 참 좋지. 내가 이 나이 되도록 아등바등 살아오며 한 번도 누릴 기회가 없었던 것들이야."

그때 이스핀이 테이블을 짚고 몸을 내밀며 청어절임을 쏘아봤다.

"너 그냥 청어절임일 때는 귀엽게 굴더니 제대로 말 시켜보니까 되게 거만하다. 남의 재주를 가지고 뭐, 보기 좋은 꽃이 어쨌다고? 누군 태어날 때부터 발톱을 타고나는 줄 알아?

너한테 없는 것이 남한테 있으면 그러기 위해서 뭔가를 해왔으리라는 생각도 못해?"

"타고나지는 않았을지 몰라도 어디서 태어났느냐가 아주 중요한 건 사실 아닌가?"

미간을 찡그린 이스핀이 옆에 놔둔 바구니에서 빵을 자르던 나이프를 뽑더니 곡예하듯 손 위에서 휘릭 돌려 상대의 목을 겨눴다. 끝이 날카롭지 않았으므로 어제처럼 직접적인 위협은 아니었지만 청어절임이 움찔하는 순간 다시 나이프를 쥔 손을 당겼다가 맞은편 벽을 향해 내던졌다.

탁!

뒤를 돌아보니 벽에 걸려 있던 웬 늙수그레한 남자의 초상화에 나이프가 박혀 있었다. 자세히 보니 목 부분, 조금 전 겨눴던 곳과 정확히 같은 위치였다. 청어절임은 저도 모르게 목을 문지르면서 중얼거렸다.

"그래. 그런 재주가 있으면 세상이 좀 덜 무섭겠지."

"그런 재주는 뒤뜰에서 심심풀이로 나이프 몇 번 던져본다고 생기지 않아. 남의 재주는 다 이유 없이 생겼을까? 사람이 태어날 때부터 초식인지 육식인지 정해지는 게 아니라 사방에 너를 찌르려는 자들이 가득하면 누구라도 무슨 재주든 익히지 않고는 못 배기는 거야. 그래야 불타 죽은 고깃덩이 꼴이 안 되니까. 넌 도망치기만 하느라 뭘 해볼 기회가 없었다고 하는데, 도망치지 않는 자는 그대로 살기가 좋아서가 아니라 거기서 도망칠 수가 없어서라는 걸 모르겠어?"

보아하니 청어절임이 한 이야기가 이스핀의 마음속 무언가를 제대로 건드린 듯했다. 청어절임은 이스핀을 물끄러미 보다가 중얼거렸다.

"……방어였단 말인가? 돈과 시간이 넘쳐나는 곳에서 태어났기 때문이 아니라?"

이스핀은 대꾸 없이 기울였던 몸을 일으키더니 숨을 한 번 크게 들이쉬었다가 내쉬고는 막시민을 봤다.

"쓸데없는 얘기가 길어졌네. 그런 건 됐고, 이제 네 의견을 듣고 싶어. 여기까지 들었으니까 쟤가 한 얘기 속에 진실은 몇 조각, 거짓은 몇 조각 들었는지 너라면 분해가 끝났겠지."

"뭐, 너도 웬만하면 알아차렸을 것 같다만……"

막시민은 잠시 안경을 벗어 옷깃에 닦고 있었다. 까다로운 상황에서 자신의 의견을 궁금해하고 경청하려 하는 이스핀의 자세가 자신을 두둔해주는 듯해 낯설기도 하고 기분이 묘했다. 어쩐지 쓸모 있는 인간이 된 듯하달까. 평소 아무 일도 벌어지지 않는, 지루할 정도로 안락한 삶을 추구하던 자신이 켈티카에 온 뒤로 조금 이상해진 듯했다.

이윽고 안경을 도로 쓴 막시민은 줄곧 말없이 있던 데보라를 가리켰다.

"문제는 너지. 이게 다 너, 아니 너희 오빠에 대한 얘기잖아. 쇠의 왕이라는 작자가 당신한테 리본을 달아놨을 거라는 소리, 어떻게 생각해?"

쇠의 왕이라는 자가 뒷골목 인간들 모두가 두려워할 만큼 주도면밀하고 무자비한 권력자라면 데보라를 풀어놓는다고 파울이 즉각 찾아올 리 없다. 그런 데보라가 제 집을 떠나 플레상스 경의 집까지 가서 뭘 뒤지고 있도록 내버려둘 리도 없다.

"전…… 모르겠어요. 아니……"

데보라가 머뭇거리며 입을 열었다가 막시민을 보고, 다시 이스핀을 보더니 도로 입을 다물었다. 대답을 잘해야 한다는 것을 알아차린 듯했다.

"확실한 건 하나도 없지만, 그럼 의견이라도 말해야겠죠. 그래요. 저도 이상하다고 생각했어요. 왜 내버려두는 걸까. 감시가 붙었을까 궁금했는데 적어도 제 주의력으로는 알아차릴 수가 없더라고요. 저도 나름대로 그렇게 둔하진 않은데, 심지어 마법을 써봐도 저한테 추적 표식을 심은 흔적 같은 건 없었어요."

"내가 이유를 말해볼까."

막시민은 입맛이 쓸 때처럼 빈 입을 다시며 얼굴 근육을 이리저리 움직이고 있다가 말을 이었다.

"넌 등가교환된 거야. 아니, 등가인지는 모르겠지만 어쨌든 쇠의 왕인지 뭔지가 보기엔 그 정도면 거래가 성립된 모양이지."

데보라가 당혹스러운 눈빛으로 쳐다봤다.

"무슨 뜻이에요? 내가 무엇과 교환됐다는 거죠?"

"잡혀간 내 할아버지. 근데 왜 놀라는 척해? 너도 다 짐작하고 있었으면서."

"전……"

데보라는 눈을 빠르게 깜빡이며 입술을 떨었다. 상상하지 못했던 말이 튀어나오자 이스핀도 눈을 조금 치켜뜨며 막시민을 봤다. 데보라가 무릎에 얹어놨던 손이 드레스 자락을 움켜쥐는가 싶더니 다급한 목소리가 튀어나왔다.

"왜 그렇게 생각한 거죠? 근거라든가, 뭐라도 말해줘요."

"나한테 묻기 전에 너부터 말해봐. 쇠의 왕인가 하는 작자에 대해서는 네가 나보다 훨씬 잘 알 거 아냐. 그자는 물고기가 잡히기도 전에 성급하게 낚싯대를 놔버리는 서투른 낚시꾼인가? 놔버렸다면 더 나은 낚싯대가 생겨서는 아닐까? 넌 새 낚싯대가 대체 뭐라고 생각했는데?"

데보라는 잠시 제 손을 내려다보고 있었다. 이윽고 낮아진 목소리가 흘러나왔다.

"그래요. 그럴지도 모른다고 생각하긴 했어요. 하지만 난 동

124
—
블러디드 3

생이고, 플레상스 경은 의뢰받은 탐정일 뿐이지 남인데······"

"쓸데없이 책임감이 강한 이웃인 모양이지. 아까 편지에도 적혀 있었잖아. '주변이 걱정되겠지만 약속을 반드시 지킬 테니까 걱정 말라'고. 난 그게 네 얘기일 거라고 생각했거든. 혼자 몸을 숨긴 파울이 걱정할 만한 누군가가 있고, 그 사람을 쇠의 왕이 제일 먼저 잡아갔다는 건 앞뒤가 꼭 맞는 얘기잖아? 그러니까 잡혀간 너를 할아버지가 책임져주겠다고 편지에 쓴 셈인데 뭐 어쩔 작정이었는지는 모른다만 결과적으로 넌 풀려났으니 할아버지가 어떻게 하긴 한 거겠지. 그리고 청어절임 너."

청어절임은 또다시 순진하게 흠칫 놀란 표정을 지어 보이며 막시민을 바라봤다. 막시민은 눈가를 찡그리며 관자놀이를 눌렀다.

"이 짜증나는 놈은 아주 거짓말이 입에 붙었어. 의뢰니 선금이니 금화니 심부름꾼이니 다 거짓말이지. 이런 놈의 정체를 알아내려니 머리가 아파온다. 하지만 단서가 전혀 없진 않은데 첫째로 넌 할아버지의 의뢰인 중에 파울이라는 자가 있음을 알고 있었고 둘째로 11구에 있다는, 데보라도 아는 카페 이름에 반응했다는 거야. 파울은 11구의 루이제 거리에 살고 있었지. 그리고 데보라가 말한 카페의 단골이었겠지. 다시 말해 넌 파울을 정말로 만났거나, 아니면 적어도 파울이 할아버지에게 도움을 청하고 몸을 숨기게 된 사연을 빤히 알고 있었어. 하지만 파울을 돕거나 할 생각은 없었고 오히려 그걸 이용해서 할아버지한테 접근하려고 들었단 말이야. 뭘 얻으려 했을까? 할아버지한테 가짜 편지로 낚시질을 해서 파울의 행방을 알아내려 했던 거라면 넌 쇠의 왕의 끄나풀이겠지. 하지만 아까 아니라고 팔짝 뛰는 걸 믿어주기로 한다면 할아버지가 사라진 후 그 집에 죽치고 앉아 구석구석 뒤지고 있을 이유, 그리고 금전을 주고받는 단순 의뢰인 관계인 파울과 할아버지의 속사정을 파악하고 있을 이유는 하나뿐이야."

청어절임은 아무 생각 없는 행인 같은 표정으로 돌아가 있었으나 막시민의 다음 말이 이어지자 눈썹에 힘이 들어갔다.

"넌 쇠의 왕의 적인 거지."

청어절임을 보는 데보라의 눈빛에 의혹이 서렸다. 어쩌면 '저렇게 별것 없어 보이는 자가 감히 쇠의 왕을 적대시한다고?' 하는 뜻이기도 했을 것이다. 청어절임은 얼른 다시 스쳐 가는 행인 같은 표정으로 돌아갔지만 막시민을 보는 시선에는 약간의 감탄이 섞여 있었다. 막시민이 말을 이었다.

"아, 물론 할아버지의 원수여서 그러고 있었을 가능성도 완전히 배제할 수 없긴 한데 내가 그런 입장이라면 원수가 쇠의 왕에게 잡혀간 시점에서 깔끔하게 손 털고 박수 치며 물러났을 것 같거든. 하지만 넌 계속해서 그 집에서 버티면서 뭘

가를 손에 넣으려고 애를 썼지. 그러니까 이제 슬슬 그게 뭔
지부터 말해보자. 또 거짓말하면 진짜 창밖으로 던져버리든
가 해야지."

"그런 건 나한테 맡겨둬. 할 수 있는 거 되게 많아."

청어절임은 이스핀을 힐끔 보더니 막시민 쪽으로 슬금슬금
움직여가며 말했다.

"아가씨는 무서우니까 이쪽으로 붙어야지. 그나저나 플레
상스 경 손자, 당신한테는 좀 놀랐어. 당신 같은 사람하고 일
찌감치 알고 지냈으면 나도 제법 살기 편했을 텐데. 아쉽네.
이건 진심으로 하는 말이니까 뭐 달리 듣진 말고."

"아는 사이라고 내가 널 도와준다는 법 있냐? 지금도 없거
든?"

"물론 없겠지. 내가 보기에는 좀 귀여워야 도와주는 것 같
은데. 어떻게 해야 귀엽게 보이려나."

그러면서 양손으로 턱을 괴고 쳐다보는 바람에 막시민과
이스핀은 그만 할말을 잃어버렸다. 청어절임은 싱긋 웃었지
만 말을 잇자 웃음기가 사라졌다.

"적이라, 그래 적이지. 쇠의 왕의 목을 노릴 만큼 대단한
능력이 나한테 있을 리 없지만 그래도 증오하는 건 내 마음대
로지. 그자는 내 원수야. 하지만 왜 그렇게 됐는지 밝힐 순 없
어. 꽤 많은 인간의 목숨이 얽혀 있거든. 나를 포함해서. 물론

난 그자가 두려워. 하지만 만약에, 만에 하나라도 내 손끝에 그자의 목숨을 짓이길 힘이 담긴다면."

청어절임의 눈에 일순 생기 넘치는 빛이 스쳐갔다. 삭, 소리를 내며 집게손가락이 미끄러졌다.

"일 초도 망설이지 않고 으깨버릴 거라고."

"……"

이 정도로 이야기하면 진심인 걸까? 그런 판단을 자신이 꼭 내려야 할까? 막시민은 말 속의 논리적 빈틈을 찾거나 흩어진 단서 속에서 진실을 추리해내는 데는 능숙했지만 인간의 진심을 판별해야 할 때는 망설여졌다. 그런 걸 눈치챌 직감은 충분했지만, 그런 판단에 책임을 지기가 싫었다. 그는 인간들이 서로에게 그리 큰 믿음을 요구하지 않을 때가 편했다. 믿으면, 그만큼 책임이 발생한다. 자신은 여러 사람을 책임질 그릇이 못 되었다. 서너 명만 범위에 들어와도 과부하가 걸렸다. 그의 과부하는 주로 짜증을 내는 걸로 표현되었다.

막시민이 막 짜증을 내려 했을 때 이스핀이 말했다.

"알았어. 방금 그 말, 내가 믿어줄 테니까 다음 얘기 해봐."

그런 말을 하는 이스핀의 옆얼굴은 평소와 다를 바가 없었지만 막시민은 조금 궁금해졌다. 저애는 어떻게 저렇듯 자신 있게 '믿어주겠다'고 말할 수 있을까? 그간 봐온 바로는 순진해서는 절대로 아닌데, 제 판단의 결과를 깔끔히 책임지겠다는 확신은 어디서 나오는 걸까?

청어절임이 싱긋 웃었다.

"고마워. 내가 뭘 숨겼느냐고 했지? 그걸 건네주면 당신들의 우산 밑에 숨겨주는 건가? 어쨌든 뭔지 말을 해줘야 거래가 되겠지? 그건 말이야, 당신 할아버지의 사건 일지야."

"사건…… 일지?"

막시민의 반응은 놀라움이 아니었다. 일지라고? 그런 물건이 진짜 손자도 아닌 자신에게 무슨 소용이람?

청어절임은 그간의 눈치로 봐서 막시민의 반응을 충분히 알아차렸을 테지만 아무렇지도 않게 말을 이어갔다.

"그게 있어야 당신들도 살아날 구멍이 생기지. 플레상스 경은 거기에 기존에 자신이 해결한 사건들의 개요는 물론 지금 의뢰중인 사건들에 대해서도 메모를 남겨놨어. 그리고 무엇보다 파울 사건에 대해서도 중요한 정보가 적혀 있었지. 파울이 숨긴 물건이 과연 무엇인지에 대해서."

이스핀이 물었다.

"파울이 쇠의 왕에게 훔쳤다는 그거?"

데보라가 끼어들었다.

"사실이었단 말이야? 정말로 오빠가 쇠의 왕의 물건을 훔쳤다고?"

데보라는 제발 사실이 아니길 바라는 표정이었다. 청어절임은 웃었다.

"맞아. 훔쳤더라고. 그게 뭔지 궁금하겠지? 나도 바로 말씀을 올리고 싶지만…… 당신들이 필요한 정보만 싹 챙기고 날 내버릴 가능성에도 대비를 해야지. 그러니까 약속해줘. 일지를 손에 넣고도 날 버리지 않는다고."

이스핀이 코웃음을 치며 말했다.

"저런, 제 이름이나 똑바로 밝히고 그런 소리를 해야겠지?"

"그 점 죄송하게 생각합니다만 그것만은 곤란하군. 본명은 못 말해줘. 내가 당신들을 믿거나 안 믿기 때문이 아니고 그냥 말 못해. 당신들뿐 아니라 누구에게도. 나한테 본명 같은 건 없다고 생각하는 게 편할 거야. 여기선 그냥 당신들의 청어절임이 되려고. 그편이 좋아. 솔직히 그 이름이 마음에 들기도 했어. 나한테 어울리잖아."

"어울려?"

청어절임은 렘므인이 좋아한다고 알려진, 냄새가 고약하기로 유명한 음식이었으므로 누구인들 달가울 만한 별명은 아니었다. 달가워하라고 지어준 별명도 아니었고. 청어절임이 어깨를 으쓱거렸다.

"청어란 놈들은 다 똑같이 생겼잖아. 청어 한 마리 한 마리가 무슨 생각이 있을 것처럼 보이지도 않고. 난 그런 무리 속에 있을 때 제일 마음이 편하거든. 그러다가 당신들 손에 잡혀 절임이 된 셈인데, 그것도 꽤 마음에 들어. 어쩐지 치명적이잖아? 다만 뚜껑만 열지 않으면 되는 거야. 굳이 열어서 내용물이 뭔지 확인하려 들지만 않으면 생각보다 쓸모 있는 존재라고."

이스핀이 막시민을 건너다봤다.

"난 솔직히 청어절임 먹어본 적 없는데, 뚜껑만 안 열면 유용한 식료품이라니 이게 말이 되는 소릴까?"

막시민은 작년 말엔가 11월 시험을 앞두고 정신 나간 녀석 중 하나가 저질렀던 사건을 떠올리며 눈을 가늘게 떴다.

"글쎄. 그거 식료품이라기보다 뚜껑 열어놓고 도망치면 반경 수십 걸음쯤은 초토화하는 무기에 가까울걸."

"혹시 너네 학교 앞에서 팔던 병 절임 그거랑 비슷한 거 아냐?"

막시민은 자기도 싫어했던 주제에 저도 모르게 발끈하며 대꾸했다.

"야, 그건 그래도 먹을 수는 있는 거였다."

"아니던데?"

이스핀은 네냐플 앞에서 사 먹었던 기괴한 음식을 떠올리며 어깨를 움츠렸다가 고개를 흔들어버리고는 말을 이었다.

"자, 파울이라는 사람은 쇠의 왕의 물건을 훔쳤고, 그를 숨겨주려던 플레상스 경은 붙잡혀 갔어. 쇠의 왕이 앞으로도 계속 파울을 찾아내지 못한다면 조만간 너와 나에게도 관심을 갖겠지. 물론 알아서 떨쳐내는 방법도 있긴 한데 쇠의 왕을 염탐하던 청어절임은 그 물건이 뭔지 알고 있고 플레상스 경과 파울이 어떤 거래를 했는지 적힌 일지도 줄 수 있다고 했어. 그걸 알면 우리한테 카드가 하나 생기는 셈은 아닐까? 아무것도 모르고 맞싸우는 것보다는 낫지 않을까? 하지만 이 모두가 우연히 휘말린 남의 일이기도 하니까 그냥 어디론가 도망쳐버린다는 답도 있긴 하겠지."

이스핀이 정리한 상황은 막시민도 깨닫고 있던 내용으로 사실상 답은 정해져 있는 것이나 마찬가지였다. 청어절임을 완전히 믿지 않는다 해도 멀거니 있다가 당하느니 조금이라도 알고 대처하는 편이 당연히 낫다. 그리고 도망쳐버린들 어디로 간단 말인가? 막시민은 켈티카를 떠날 수 없다. 네냐플을 떠나기 직전에 교수들이 친절히 설명해준 그대로다.

이스핀은 이미 판단을 내렸을 것이다. 하지만 함께 행동을 하기로 한 이상 막시민의 의견을 물어보아야 한다고 생각한 듯했다. 막시민은 고개를 끄덕였다.

"그래. 알아두는 게 낫겠지. 그 쇳덩어린가 하는 놈은 꽤 집요한 모양이고 난 어디서든 발 못 뻗고 자는 상황은 싫거든."

"좋아. 너도 그렇게 생각한다면 일지를 손에 넣어보자. 지체할 것 없잖아. 당장 가자."

이스핀이 벌떡 일어나자 막시민도 일어나며 말했다.

"잠깐, 가방 좀 가져오고. 그런데 데보라 당신은 어쩔 거야? 계속 우릴 따라올 건가?"

데보라가 고개를 끄덕였다.

"지금으로서는 그게 제일 안전한 대책 같네요."

"알았어. 그럼 너희 둘은 먼저 내려가. 1층에서 기다려. 카페에 물이 아직 나오면 먼저 세수라도 하고 있든가."

3층에도 수도가 있긴 했지만 어제 확인해보니 3층이라 그런가 물이 영 잘 나오지 않았다. 청어절임이 순순히 일어나 나가려 하자 이스핀이 손끝을 까딱거려 그를 부르더니 검지를 뻗어 가리키며 말했다.

"난 너처럼 가면 쓴 인간의 속을 잘 알아봐. 조심해. 허튼 짓하기 전에 그다음에 어찌될지 깊이 생각해."

청어절임은 처음의 모습으로 돌아가 싱글싱글 웃으며 대꾸했다.

"그럼요. 당연히 그래야죠."

둘이 먼저 내려가자 막시민은 옆방으로 들어가 노끈을 몇 바퀴 감아 묶은 가방을 들고 나왔다. 이스핀은 테이블보를 걷어 바구니 속에 쑤셔넣고 고개를 들더니 말했다.

"갔으니까 묻자. 너도 청어절임 안 믿지? 나 저 인간 아주 느낌이 싸해."

"믿겠냐. 오늘 아침에만 제 얘기를 몇 번이나 뒤집은 인간이라고."

이스핀이 고개를 끄덕이고 미간을 찡그려 보였다.

"그래. 무엇보다 이야기를 지어내면서 우릴 떠본 거 느껴져? 마치 일부러 한 꺼풀씩 벗겨내보라고 만든 얘기 같던데. 여러 겹의 가면을 쓰고 있다가 상대가 끄트머리를 찾아내면 공개하고, 나머지는 드러난 부분에 맞도록 슬그머니 고쳐놓지. 오늘은 한꺼번에 여러 겹 벗겨져서 좀 놀란 것 같긴 한데 평범한 사람이 저런 다층 가면을 쓸 필요는 없잖아? 하루아침에 되는 일도 아니고. 저런 건 수년에 걸쳐서 주의깊게 만든 거야. 당연히 그래야만 하는 이유가 있었을 거고."

막시민이 미심쩍은 눈빛으로 입가를 매만졌다.

"넌 그렇게 생각하면서 왜 아까는 믿어준다고 말한 거냐?"

"나도 확신하는 건 아닌데, 내가 가면 쓴 인간을 여럿 보다 보니 한 가지 경우는 확실히 알아보게 됐어. 가면 아래 분노한 얼굴이 있을 때. "

이스핀의 시선이 잠시 허공을 더듬다가 돌아왔다.

"분노란 공포 다음으로 날것이라서 사람이 연기로 만들어내는 데는 한계가 있어. 가짜로 화내고 가짜로 웃고, 가짜로 곤란한 체, 좋아하는 체하는 사람들을 너무 많이 봐와서 감정의 두께가 얄팍하면 그냥 알겠더라고. 그리고 청어절임이 하는 연기도 아침 내내 봤잖아. 아주 다이내믹하게 보여주는 바람에 쟤의 연기 폭도 좀 감이 왔고 말이야. 다시 말해 난 청어 절임이 쇠의 왕을 미워하는 마음만은 진심이라고 봤어. 물론 분노뿐 아니고 공포도 있었지. 아주 무서워하더군. 무서워하면서 미워하고.”

"적의 적이니, 한편이다?”

"뭐, 우리를 팔아넘기지만 않는다면.”

"그러도록 놔두겠냐.”

이스핀이 만족스럽게 씩 웃으며 막시민을 쳐다봤다.

"응. 너랑 있으면 쟤가 하는 헛소리에 말려들 일은 없겠더라. 그나저나 일지 찾으러 가는 거, 내가 밀어붙여서 가게 된 건 아니지? 네 판단도 같았던 거지?”

막시민은 칭찬에 반응하는 대신 어쩐지 무뚝뚝하게 대꾸했다.

"너 오늘 내 의견 많이 묻는다. 전에는 막무가내더니.”

"그야 널 고용하려고 했을 때였고, 이젠 동료잖아.”

"동료 얘길 하니까 떠오르는데 네가 찾으려던 건 어쩌고 엉뚱한 거나 찾으러 가게 된 것 같은데.”

"아니야. 내 생각에 파울이 가져간 물건, 그거 내가 아주 관심 있을 만한 물건 같아.”

막시민이 눈썹을 치켜올리더니 몇 초 뒤 바로 내뱉었다.

"잠깐만…… 그게 네가 찾고 있다던 권총이라면…… 그럼 너도 쇠의 왕의 적이냐? 아니지…… 네 경쟁자가 쇠의 왕이란 말인가?"

이스핀이 고개를 끄덕였다.

"아직 증거는 없지만 틀림없을 거야. 데보라가 그자의 별명이 '아이언페이스'라고 말해줬잖아. 몇 년 전부터 오토마톤을 경매 시장에서 쓸어 담던 자가 있어서 뒷조사를 해본 결과 알아낸 별명하고 똑같아. 경매에는 대리인을 내세우기 때문에 누구도 얼굴을 본 자는 없지만. 그쪽도 나도 같은 걸 노리고 있으니 조만간 마주치리라고 생각했지만 이런 식일 줄은 예상 못했지. 지하 세계의 거물일 줄이야. 하지만 뭐 어때? 걸려들기만 하라고 해."

손바닥을 폈다가 천천히 움켜쥐어 보이는 이스핀의 눈에 열기가, 아니 살기가 반짝였다. 상대와 맞싸울 날이 기대된다는 것처럼. 막시민은 일부러 눈을 흐릿하게 떠 보이며 대꾸했다.

"야, 적당히 해둬. 난 만사를 말로 해결하는 걸 좋아하는 사람이야."

"응. 너야 그렇지. 넌 하던 대로 해. 우리 아까 역할 잘 나눴잖아."

"원래는 내가 다그치고 네가 구슬리는 역할을 하기로 했던 것 같다만."

"응. 그래서 나만의 방법으로 잘 구슬렸잖아. 얌전히 내려간 거 봐. 역시 우린 환상의 짝이야."

킥킥 웃으며 입구로 걸어가던 이스핀은 문득 막시민의 코트 주머니에 끼워져 있던 검정 리본을 발견하고는 손을 뻗어 빼어 들었다. 이어 나풀나풀 흔들면서 중얼거렸다.

"이까짓 리본을 붙여놓으면 사람들이 찾는 걸 포기해? 그게 아무리 소중한 것일지라도?"

이어 흐릿한 창문을 쏘아보는 눈동자 속에 언뜻 빨간 불씨가 돋아난 듯했다. 마음속에서 '네까짓 게 겁나서 내가 포기할 줄 알았단 말이지……'라는 억눌린 목소리가 들려왔다. 우연이겠지만 사 년 전, 마지막으로 발견되었던 머플러 조각 역시 검은색이었다.

이스핀은 내면의 목소리를 입 밖에 내는 대신 리본을 재킷 주머니에 푹 쑤셔넣으며 가볍게 덧붙였다.

"그거 재밌네. 나도 하나 만들어볼까. 빨강 리본 같은 걸로."

일지를 찾아서

청어절임은 문제의 일지를 플레상스 경의 집안에 도로 숨겼다고 했다. 막시민이 "거기서 발견해서 거기에 그대로 숨겼다고?"라고 되물었지만 청어절임은 "절대로 아무도 발견 못해요"라며 우쭐거릴 뿐이었다.

날씨가 좋았다. 날이 밝아지자 길을 되짚어가기도 어렵지 않았다. 녹다 만 진창에 미처 치우지 않은 말똥이 나뒹굴고 있지만 찬란한 오전 햇빛과 일찍 열린 꽃가게 따위가 단점을 감춰주기도 하는 너저분한 거리를 넷은 가벼운 걸음으로, 정말로 소풍을 가는 친구들처럼 걸었다. 청어절임은 본래의 약간 멍청한 인격으로 돌아갔고 데보라는 등가교환이라는 말을 듣고 크게 놀라긴 했지만 그 결과 곧 끌려가 죽을까 봐 두려워하던 기색은 좀 가신 듯했다.

하지만 그간 네 사람이 함께한 경험이라고는 묶어놓고 칼을 들이댄다거나, 계단 위에서 마법을 날린다거나, 협박을 하고 거짓말을 연달아 늘어놓은 것이 대부분이었으므로 굳이 정의하자면 '간신히 아는 사이'였다고나 할까. 다시 말해 기지개를 켜며 이런 대화를 나누기에 적당한 관계는 아니었다.

"야, 날씨 좋다. 아이스크림 먹고 싶다."

"아이스크림이 뭔데?"

"아이스크림도 몰라? 요새 유행하는 디저트잖아."

"난 처음 들어보는데? 대체 어디서 유행한다는 거야?"

"음, 그랑도프 호텔 1층에 가면 먹을 수 있다던가."

데보라가 주먹을 쥐어 보이며 청어절임을 노려봤다.

"웃기네. 그랑도프 문가에 발끝이나 들여놔봤을까 싶은 게."

앞서 걷던 이스핀이 뒤를 돌아봤다.

"그랑도프 호텔이 이 근처야?"

데보라가 고개를 저었다.

"아뇨. 멀어요. 요새 유명하니까 괜히 주워섬겨보는 거죠."

청어절임이 킬킬 웃으며 목을 쭉 내밀어 데보라를 봤다.

"당신, 나에 대해 잘 아는 것처럼 그런다? 내 이름도 모르면서. 내가 혹시 그랑도프 1층 레스토랑에서 날마다 점심을 먹는 단골손님일지 어떻게 알고 그러셔?"

제 정체를 안 밝힌 것을 아예 개성으로 이용하기 시작하는 걸 보니 어처구니가 없었다. 데보라가 쥐었던 주먹을 날리는 시늉을 해 보이며 쏘아붙였다.

"닥쳐. 내가 네 이름을 모른들 귀족 나리인지 뒷골목 출신인지도 모를까."

"아닌데? 나 태어났을 때 엄마가 비단 손 싸개 씌워줬는데?"

둘이 쓸데없는 주제로 티격태격하자 맨 뒤에서 걷던 막시민이 무표정하게 한마디 던졌다.

"야, 쟤가 아이스크림인지 뭔지 이따 저녁때 사 온다잖아. 그냥 놔둬."

"아…… 그런 거구나. 그것도 모르고 괜히 핀잔만 줬네요."

이스핀이 불쑥 덧붙였다.

"난 체리맛으로."

데보라가 이스핀을 흘끔 봤다. 마치 먹어본 것처럼 주문하는 기색이 수상쩍어서였겠지만 어차피 그런 맛의 아이스크림이 존재하는지 아닌지는 이곳의 누구도 몰랐다.

걷다보니 베네트의 사무실 앞을 다시 지나치게 되었는데 안쪽을 흘끔 보니 베네트는 손님인지 모를 누군가와 핏대를 올리며 싸우느라 그들이 지나가는 것을 눈치채지 못한 듯했다. 막시민이 중얼거렸다.

"저 아저씨한테 또 걸리면 귀찮아지지."

"방에 뭐 놔두고 온 건 없지?"

"없다. 깔끔하게 안녕하면 돼."

막시민과 이스핀이 주고받는 말을 듣더니 청어절임이 고개를 갸웃거렸다.

"그렇지만 공짜로 자도 되는 방을 잔소리 듣기 귀찮다고 버리나요? 켈티카 시내 한복판에서 그런 방 구하려면 못해도 한 달에 300엘소는 줘야 할 건데요."

그때까지 무슨 소릴 해도 심드렁하던 막시민이 깜짝 놀라며 청어절임 쪽을 봤다.

"야, 무슨 놈의 방값이 미친…… 200엘소도 웃긴다 싶었는데, 너 똑바로 알고 하는 말이야?"

"그럼요. 그 방 두 칸짜리였잖아요. 좀 낡긴 했지만 층수도 3층이고, 그 정도에 300엘소면 완전 최저가라고요. 중심가에 있었으면 500엘소짜리예요. 블루엣 강 보이는 데였으면 1000엘소."

이번에는 데보라도 반론을 제기하지 않는 걸로 봐서 실제로 근사치를 말한 모양이었다. 막시민은 화가 난 얼굴로 하는 소리만 내더니 갑자기 걸음이 빨라졌다. 새삼스럽게 아나베르크의 바가지 식당이 떠오르면서 이따위 부조리한 세상은 빨리 멸망하든가 하는 수밖에 없다는 저주가 절로 나왔다.

뒤에서 "시골 신사라서 소박하신 것" "그게 아니라 켈티카 방값이 실제로 미친 것" 등 쑥덕거리는 소리가 들려오는 가운데 막시민은 나란히 걷게 된 이스핀을 봤다.

"야, 그 방 그냥 다시 써야겠다."

"뭐 좋을 대로. 나도 근처에 방 하나 빌릴 거니까 가까우면 좋지."

"뭐? 넌 얼마짜린데?"

어느새 방값에 민감해져 동네 방값을 다 조사할 기세였으므로 이스핀은 웃음을 참으며 대꾸했다.

"아직 빌리지도 않았는데 그것까진 잘…… 참, 그런데 베네트는 정말로 계속 공짜로 빌려준댔어? 혹시 하룻밤만 공짜고 다음날부터는 돈 받는 거 아니야?"

생각해보니 베네트라는 인간의 상태로 보아 충분히 그러고도 남을 듯했다. 막시민은 인상을 찌푸리고 잠시 궁리한 끝에 오늘 방 빼고 나간 척하며 찔러보는 게 괜찮은 전략이 될 수 있겠다 판단을 내리고는 겨우 표정을 풀었다. 청어절임이 어깨 너머로 기색을 살피더니 말을 건넸다.

"플레상스 경 손자분, 근데 생각해보니까요. 그 건물, 플레상스 경 할아버지하고도 관계가 좀 있어요. 아까 내려오다 보니까 카페 이름이 플로레종이던데."

막시민은 어제 들어갈 때 간판을 봤지만 청어절임은 오늘 아침에 본 모양이었다.

"무슨 관계?"

"둘 다 '플'로 시작하는…… 아뇨, 네, 네, 그거 아니고요. 예전에 플레상스 경 할아버지가 탐정으로 제법 괜찮던 때 얘기거든요."

청어절임은 막시민의 눈치를 보고 재빨리 헛소리를 자제하더니 곧 다시 말할까 말까 떠보는 눈빛으로 힐끔거렸다. 막시민은 못 본 체하며 말했다.

"쓸데 있는 얘기면 빨리 하고 아니면 관둬."

"그니까요, 그게 쓸데는 없는데, 그 카페가 예전에는 되게 괜찮았나 보더라고요. 음식도 완전 맛있었대요. 버터밀크 팬케이크랑 베이컨 오믈렛이랑…… 플레상스 경 할아버지는 카페 주인이랑 아는 사이여서 단골이었는데, 구석자리에 날마다 앉아 있으니까 사람들이 뭐 의뢰하고 싶은 일이 있으면 그 카페로 찾아갔었나봐요. 그렇게 온 사람들이 상담하면서 이거저거 시켜 먹으니까 카페 주인이 평소에는 찻값도 안 받았다는 거예요. 와, 좋았겠다."

"그래서?"

"그래서는 뭐 그래서겠어요. 그러다가 카페 문 닫아서 좋은 시절 다 끝났다는 거죠."

"왜 문 닫았는데?"

"글쎄요? 장사가 안됐나?"

"그게 언제야?"

"한 오 년 넘었을걸요. 맞나?"

데보라가 나직이 덧붙였다.

"대충 그 정도 됐을 거예요. 저도 소문으로 들은 적이 있어요. 이 일대에서는 제법 유명했거든요. 뭐 물어보면 공짜로 조언도 잘해줘서 시시한 것들도 곧잘 물으러 간다고들 했죠. 연애 상담이라든가, 가정불화라든가, 취직 고민이라든가."

플레상스 경은 꽤 너그러운 사람이었던 모양이었다. 막시민이 중얼거렸다.

"나하고는 전혀 다르네. 내 사전에 공짜란 없는데. 근데 아까부터 듣자니 좀 이상한 게 플레상스 경 할아버지랬다가 플레상스 경 손자분이랬다가 이러면 둘 다 플레상스 경이 아닌 게 되잖아. 둘 중 하나만 하라고."

"그게 헷갈려서 그렇죠. 어쨌든 둘 다 플레상스 경이니까."

데보라가 고개를 저었다.

"아니지. 플레상스 경은 따로 있는 거지."

"그게 누군데?"

"할아버지와 손자 사이에 있어야 하는 사람."

청어절임은 아하 하는 표정을 지었다.

"그렇구나……가 아니고, 잠깐 있어봐. 알지도 못하는 사람을 제일 간단하게 부르고 아는 사람 둘을 복잡하게 부르는 게 말이 되나?"

이쯤 되면 막시민이 그만 됐으니까 이름으로 부르라고 교통정리를 할 법했지만 막시민도 나름 신분을 숨겨야 하는 입장이었으므로 그럴 순 없었다. 그때 이스핀이 불쑥 말했다.

"슈발리에라고 부르면 되잖아."

순간 셋 다 이게 무슨 소린가 하는 표정이 됐지만 설정상 오를란느인인 막시민이 얼른 정신을 차리고 말했다.

"그래. 그게 맞겠군. 이제부터 슈발리에라고 불러."

막시민이라고 '기사 작위를 받은 사람의 자식을 특별히 예우하고 싶을 때 택할 만한 오를란느식 경칭의 목록' 같은 것을 알고 그런 대답을 했던 건 아니었다. 하지만 대충 그 비슷한 뭔가가 아니겠는가? 그러는 사이 셋은 어느새 아르크노베르 거리 앞에 도착했다. 전날과 다름없이 20번지를 향해 걸어가던 도중 이스핀의 걸음이 멈칫했다. 이스핀이 멈춰 서자 뒤따라오던 세 사람도 멈췄다.

"왜 그래?"

"……"

허공에 잠깐 멈췄던 이스핀의 손이 한순간에 허리 쪽으로 미끄러지며 검 자루를 잡았다. 도사린 자세가 된 몸에 긴장감이 빠르게 감돌았다.

"주위 경계해."

명령에 가깝게 떨어진 말에 나머지 셋은 어쩔 줄 몰라하며 주변을 두리번거렸다. 그것도 각자 다른 곳을 보지도 못하고 같은 데를 쳐다보다가 청어절임이 둘의 어깨를 두드려 각자가 볼 곳을 가리켜줘서 겨우 분담이 되었다.

"기다려."

그 한마디만 남기고 이스핀은 혼자 20번지를 향해 걸어갔다. 익숙하지 않은 사람이 보기에는 그냥 걷는 듯해도 실은 사각이 될 곳들을 하나하나 주시하며 나아가는 경계 상태의 전진이었다. 한 걸음 내디딜 때마다 달라지는 사각에서 적이 튀어나오는 모습, 그리고 자신이 해야 할 대처가 잔상처럼 그려졌다가 차례로 스러졌다.

가까워지자 점차 흔적이 뚜렷해졌다. 서너 명이 거칠게 지나가며 사소한 것들을 흐트러뜨렸다. 길 구석에 짓이겨진 꽃, 늘어진 빨랫줄, 벽 모퉁이에 깨진 흔적, 정체 모를 목재 잔해. 바로 어제 걸었던 거리였으므로 달라진 것들이 하나하나 또렷했다. 비록 막시민과 잡담을 나누며 걸었지만 몸에 밴 관찰이 멈추지는 않았기 때문에. 모든 것을 기억하진 못해도 폭력의 흔적만은 놓치지 않는다. 아니나 다를까 한번 더, 20번지의 벽에도 남아 있었다. 이스핀이 맨 처음에 보았던 것과 같은 두께로, 벽에 그어진 칼자국이었다.

손끝으로 만져보았다. 슥…… 이어 벽 한쪽을 짚고 훌쩍 뛰어넘어 안으로 들어갔다. 뒤에서 목을 빼고 보던 청어절임이 놀란 표정으로 중얼거렸다.

"야…… 보통 사람 아니다."

"그걸 이제 알았냐고."

데보라도 긴장한 얼굴이었다. 잠시 입술을 달싹거리고 있더니 뒤따라 20번지를 향해 다가갔다. 입구 앞에 서서 마법을 준비하듯 두 손을 모으고 있는데 갑자기 문이 열렸다. 데보라는 깜짝 놀랐지만 나온 사람은 이스핀이었다.

"아무도 없어. 들어와."

이스핀이 긴장을 푼 듯해 그제야 한숨 돌린 데보라가 나머지 둘에게 오라고 손짓했다. 막시민은 자연스럽게 맨 뒤에서 따라가다가 문 앞에 이르러 주위를 슥 봤다. 아무도 없었다.

이윽고 셋 모두 안으로 들어갔다.

"야…… 이게 어떻게 된 거야?"

집안은 난장판이었다. 도둑이 든 수준이 아니었다. 모든 집기를 정성스럽게 박살낸, 아주 꼼꼼한 파괴였다. 모든 서랍이 박살나고 가구 문짝은 뜯겼고, 의자 쿠션은 갈기갈기 헤쳐졌으며 시트나 베개까지 모조리 찢어놓았다. 칼로 난자당한 집 곳곳에 나무 가루와 거위 깃털이 느리게 흩날리고 있었다.

집을 한 바퀴 돌아보고 거실로 돌아온 넷은 당혹스러운 표정으로 서로를 봤다. 데보라가 말했다.

"뭘 찾으려 했네요. 그분의 사람들 솜씨겠죠. 그래도 이렇게까지 철저하게 뒤진 건 처음 보네요. 벽지까지 다 찢어내다니."

"청어 네가 숨겼다는 그거 때문이겠지. 어디냐?"

막시민이 쏘아보자 청어절임의 입가에 괴상한 미소가 떠오르더니 눈치를 슬슬 보며 부엌 옆방으로 움직여갔다.

"그게 말이죠…… 참, 그거부터 확인해봐야지."

그 방은 하인 방이었던 듯했다. 하인 방이라고 예외는 없지만 청어절임은 잔해를 주섬주섬 들추며 뭔가를 찾는 체하더니 이윽고 텅 빈 채로 나동그라진 구두약 상자를 찾아냈다. 그걸 거실에 집어다 놓고, 이번에는 부엌으로 가서 시든 꽃이 꽂힌 꽃병을 뒤엎어보더니 다시 거실로 가져왔다. 그런 식으로 잡동사니를 다섯 가지쯤 모아다가 거실 가운데 놓고 선 채로 턱을 괴고는 생각에 잠긴 표정을 했다.

"흐음. 역시."

막시민이 기다리다못해 청어절임의 어깨를 툭툭 쳤다.

"야, 일지는 어딨어. 설마 저것들이라는 건 아니겠지?"

"물론 아니죠. 이건 제가 가짜 일지 조각을 숨겨놨던 물건들이라고요. 이걸 싹 쓸어 가져간 걸 보니 역시 제 작전은 효과적이었고⋯⋯"

"뭔 소리야. 가짜를 가져갔다고 진짜는 가져가지 않았단 법 있어? 빨리 진짜나 가져와."

"그게⋯⋯"

청어절임이 머뭇거리는 사이 이스핀은 잠깐 밖으로 나갔다. 데보라도 의아한 시선을 보냈다. 마침내 막시민을 향해 돌아선 청어절임이 빠르게 말했다.

"그게! 누구든 진짜를 찾았으면 가짜를 모조리 가져갈 리가 없죠. 내버리지. 하지만 어디에도 내버린 흔적이 없었으니까! 진짜는 그놈들도 못 찾은 거고! 저도 아직 못 찾았고!"

거기까지 말했을 때 막시민과 데보라가 동시에 청어절임의 뒤통수와 등짝을 때렸다. 막시민이 소리를 질렀다.

"야! 네가 찾았다며!"

"그야⋯⋯ 그렇게 말해야 순순히 따라와줄 것 같아서 그랬죠. 그러니까 이제부터 같이 찾읍시다, 네? 비록 닷새나 뒤져도 못 찾았지만 넷이서 같이 찾으면 좀 낫지 않을까요? 다들 저보다 뛰어나시잖아요?"

다시 생각해보니 그걸 찾았다면 청어절임이 이 집에 닷새나 버티고 있었을 까닭이 없다. 그 점을 미리 알아차리지 못한 자신에게 기가 차기도 하고, 몇 번이나 뻔뻔스럽게 거짓말을 늘어놓는 이놈에게 진절머리가 나기도 해서 막시민은 청어절임의 무릎과 엉덩이를 한 번씩 걷어차고는 이대로 지하실에 파묻어버릴까 생각하며 노려봤다. 청어절임은 즉시 분위기를 알아차리고는 아파서 죽어가는 시늉을 하며 제발 살려달라는 눈빛을 보냈다. 둘이 결론 없는 눈싸움을 하고 있을 때 밖으로 나갔던 이스핀이 들어왔다.

"남아서 감시중인 자는 없는 듯해."

데보라가 물었다.

"어떻게 알았어요?"

이스핀이 손가락을 들어 위를 가리켰다.

"높은 데서 주변 좀 봤어."

지붕에 올라갔다 온 모양이었다. 막시민은 청어절임이 늘어놓은 잡동사니들을 훑어보다가 말했다.

"감시가 없다면 원하는 걸 찾아서 가지고 갔다는 뜻 아닌가? 아 참, 청어절임이 일지가 어디 있는지 실은 모른단다. 입만 열면 거짓말인 이놈을 어떻게 할까?"

이스핀은 청어절임을 빤히 보더니 바닥의 식료품 창고를 가리켰다.

"저기를 지하 납골당으로 활용하면 되겠네. 네가 문 열어."

"아니, 아니, 그전에 잠깐만요. 진짜로요. 분명히 찾을 수 있어요. 여기 있다고요. 그놈들이 진짜 대신 가짜를 가져갔으니까, 아니, 제발!"

이스핀이 한 발짝 다가오자 청어절임은 비명을 지르며 제 주머니 곳곳을 허둥지둥 뒤졌다. 막시민이 뇌까렸다.

"그걸 어떻게 확신하느냐고."

"왜냐하면……"

청어절임은 옷깃 사이 어딘가에서 노트 한 권을 겨우 끄집어냈다. 손때 탄 가죽 표지가 과연 일지답게 생긴 물건이었다. 하지만 안을 펼치자 대부분이 빈 페이지였다. 몇 장 더 넘겼더니 내용이 적힌 곳이 나오긴 했는데 그걸 본 막시민은 눈썹을 좁히며 청어절임을 힐끗 봤다. 대충 만들어냈다고는 믿기 힘들 정도로 그럴듯했기 때문이다. 잉크는 오래된 듯했고, 고풍스러운 필치였으며, 내용까지 그럴싸했다.

막시민이 그 페이지를 손가락으로 두드리며 물었다.

"야, 이걸 네가 만들었다고?"

"제가 글씨 좀 쓰거든요. 대충 열 가지 정도의 필적을 자유자재로 구사하죠."

청어절임이 다시 우쭐한 표정을 짓는 가운데 막시민은 가짜 일지를 이스핀에게 넘겼다. 이스핀도 신기한 눈치로 고개를 갸웃거리는 것이 제법 볼만한 가짜였던 모양이었다.

"그렇게 쓴 것들을 여러 페이지 찢어서 중요한 것이라 일부러 숨긴 것처럼 여기저기 넣어뒀단 말입니다. 저도 여기서 닷새나 놀고먹진 않았다고요. 물론 저도 진짜 일지를 찾아내고 싶었지만 못 찾았을 때의 대안도 있어야 하는 거잖아요. 그리고 제가 말이죠, 수색도 제법 잘하거든요?"

이스핀이 일지를 접더니 손바닥에 탁탁 내리치며 말했다.

"그래봤자 너도 못 찾았고, 쇠의 왕의 부하들도 못 찾았고, 그 일지란 게 존재하는 건 맞아? 이 집이 무슨 성도 아닌데 닷새나 시간이 있었으면 나라도 못 뒤져본 데가 없겠다."

데보라도 말했다.

"그러네요. 애초에 없었을 가능성도······"

"아니거든요? 틀림없이 있거든요? 제가 편지를 전하러 왔을 때 플레상스 경이 들고 있는 걸 정확히 봤단 말입니다. 그래서 비슷한 걸 만들어낼 작정으로 처음부터 이 노트를 구해왔던 거라고요. 저라고 근거도 없이 아무렇게나 만들어냈겠어요?"

셋이서 일지의 현존성을 증명하기 위해 의혹과 항변을 주고받는 동안 막시민은 집안을 다시 한 바퀴 돌고 돌아왔다. 그는 거실 가운데 서서 생각에 잠겼다가 갑자기 돌아서더니 자신의 가방을 번쩍 들어다가 거실 가운데에 내려놓았다. 아침에 봤을 때와 달리 노끈으로 둘둘 감겨 있는 가방을 보며 데보라가 고개를 갸웃했다.

"그건 왜 그렇게 묶어놨어요?"

"왜겠냐."

이스핀만 영문을 몰랐다. 청어절임이 물었다.

"그 다람쥐 통 때문에요? 다람쥐가 돌아왔나?"

막시민은 다람쥐 얘기는 무시하고 가방을 노려보면서 대꾸했다.

"이렇게 열심히 감아놓은 걸 도로 풀어야 하게 생겼네."

"왜요? 아니, 왜 감았는지도 모르겠지만, 하여튼 왜 여는 건데요? 아니구나. 자기 가방 여는 건 자기 맘이었지."

막시민은 무릎을 꿇고 앉아 가방을 감은 노끈을 먼저 제거한 뒤 심호흡을 하고는 재빨리 열어젖혔다. 모두가 영문도 모른 채 다가와 가방 안을 들여다봤다. 함께 내려다보고 있던 이스핀의 눈매가 문득 가늘어졌다.

가방 안에는 물론 바이올린이 있었지만 막시민은 그걸 건드리는 대신 가방 옆주머니에 손을 넣더니 열쇠를 끄집어냈다. 이 집 문을 열기에는 다소 컸던, 네냐플 교수들이 넣어주었던 열쇠였다.

막시민은 가방을 도로 닫고는 뽑아낸 열쇠를 세 사람의 눈앞에 들이밀며 말했다.

"이제부터 이 열쇠가 들어갈 구멍을 찾아봐."

열쇠 구멍을 발견하기 위해 그들은 난장판 속에서 빗자루를 들고 어마어마한 잔해를 쓸어내어야 했다. 이리저리 밀어놓기만 할 수도 있겠지만 그래봤자 잠시 후 다시 밀어내어야 하니까 결국 모조리 쓸어모아 뒤뜰에 버렸다. 청어절임은 손에 천을 한 바퀴 감고 너덜거리는 벽을 꼼꼼히 문지르며 다녔고, 데보라는 마력 반사를 이용해 바닥에 빈 공간이 있는지 감지해보겠다고 했지만 막시민이 말렸다. 마법의 흔적을 남기지 않는 편이 좋을 것 같으니 일단 꼼꼼히 찾아보고 나서 정 안 되면 해보기로 했다.

같이 쓰레기를 버리고 돌아온 막시민과 이스핀은 제법 나아진 집안을 한 바퀴 돌아보며 짧은 한숨을 내쉬었다. 막시민이 중얼거렸다.

"이렇게 절박하게 더러운 곳을 청소해보긴 처음이네."

"청소를 해보긴 했단 말이야?"

이스핀이 보기에 막시민의 청소 실력은 형편없었다. 막시민에게는 당장 치우려고 마음먹은 것만 포착하고 나머지는 저절로 무시하는 능력이 있었다. 청소는 그런 식으로 하면 효율이 전혀 없다. 생각도 그런 식으로 하는 녀석이라 예상 못한 일은 아니었다. 다만 목적이 생겨나면 그렇게 흘려보낸 기억도 되살려내는 능력을 갖고 있을 뿐이었다. 막시민은 태연히 대꾸했다.

"여기에 비하면 내 방은 빙판처럼 깔끔한 곳이라 청소할 필요가 없었다."

"너 룸메이트 있었지?"

"있었는데 뭐."

"그애한테 뭐 맛있는 거 사주고 싶네."

이스핀은 한쪽 입가를 내리며 주위를 다시 둘러봤다. 에투알 내무반에서 하던 대로라면 싹 내버리고 철저히 쓸고 닦아 아예 빈집으로 만들어버리고 싶었지만 지금은 그럴 때가 아니어서 전반적으로 청소 상태는 어중간했다.

막시민은 이스핀의 말을 못 들은 체하며 말했다.

"이렇게 청소를 했는데도 아직 열쇠 구멍은 못 찾았잖아. 뭔가 생각을 달리해봐야 할 때인 것 같은데."

"너 그거, 처음에는 집 열쇠인 줄 알았다고 했지?"

둘은 청어절임과 데보라에게 네냐플 등 밝히지 않아도 되는 부분은 말해주지 않았다. 막시민이 고개를 끄덕이자 이스핀이 말을 이었다.

"그런데 아니었잖아. 그럼 집에는 어떻게 들어가라는 거였을까? 나 같은 사람이 와서 자물쇠를 걷어찰 줄 알았던 건 아닐 테니까 집에 플레상스 경이 있어서 문을 열어줄 줄 알았던 거겠지? 그럼 열쇠는 왜 줬고? 너한테는 이 집에 와서 잠시 조용히 지낸다는 목적밖에 없었는데 이 집에 숨겨진 금고가 있다 한들 금고 열쇠를 너한테 줘야 할 필요는 없는 거잖아."

"나도 그 점을 생각해봤는데, 네 말이 맞아. 왜 줬는지 모르겠더라고. 다만 난 그분들이 뭔가를 줬을 때는 무슨 이유든 있었을 거라고 생각한다는 점이 너와의 차이지."

"'무슨 이유든'이라. 있다 치더라도 그게 일지와 관계가 있었을까……"

네냐플 교수들을 겪어본 적이 없는 이스핀은 미심쩍은 표정이었다. 막시민은 더 말하는 대신 미간에 힘을 주며 생각했다. 이 집은 청어절임이 닷새 동안 뒤졌고, 이런 일에는 전문가일 자들이 하룻밤 동안 갈기갈기 찢어가며 뒤집어엎었다. 그런데도 발견되지 않던 물건이 이제 와서 그들 넷이 찾는다고 갑자기 나타날 가능성은 얼마나 될까? 0은 아니겠지만 사실상 0에 근접한다. 즉, 노력할 가치가 없는 기대다.

그럼 생각의 방향을 바꾸어보자. 이 집이 아니지는 않을까? 아니라면 어디일까? 그때 막시민의 머릿속에 뒤뜰에 굳어진 발자국이 몇 개 찍혀 있었던 것이 떠올랐다. 조금 전 쓰레기를 버릴 때도 보였던가? 아니다. 쓰레기가 너무 많아서 감춰져버렸다.

주인이 실종된 지 닷새째. 하지만 거기에 쌓인 쓰레기는 닷새 전부터 쌓이기 시작한 것 같지는 않았다. 처음에 봤을 때 적어도 열흘이라고 생각했던 기억도 났다. 그렇다면…… 어쩌면 그 쓰레기는 플레상스 경이 직접 가져다놓은 것일지도 모른다. 집안이 너무 정갈했으므로 그런 사람이 설마 쓰레기를 뒤뜰에 쌓았을 거라고는 상상하지 않았을 뿐이다.

쌓았다면 왜?

막시민은 이스핀에게 손짓하며 뒤뜰로 나갔다. 코트를 벗어 울타리에 걸쳐놓더니 빈 자루를 가져와 방금 버렸던 쓰레기를 도로 주워 넣기 시작했다. 의아해진 이스핀이 먼지가 조금 가라앉기를 기다려 소리쳐 물었다.

"뭘 해? 뭐 찾아?"

"그래. 좀 도와줘봐. 청어랑 데보라도 나오라고 해."

"뭘 할 건데?"

"이걸 도로 집안에 넣으려고."

이스핀은 조금 입을 벌렸다가, 다물지 못한 채로 쓰레기더미와 집안을 번갈아 곁눈질했다. 그러고 있는 동안 부서진 가구의 잔해, 말라빠진 양배추, 반쯤 썩은 낙엽, 시커멓게 탄 장작, 찢어낸 벽지 따위를 그러모아 한 자루 채운 막시민이 깔끔해진 거실로 성큼성큼 들어가 아무렇지도 않게 쏟아붓고 돌아오는 꼴을 보자 손이 떨리고 눈을 똑바로 뜨지 못할 지경이었다.

"야, 너…… 진심인 거지?"

곧 세 사람이 힘을 합쳐 뒤뜰의 쓰레기를 주워 모으기 시작했으므로 얼마 뒤 이스핀도 착잡한 표정으로 동참할 수밖에 없었다. 그들은 쓰레기를 방금 청소했던 집안에 말 그대로 도로 처넣었다. 뒤뜰이 깔끔하게 비워졌을 무렵 한때 단정했던 플레상스 경의 거실은 눈뜨고 보기 힘든 쓰레기장으로 변했다. 누가 들이닥치기 전에 처리하려는 생각에 서두르다보니 겨울인데도 다들 겉옷을 벗어놓고 가쁜 숨을 내쉬었다. 이스핀은 거실 쪽을 흘끔 보고는 어깨를 움츠리며 진저리를 쳤다.

"으으……"

이스핀은 쓰레기를 모으기만 하고 퍼붓는 데는 동참하지 않았다. 그런 짓을 생각하는 것만으로도 머리가 아파온다는 거였다. 하지만 막시민은 밭에 거름이라도 뿌린 것처럼 아무렇지도 않았고 나머지 둘도 이스핀이 왜 그러는지 모르겠다는 표정들이었다.

"칼질은 잘하시면서 비위가 약하시네요?"

청어절임이 질문인지 이죽거림인지 모를 말을 던지자 이스핀이 주먹을 꽉 움켜쥐며 대꾸했다.

"내가 플레상스 경이고 집에 돌아와 이 꼴을 봤다면 청소하는 대신 자살하러 나갔다."

막시민이 보았던 굳어진 발자국은 어느새 흐려져 있었지만 그건 착상의 실마리였을 뿐이라 큰 상관 없었다. 넓지 않은 뒤뜰을 네 구역으로 나눈 네 사람은 숟가락 따위를 들고 쪼그리고 앉아 잡풀을 헤쳤다. 얼마 후 막시민이 고개를 들었다.

"이리들 와봐."

셋이 달려가보니 마치 벌레가 파고들어간 것 같은 동그랗고 작은 구멍이 보였다. 흙을 헤쳐내자 구멍은 조금 더 커졌다. 어쩐지 너무 크고 길던 열쇠를 그 안에 밀어넣자 맨 끝에 뭔가가 걸렸다. 힘껏 돌리자 덜컥, 소리가 났다. 동시에 위에 쌓여 있던 흙이 아래로 풀썩 무너져들어갔다.

무너진 모양을 보며 이스핀이 고개를 갸웃했다.

"아주 좁은 공간 같은데."

막시민이 양손으로 흙을 몇 번 헤쳐내고 손을 집어넣었다. 잠시 후, 기름 먹인 종이로 싸고 노끈으로 묶은 뭉치가 잡혀 올라왔다. 노끈을 풀고 종이를 펼치자마자 청어절임이 환성을 질렀다.

"얏호! 드디어 찾았다!"

과연 청어절임이 갖고 있던 것과 똑같이 생긴 가죽 장정의 노트였다. 막시민은 흙 묻은 손으로 그놈의 뻔뻔스러운 얼굴을 한 차례 문질러주고는 같이 들어 있는 다른 물건들을 살펴보았다. 편지 한 통, 또다른 열쇠, 그리고 낡은 책 한 권이 나왔다. 먼저 열쇠를 살펴보니 청어절임이 건네준 편지에서 나왔던 열쇠와는 달리 날씬하고 매끈한, 열쇠 머리의 세공조차 고급스러운 열쇠였다. 세공은 'N'이라는 머리글자에 장식성을 더한 형태였다.

이어 편지를 보니 겉봉에 "막시밀리앵에게"라고 적혀 있는 걸로 봐서 플레상스 경이 막시민에게 보내는 편지인 듯했다. 네냐플에서 막시민을 보냈다는 사실을 알고 있었을 테니 갑자기 집을 비우게 된 사정을 남기든가 하지 않았을까?

그런 편지를 왜 이런 쓰레기 더미 밑에 숨겨놔서 이제야 손에 넣게 하는지 짜증이 났지만, 다시 생각해보니 그러지 않았더라면 이 편지는 지금쯤 청어절임의 손에 있거나, 아니면 어제 이 집을 휩쓸고 간 놈들의 손에 있을 게 뻔했다. 의도야 어쨌든 결과적으로는 현명한 선택이었다고 봐야 할 듯했다. 다만 네냐플 교수들이 이 열쇠를 줄 때 조금만 설명을 해줬더라면 아주 좋았을 텐데 말이야……

이스핀이 편지 봉투에 적힌 이름을 건너다보더니 말했다.

"너한테 보낸 편지니까 너 혼자 봐야 하지 않을까?"

그렇지 않아도 막시민의 생각도 같았다. 청어절임이나 데보라 앞에서 네냐플과 관련된 사연을 공개할 생각은 없었다. 편지를 안주머니에 넣고, 마지막으로 책을 잡았다. 딱 봐도 오래된 느낌이었지만 장정부터가 요즘에는 거의 쓰지 않는 책등 없이 단순히 꿰맨 형태였다. 내지도 싸구려 종이를 썼는지 끄트머리가 삭았고 얄팍한 표지는 떨어지기 직전이었다. 청어절임이 책을 흥미롭게 들여다봤다.

"무슨 책인가요? 이런 데 들어 있었으니까 중요한 거겠죠?"

표지가 닳아서 제목이 한눈에 읽히지 않았기 때문에 막시민은 조심스럽게 표지를 넘겨보았다. 뒤이어 내지에 적힌 제목이 눈에 들어왔을 때 막시민은 하마터면 책표지를 찢어버릴 정도로 놀랐다.

뒷골목 탐정의 회상록

I. 리프크네 지음

"이건……"

막시민이 입을 꾹 다문 채 굳어져 있는 사이 이스핀도 놀란 표정으로 뇌까렸다. 이스핀만은 막시민의 본명을 알고 있었기 때문이다. 다른 둘은 이 책에 왜 그렇게 놀랐는지 영문을 모르는 기색이었다.

데보라가 물었다.

"왜 그래요? 옛날 소설책 같은데, 혹시 아는 사람인가요? 리프크네?"

"한 이십 년은 된 책 같은데."

청어절임이 손을 내밀어 책을 만져보려 하자 막시민이 손을 내저어 막았다. 그리고 일어섰다.

"그만 돌아가자. 볼일은 끝났어."

로크리 시장

"일지 얘기부터 해보자. 그게 오 년 치였잖아."

이스핀과 막시민은 색색 가지 천막이 펄럭이는 시장 거리를 걷고 있었다. 채소 껍질과 썩은 과일이 굴러다니고 반쯤 녹은 웅덩이가 곳곳에 고인 길이었지만 둘 다 신경쓰지 않았다. 그들의 셔츠와 바지는 이미 얼룩과 긁힌 자국, 털어낼 수 없을 정도로 박힌 먼지로 더러웠고 구두나 부츠 또한 다를 것이 없었다. 재킷이나 코트만 탈탈 털어서 겨우 멀쩡한 상태로 만들어 걸치고 나온 참이었다.

"……그랬지."

막시민은 불쑥불쑥 넋이 나간 듯한 표정이 되곤 했지만 대답은 확실히 해왔다. 이스핀은 턱을 들어 힐끔 얼굴을 살피고는 말을 이었다.

"생각보다 많은 사건을 다룬 것 같지는 않더라고. 개요만 쓰다가 만 것도 많았고. 어떤 사건을 끝까지 해결했는지 아닌 지도 일지만 봐서는 모르겠던데."

둘은 데보라와 청어절임을 먼저 슈트루델 거리 9번지로 보내고 로크리 시장에 왔다. 그들끼리만 나눠야 할 이야기가 있었기 때문이다. 잠시 어디 들어가 마주앉는 방법도 있었겠지만 이스핀이 '9번지에는 보급이 필요하다'고 판단을 내렸기에 때문에 회담 장소는 시장으로 낙점되었다.

데보라가 제일 가깝다고 알려준 로크리 시장은 도시 외곽의 부정기 시장이라 규모도 작았지만 무엇보다 깨끗한 관리를 포기한 듯한 곳이었다. 하지만 남의 집 거실에 쓰레기를 내던진다는 충격적으로 배덕한 행동에 동참해버린 결과 이스핀도 해탈했는지 천막에서 떨어지는 구정물도 툭툭 털어버리고 발치에 뭉그러진 빵조각이 걸리면 대충 걷어차며 그대로 걸어갔다.

막시민이 대꾸했다.

"최근 사건일수록 더 그랬지."

"맞았어. 그 사건을 직접 해결하던 사람만 이해할 법한 힌트가 대부분이더라고. 이름도 이니셜로 적혀 있는데 우리가 그게 누군지 어떻게 알겠어."

"파울 사건하고 관계가 있을 것 같은 기록이 두어 가지 보이긴 했는데 그것도 그 사람들이 마저 해결해달라고 찾아오지 않는 한 알아낼 방법은 없겠지. 무엇보다 파울이 훔친 물건이 뭔지 적혀 있지도 않았고. 청어절임 그놈 아주 고질적인 약팔이라서 말이야."

"그 말은 맞는데 그럼 청어절임은 내용도 모르면서 왜 그일지가 중요하다고 생각한 걸까? 거기 적힌 정보 중에 쇠의왕과 협상할 거리는 대체 뭔데?"

막시민은 잠깐 생각하더니 고개를 흔들었다.

"아직은 모르겠어. 어차피 그 녀석을 믿지도 않고. 플레상스 경도 나처럼 믿지 않았을걸. 그 탐정 할아버지도 꽤 신중한 사람이라서. 심부름값 금화 얘기 기억나?"

"편지 전하고 돌아오면 금화 하나 주기로 했다던 얘기 말이야?"

"그래. 생각해봤는데 그거 플레상스 경이 심부름꾼이 진짜인가 아닌가 시험한 것 같아. 교묘하게 답장을 쓰고 금화를 미끼로 던져서. 진짜로 파울이 보낸 심부름꾼이라면 파울에게 답장을 받은 뒤 당연히 금화가 탐나서 돌아올 거고, 가짜라면 파울의 답장을 내용에 맞게 위조해야 하니까 웬만해서는 포기하겠지. 그래도 혹시 위조 답장을 가져올 것을 대비해서 답장의 진위를 알아볼 함정도 숨겨놨고 말이야. 청어절

164
블러디드 3

임은 멍청이가 아니라서 그 함정을 못 피할 걸 알았기 때문에 포기하고 우리한테 편지를 넘긴 거고."

이스핀이 고개를 끄덕거렸다.

"그럴듯하네. 그럼 함정이란…… 혹시 거기서 나온 놋쇠 열쇠? 진짜 파울이라면 '이 열쇠는 뭐죠?' 하고 물어볼 테니까?"

"아마도."

"어쩐지 열쇠가 되게 별거 아니게 생겼더라. 그리고 청어 절임이 거짓말을 한 건 사실이었으니 플레상스 경의 신중함은 옳았던 셈이네. 쇠의 왕에 대한 청어절임의 증오심은 거짓이 아니라고 보긴 했지만 그렇다고 우리와 목표가 같다고 볼 수는 없겠지."

거기까지 말했을 때 마침 장작 파는 곳이 나타났다. 이스핀은 선뜻 가게 안쪽으로 들어가더니 주인에게 장작 두 묶음 값을 치르고는 배달을 부탁했다. 다음 가게에서는 먼지떨이와 빗자루, 걸레로 쓸 천 따위를 샀다. 커틀러리와 접시 몇 개, 주전자, 컵, 멀쩡한 의자와 테이블도 샀다. 무슨 물건을 고르든 최소한의 기준을 충족하면 결정이 빨랐고, 깎는 기색도 없이 돈을 지불했다. 그야 군용 보급품 사듯이 하고 있었기 때문이다. 반면 따라다니며 그걸 보고 있자니 하던 생각이 저절로 멈춰진 막시민이 물었다.

"야, 그 안에 가구가 한두 개도 아닌데 또 돈 주고 이걸 사? 어디다가 놓으려고?"

"흐음, 거기에 멀쩡한 가구가 하나라도 있었단 말이야?"

"내가 어젯밤에 잤던 긴 의자는 무너지진 않던데."

"너 진짜 거기서 잤어? 그럼 이불은?"

그러더니 다음에 바로 이불을 샀다. 비싸고 고급스러운 물건은 아니었지만 그런 식으로 척척 사들이자 금세 금화 두어 개가 사라졌다. 다음 가게 앞에 이르러 이스핀이 또 안쪽을 들여다보자 막시민이 손을 내저으며 말했다.

"야, 이걸 왜 네가 다 사. 내가 쓸 건데."

"왜 판공비도 없이 일하려고 그러세요, 탐정님. 보수도 없는데 가만히 계세요."

그런 식으로 '1차 보급'이 거의 끝났다. 다른 물건은 다 배달시켰지만 꽤나 바빠 보이는 식료품 가게만은 배달이 안 된다고 해서 사과와 소시지, 건포도가 든 브리오슈, 돼지 뒷다리 햄과 초콜릿 잼, 홍차, 쇼트브레드 한 묶음 따위가 막시민의 가방에 들어갔다. 그 방에서 저녁을 해 먹겠다고 주장한 청어절임의 주문품들이었다. 이스핀은 먼지떨이 하나만 손에 남겨서 달랑달랑 들고 걷다가 중얼거렸다.

"청소는 좀 해놨으려나. 내일은 이걸로 벽이랑 천장 먼지 털어야지."

막시민은 천장에서 먼지를 털다니, 그런 기괴한 말은 처음 들어봤다는 표정으로 이스핀을 흘끔 보고는 말했다.

"그 일지에서 제일 수상쩍어 보였던 기록은 펠그레이브 남작이라는 사람과 관련된 거야. 그 기록 맨 끝에 '로트M'이라는 글자가 뒤늦게 추가되어 있어서, 그게 파울 로트마이어를 가리킨 것 같단 말이야. 그 저택의 전시실을 조사할 필요가 있다는 얘기도 적혀 있었고. 파울이 훔쳤다는 물건이 그 전시실에서 나온 걸지도 모르지. 하지만 문제의 기록이 이 년 전의 것이란 게 또 조금 안 맞네. 물건을 훔쳐서 이 년이나 갖고 있었는데 이제 와서 갑자기 문제가 됐다니 뭔가 어색하지 않냐."

"그 저택에 직접 가보면 뭔가 알게 되지 않을까? 내일쯤 어때?"

"주소부터 알아봐야지. 베네트가 알고 있으려나."

이스핀이 고개를 끄덕거리며 막시민의 코트 주머니 쪽을 물끄러미 바라봤다. 이제 슬슬 물어봐도 괜찮지 않을까 싶었다.

"그리고 같이 나온 책 말이야. 혹시 좀 봤어?"

플레상스 경의 집을 나와 청어절임과 데보라에게 먼저 방에 돌아가 있으라고 말하고 있을 때, 곁을 흘끗 보니 막시민은 책장을 뒤적이고 있었다. 하지만 곧 닫더니 코트 주머니에 넣어버렸다. 두 사람이 떠난 뒤 이스핀은 바로 물어볼까 하다가 기다리기로 했다. 본인의 성이 적혀 있는 책이라니, 막시민도 꽤 놀랐겠지.

참견하기에 적당치 않은 문제일지도 모른다는 생각도 들었다. 성이 같은 사람이라면 가족이나 친척일 테고 얽힌 사연도 개인적인 것이 아니겠는가. 그런 사연에 시시콜콜 끼어들 정도의 사이는 아니다. 하지만 그들이 일단 플레상스 경의 실종 사건과 얽혔고 그 책이 플레상스 경의 비밀 장소에서 나온 이상 끝까지 모른 척 넘어가기에는 또 마음에 걸렸다.

"봤지."

막시민은 묘하게 태연한 표정으로 돌아가 주위를 두리번거리며 말을 이었다.

"이상한 책이더라고. 내가 나와."

"뭐?"

이스핀이 걸음을 멈칫하며 고개를 꺾어 올려다봤다. 막시민은 계속 앞을 바라보고 있었다. 안경이 빛을 받아 표정이 잘 보이지 않았다.

"막시민 리프크네라는 인간이 나오는 소설이었다고. 주인공은 아니었지만."

"등장인물이었다고? 저자의 성뿐이 아니라? 게다가 이름까지 같고? 그런데 플레상스 경은 네 진짜 할아버지가 아니라고 했잖아. 그저 교수님들이 임시로 마련해준 피신처라고 하지 않았어? 그런 집에서 어째서 네 이름이 적힌 오래된 책 같은 것이 나오는 거야?"

"이십 년 전쯤엔 내 시시한 이름이 어쩐지 대인기여서 소
설책에도 등장하고 그랬나보지."

"그런…… 그렇다 해도 이십 년 뒤에 그 이름을 가진 가짜
손자가 나타날 걸 예상하고 책을 보관해둘 순 없는 거 아냐?"

"없겠지. 그래. 다 말이 안 돼. 나도 모르겠어. 이게 다 어
찌된 일인지."

막시민은 모자를 벗더니 신경질적으로 머리를 문질러 흐트
러뜨렸다. 입술은 얇게 말려들어갔고 꽉 쥔 모자챙이 이지러
졌다.

"거기엔 나만 나오는 게 아냐. 내 동생들 이름이 다 나온다
고. 모두 남매간으로 나오는데다가 태어난 순서도 하나만 빼
면 똑같아. 마치 수십 년 전에 이런 애들이 존재할 걸 미리 알
았다는 것처럼. 더 웃긴 건 뭔지 알아? 주인공의 직업이 탐정
이라는 거야."

거기까지 듣자 이스핀도 놀라서 눈이 동그래졌다.

"그게 정말이야?"

어느새 둘은 길 가운데에 우뚝 서서 서로를 보고 있었다.
막시민의 미간은 점점 더 찌푸려졌다.

"그래. 어딘가에 수십 년 뒤의 미래도 내다볼 수 있는 대마
법사님 같은 분이 계셔서 예언을 했을 수도 있겠지. 자기 예

언을 싸구려 소설책으로 인쇄해서 뿌리든가 말든가 내가 참견할 바는 아니지. 하지만 하필 시골구석의 가난뱅이 애들에 대해 예언을 하고 굳이 책씩이나 만들 필요가 대관절 어디에 있다는 거야? 왜 좀더 쓸모 있는 예언을 하지 못하는 거야?"

"......"

이스핀은 말문이 막힌 채 이 어처구니없는 이야기를 되짚어보았다. 물론 그런 일이 벌어진 이유를 추리해보려고도 했지만 곧 그보다 자신이 잘할 수 있는 부분을 떠올렸다. 바로 막시민이 하고 있는 말의 진짜 뜻이었다.

추론을 잘하는 막시민이 그 책을 읽은 뒤 지금껏 걸어오며 이런 생각만 하고 있었을 리는 없었다. 막시민이라면 이유가 무엇일지 따져보고 나름 결론도 내렸을 것이다. 하지만 그 결론이 무척 거슬렸던 게 틀림없었다. 다시 말해 막시민은 지금 감정적이었다. 왜일까?

"혹시 너, 그 책을 쓴 사람이......"

막시민의 입술이 더욱 꽉 다물렸다. 막시민도 일찌감치 같은 결론에 도달했을 것이다. 나중에 태어날 아이들의 이름을 미리 아는 사람, 예언자 같은 게 아니라면 그런 일을 할 수 있는 사람은 한 가지 종류밖에 없다.

부모.

이스핀은 막시민의 부모에 대해 알지 못했다. 막시민이 대

마법사의 눈에 띄어 제자가 되었다는 말만 들었지 부모는 살아 있는지 죽었는지도 몰랐다. 하지만 방금 한 가지를 알게 되긴 했다. 그 책은 낡긴 했어도 분명히 인쇄되어 있었다. 즉, 작가였다는 뜻이다.

그리고 막시민의 태도를 보며 지금 또 한 가지를 알았다. 막시민은 부모를 싫어했다. 그것도 매우.

거기까지 생각한 이스핀이 다시 말했다.

"그래…… 쓴 사람이 누구인지는 잠깐 접어두고, 그런 책이 왜 거기 들어 있었던 걸까? 그런 곳에다가 넣어둔 건 도둑맞는 걸 피하고 싶어서일 수도 있지만, 열쇠가 네 손에 있었던 걸 생각하면 너한테 보여주려는 뜻이었을 수도 있잖아."

그 말을 듣자 막시민도 이 상황을 달리 바라보게 되었다. 어쩌면 처음부터 바로 알아차릴 수도 있는 일이었지만 책 때문에 열이 올라 잠깐 놓치고 있었다. 문제의 비밀 장소는 플레상스 경이 자기 일지나 중요한 물건을 넣어놓으려고 만들었을 테고, 이후 납치될지도 모른다고 생각해 막시민에게 보내는 편지도 함께 넣어뒀다고만 생각하고 있었다. 하지만 그게 아니라, 처음부터 그 안에 든 모든 물건이 막시민에게 전하려는 것이었다면?

막시민의 손이 코트 안쪽을 더듬자 이스핀도 알아채고는 물었다.

"맞다, 편지는?"

맨 먼저 안주머니에 넣었던 편지는 아직까지 뜯어보지 않았다. 그야 네냐플 얘기일 거라고 생각했기 때문이다. 하지만 이 수상한 소설책의 저자와 플레상스 경이 아는 사이라면 그들의 관계가 편지에 적혀 있을지도 모르는 일이었다. 막시민의 손이 막 편지를 꺼내려던 때였다.

"어이, 좀 비키지?"

누군가가 막시민의 등뒤에서 다가오다가 이스핀의 어깨를 밀치고 지나갔다. 반사적으로 손을 검 자루로 미끄러뜨리며 몸을 도사렸지만 이곳은 시장 한복판이었다. 이스핀과 막시민이 길목에 우뚝 서 있었으니 사람들의 통행을 방해하기도 했을 것이다. 이스핀이 태도를 바꿔 사과를 해야겠다고 생각하며 몸을 돌리려던 때였다.

"죄송……"

그때 막시민이 갑자기 한 걸음 내딛더니 그자를 어깨로 강하게 밀쳐버렸다. 막시민이 그렇게 나오리라 상상도 못했는지 그자는 중심을 잡지 못하고 구정물이 고인 더러운 시장 바닥에 넘어졌다. 그러면서 하필 다른 쪽을 보던 사람과 부딪혔고, 연쇄적으로 밀쳐지는 바람에 바닥에 자빠진 사람은 금방 셋이 되었다.

"뭐야!"

"누가 밀치고 난리야!"

사방에서 눈길이 쏟아졌다. 넘어진 자들은 막시민과 이스 핀을 노려봤다. 이스핀은 막시민이 아까부터 너무 화가 나 있 어서 무례한 상대를 돌발적으로 공격한 줄 알고 당황했다. 그 런 성격은 아니라고 생각했는데……

하지만 착각은 짧은 순간에 불과했다. 제대로 돌아서서 자 신에게 부딪쳤던 자를 보자마자 이스핀은 알아차렸다. 그자 에게 진짜로 공격 의사가 있었음을. 주머니에 반쯤 걸쳐진 손 이 증거다. 넘어지면서 뭔가를 숨기려 한 게 아니라면 그런 자세가 될 리 없다.

그자가 비척대며 몸을 일으키려 하자 이스핀이 그자의 손 을 걷어찼다.

"윽!"

이번에는 위력부터가 달랐다. 쿵, 엉덩방아를 찧으며 도로 넘어진 그자가 손을 감싸쥐고 신음하는 사이 이스핀은 배와 옆구리를 연이어 걷어차고 가슴을 밟으며 그자의 주머니에서 단도를 끄집어냈다. 놀란 사람들이 웅성대며 몰려들기 시작 하자 이스핀은 단도를 쳐들어 내보이며 쓰러진 자를 쏘아봤 다. 그때 막시민이 허리를 굽혀 그자의 안주머니에서 돈주머 니를 꺼내들더니 말했다.

"부딪히는 척하면서 돈을 슬쩍해? 뻔뻔스러운 도둑놈 같

173
—
로크러 시장

으니."

그 돈은 물론 막시민이 아니라 그 남자의 돈이었다. 안주머니가 불룩한 걸 보고 뭐가 있다 싶어 손을 넣어봤는데 적절한 게 걸려 나왔을 뿐이었다. 하지만 돈주머니에 이름이 적힌 것도 아니고, 부딪히는 체하며 소매치기를 하는 건 누구나 아는 흔해빠진 수법이었으므로 막시민의 허풍은 그럴싸하게 들렸다. 단정하고 돈 좀 있어 보이는 막시민과 이스핀의 옷차림도 그런 주장에 더욱 힘을 실어주었다.

남자가 겨우 정신을 차려 소리쳤다.

"아, 아니야! 저 돈은 원래 내 거야!"

"야, 네 주머니에 넣기만 하면 네 돈이 되냐?"

느긋하게 비꼬며 돈주머니를 자기 주머니에 넣어버린 막시민은 이스핀을 말리는 척 손을 뻗으며 말했다.

"야, 몇 번 더 차다간 저놈 죽겠다. 네 성질은 나도 아는데 돈도 되찾았고 하니까 그만 놔두고 가자."

사람들도 저런 도둑놈한테 로크리 시장의 질서를 보여줘야 한다고 웅성대고 있었으니 퇴장하기에 적당한 시점이긴 했다. 그러나 이스핀은 생각이 달랐다. 이자는 왜 공격해왔을까? 사람 많은 시장에서 단도를 뽑아들고 접근해 슬쩍 그어버리려 한 자가 아이언페이스가 보낸 자가 아니라고는 어떻게 확신하지? 그렇다면 붙잡아 신문을 해야 하지 않나?

"잠깐만."

이스핀은 한쪽 무릎으로 남자의 가슴을 짓누르며 멱살을 움켜잡고 목깃을 바짝 잡아당겨 경동맥을 눌렀다. 남자가 컥 컥대자 잠시 후 조금 풀어주고는 물었다.

"누가 보냈어?"

"난, 너희는…… 아무도……"

이스핀은 무표정하게 다시 목깃을 확 잡아당겼다. 이번에 는 조금 더 길었다. 남자의 얼굴이 시뻘게질 무렵 다시 풀어 주며 물었다.

"누구냐고. 세번째는 죽는다."

"……그분께서는 너희를……"

그때였다. 막시민이 소리쳤다.

"비켜!"

동시에 이스핀을 밀치며 함께 옆으로 굴렀다. 구정물이 사 방으로 튀는 가운데 둘러쌌던 사람들이 영문도 모르고 후다 닥 비켜서고, 한쪽에서 비명이 솟았다.

"까아악!"

어디선가 날아온 단도가 쓰러진 남자의 목 아래, 가슴 위쪽 에 박혀 있었다. 조금 전 이스핀의 등이 있던 위치였다. 저런 위치에 박히자면 단도는 높은 곳에서 날아왔어야 했다. 피가 웅덩이로 벌겋게 번져가자 경악한 사람들이 허둥거리며 서로를 밀쳐댔다. 남자의 눈자위가 하얗게 넘어가더니 경련이 멈췄다.

"주, 죽었나봐……"

이스핀은 상대를 보지 않았지만 소리만으로 사태를 파악하고는 벌떡 일어나 막시민의 손을 끌어 잡으며 사람들 틈으로 밀고 들어갔다. 가까이에서 본 자들은 도망치려 하고 영문 모르는 자들은 가까이 오려 하는 가운데 두 가지 흐름이 생겨나 서로 뒤엉키는 중이었다. 그 틈새를 비집으며 어느 처마 밑 기둥까지 간 이스핀은 막시민을 봤다. 막시민이 뺨에 튄 구정물을 닦아내며 맞은편 건물 2층을 가리켰다.

"저기."

막시민은 조금 전 이스핀이 남자의 멱살을 잡는 동안 주위를 살피고 있었다. 한패거리가 있을지도 모른다고 생각했기 때문이다. 하지만 이스핀이 아까부터 워낙 제대로 남자를 걷어차고 있었으므로 사람들은 본능적으로 조금 거리를 두고 서 있었고, 가까운 곳에서 수상한 자를 찾지 못한 막시민은 문득 위를 올려다보았다. 그리고 2층 창가에서 펄럭이는 커튼과 그 뒤에 몸을 숨기고 선 자를 발견했다.

저자다. 틀림없다.

막시민은 지체 없이 이스핀을 밀치며 굴렀고 뒤이어 단도가 날아왔다. 저 거리에서 날아온 속도와 정확도로 보아 저자가 처음부터 이스핀을 노렸다면 자신이 밀쳐내어 구르는 정도로 구해내기는 힘들었으리라는 것이 막시민의 판단이었다. 그렇다면 단도는 빗나간 것이 아니었다. 처음부터 쓰러진 남자를 죽이기 위해 던졌을 것이다. 왜?

입을 막기 위해서겠지……

이스핀이 올려다봤을 때 그자는 이미 모습을 감추었고 커튼만 펄럭이고 있었다. 다른 창문들, 우왕좌왕하는 사람들, 인파 너머에 멀찍이 선 자들, 그들이 선 가게 안쪽을 차례로 살핀 이스핀의 입술에 힘이 들어갔다.

"여길 빠져나가야 해."

"상대가 몇 명일지 모르지."

"그러니까. 이 시장 밖은 뭐지?"

"난들 알겠냐."

둘 다 켈티카 지리를 잘 모르는 것이 낭패였다. 처음 와본 곳이라 어느 쪽으로 가야 시장이 빨리 끝나는지도 몰랐다. 하지만 막시민이 잠깐 생각하더니 덧붙였다.

"여기까지 걸어오는 동안 문 닫은 가게들이 점점 많아졌지 않냐. 원래 시장은 입구 부근이 제일 장사가 잘되니까 시장의 이쪽 끝은 뭔가로 막혔을 가능성이 클 것 같은데. 적어도 사람 사는 곳은 아닐 느낌이야. 왜일지는 모르지만."

"어쨌든 그쪽이 사람이 적을 거라는 거지? 좋아. 그런 데라면 이걸 쓰기 좋겠지."

이스핀이 허리에 찬 검을 툭툭 쳤다. 이스핀의 검은 짧은 편이긴 하지만 그래도 장검이라 사람이 많은 곳에서는 뽑기 어려웠다. 동시에 사람이 적은 곳으로 가야 프시키를 발견할 확률이 높아진다는 계산도 있었다.

"알았다. 그런데 어떻게?"

막시민이 묻자 이스핀은 손가락을 세워 위를 가리켰다. 막시민의 표정이 미묘해졌다.

"지붕을 통해서 가자고?"

"적이 높은 곳에 있으면 더 높은 곳으로 가야지."

이스핀은 가게 옆 처마를 잡고 매달리려다가 막시민을 생각하고는 빈 술통을 끌어다가 놓고 일단 그 위로 올라갔다. 거기서 2층 창턱을 잡고 몸을 솟구쳐 창문턱을 디디면서 지붕에 올라갔다. 하지만 막시민은 같은 경로를 택하는 대신 가게 안쪽으로 들어가 은화 한 개를 사용해 똑같은 효과를 냈다. 대신 조금 늦게 도착했는데, 지붕에서 기다리던 이스핀은 반대쪽 테라스를 통해 유유히 올라오는 막시민을 기막힌 눈빛으로 쳐다보다가 말했다.

"너 되게 똑똑해서 좋겠다."

"이놈의 가방이 좀 무거워야 말이지."

집이 다닥다닥 이어진 시장 거리인지라 지붕과 지붕도 맞

붙어 있다시피 해서 건너가기가 어렵지는 않았다. 맞배지붕의 바깥쪽 경사를 타고 조심스럽게 세 채쯤 건너가자 골목이 앞을 가로막았다. 눈으로 골목 너비를 가늠해본 이스핀은 무거운 가방까지 든 막시민이 건너뛰어 따라오기에는 조금 어렵다고 판단하고는 굴뚝 뒤에 몸을 숨긴 채 그들이 있던 거리를 돌아봤다. 사람들은 여전히 몰려 있었지만 아직 치안대가 나타난 기색은 없었다. 뒤따라오는 자도 눈에 띄지 않았다.

다시 앞을 보자 그쪽으로 사람들이 몰리는 바람에 시장의 다른 골목들은 상대적으로 한산했다. 둘의 앞을 가로막은 골목은 시장 외곽으로 좀더 이어지다가 다른 길과 합쳐지며 주택가로 들어가는 듯했다. 저런 형태라면 막다른 골목일 가능성은 적다. 이스핀이 막시민에게 눈짓했다.

"저기로 빠져나가자."

막시민은 대각선 방향의 집을 말하는 줄 알고 움찔했다.

"야…… 저기까지 건너뛰자는 건 아니지?"

"그런 건 나라도 무리야. 여기서 내려갈 거야."

그때였다. 조금 전 건너온 집과 집 사이에서 머리 하나가 쑥 올라왔다. 이스핀이 흠칫하는데 막시민의 등뒤에서도 또다른 머리가 나타났다. 집주인이 지붕에 볼일이 있어서 올라왔을까? 한꺼번에 두 명이나? 그럴 리 없다. 이스핀이 벌떡 일어나며 소리쳤다.

"넌 저쪽으로 건너가!"

그러면서 몸을 돌려 한 걸음 내디디며 검을 획 뽑았다.

첫번째 적은 동작이 빨랐다. 금세 몸을 솟구쳐서 달려들었다. 하지만 그자는 처마 끝이었고, 이스핀의 위치는 위였다. 경사를 내달려 올라오는 그자를 향해 기와 한 장을 걷어차 날리면서 시선이 흐트러진 상대의 왼쪽으로 파고들었다. 돌려 벤 검이 상박에서 가슴까지 긋자 그자의 몸이 고꾸라졌다. 허벅지를 돌려 차 아래로 떨어뜨렸다.

"으윽!"

바로 돌아섰다. 이번에는 이스핀의 위치가 아래였지만 그까짓 것은 문제가 안 된다. 자갈밭, 강물 속, 40도 넘는 경사에서도 훈련을 해보았다. 반면 상대는 이스핀이 검을 들긴 했지만 체격이 작았으므로 상대를 얕보았다. 이스핀은 덩치 큰 상대가 달려들 때를 노렸다가 몸을 한껏 낮추면서 회전해 낮은 사각에서 다리를 베었다. 경사진 지붕에서 몸을 더 젖히다니 보통 사람은 중심도 잡기 힘든 각도였다.

"이, 이게……"

다리를 베인 상대가 휘청거리는데 막시민이 오른발을 들어 밀어차기로 간단히 지상 세계로 보내주었다. 돌아본 이스핀이 발끈해서 소리쳤다.

"넌 건너가랬잖아!"

"저길 어떻게 건너가냐? 너도 못 한다며!"

"급하면 다 하게 돼 있는 거야!"

이스핀은 검을 도로 꽂자마자 몇 걸음 물러서더니 도움닫기 세 걸음 만에 맞은편으로 훌쩍 건너뛰었다. 아까 자기도 무리라던 말은 너그러운 겸양이었던 모양이었다. 막시민은 아래를 힐끔 보고는 불안하게 얼굴을 일그러뜨렸다가 폈다가 하며 중얼거렸다.

"젠장, 내가 왜…… 지붕에 올라가자고 할 때부터 이럴 줄 알았는데……"

그때 이스핀이 놀란 얼굴로 소리쳤다.

"야! 네 뒤에!"

"뭐?"

그 바람에 놀란 막시민도 허겁지겁 뒤따라 건너뛰었고, 생각보다는 안전하게 착지했다. 이스핀이 한숨을 내쉬는 막시민의 어깨를 툭툭 두드리더니 말했다.

"아무도 없다고."

"야! 너……"

"근데 이젠 있어! 달려!"

사실이었다. 두 명이 연달아 올라왔고, 그들도 건너뛰어 따라왔다. 이스핀과 막시민은 그대로 지붕 위를 내달렸다. 강하게 디딘 발밑에서 기왓장이 부서지며 조각이 튀었다. 세번째 지붕으로 건너뛰었을 때, 맞은편에서 두건을 쓴 자가 훌쩍 몸을 솟구치더니 마주 달려왔다. 하지만 그자는 상대를 잘못 골랐다. 체구가 작은 쪽을 노려 뻗은 검의 진행 방향을 그대로 읽어내고 정반대로 움직인 이스핀이 속도를 늦추지 않고 달리던 기세 그대로 검을 휘둘렀다. 적은 순식간에 몸 안쪽을 돌파당하고, 미처 멈추기도 전에 이스핀의 검이 쇄도했다.

"컥!"

허리 위쪽이 깊이 베였다. 피가 부챗살처럼 흩뿌려지고 쿵 넘어진 상대는 처마 쪽으로 미끄러져가더니 움직이지 않았다. 이스핀을 도우려고 몸을 돌리던 막시민은 멈칫하며 눈이 커졌다. 저 정도는 상대를 죽이려 했다고 봐도 된다. 그도 나이에 비해 온갖 일을 겪어왔지만 아직껏 상대를 진짜로 죽일 작정으로 무기를 휘둘러본 적은 없었다.

이스핀은 개의치 않고 몸을 돌렸다. 달리다 멈췄으니 뒤따라오던 자들이 가까워졌을 것이고, 대결해야 할 상황인지 파악하기 위해서였다. 그자들은 지붕 하나 건너까지 따라왔다가 이스핀이 두건 쓴 자를 쓰러뜨리는 것을 보고 멈춰 섰다. 그중 하나가 소리쳤다.

"너는 그분의 사람을 건드린 대가를 치를 것이다!"

이스핀이 그자를 쏘아보더니 왼손을 내밀어 까딱였다.

"치르게 하고 싶으면 건너와. 멀찍이서 뭘 하는 거야?"

그렇게 말하는 이스핀은 평소와 눈빛도, 목소리도 달랐다. 종종 감정이 변할 때 눈 속의 휘광이 반들거린다고 느낀 적은 있었지만 지금 그 빛은 살기로 변해 팽팽하게 뿜어져나왔다. 평소 작고 귀엽던 얼굴에 흡사 피를 본 맹수 같은 기운이 감돈다. 딱 한 번, 데보라가 공격해왔을 때도 이와 비슷했다. 하지만 그때는 분노였다. 지금은 전투태세였다. 공격해오면 죽이겠다는 각오였다.

그자들도 알아차렸는지 선뜻 건너오지 않고 머뭇거렸다. 대신 등뒤에서 기와 딛는 소리가 자그락, 들려왔다. 또다른 두건을 쓴 자가 어느새 지붕 끄트머리에 올라와 있었다.

그는 쓰러진 동료를 흘끗 봤지만 아무런 처치도 하지 않았다. 막시민은 그자를 보자마자 아까 커튼 뒤에서 단도를 던진 자라고 확신했다. 발걸음이 가볍다. 그리고 손에 무기가 없다.

양쪽을 한꺼번에 경계하기에는 지붕 위가 너무 좁았다. 이스핀은 지붕 경사 끄트머리로 최대한 물러섰지만 그래도 각도가 너무 컸다. 차라리 혼자라면 쉽사리 자리를 옮겨가며 싸우겠는데 막시민을 내버려두고 갈 수가 없었다.

버티는 수밖에 없다. 비록 짧은 검이지만 양손으로 잡고 가드를 올려 방어와 기습을 겸하는 자세, 에투알 3번을 취하는데 그자의 고개가 살짝 갸우뚱해졌다. 그러나 곧 평범한 미소를 지어 보이더니 말했다.

"난 오브리라고 한다. 그리고 싸우려고 온 것이 아니야. 저 녀석이 단번에 당한 걸 보니 싸우고 싶지도 않고."

이어 증명하듯 빈손을 내밀어 보였다.

"그분이 너희를 보고 싶어하신다. 한 시간 정도만 내주면 돼. 몇 가지 물어보고 나면 돌려보내줄 거야."

막시민이 대꾸했다.

"그래놓고 등짝에 단도를 꽂으려는 건 아니고? 그런 말을 곧이듣게 하려면 우리 할아버지부터 돌려보냈어야 하는 것 아닌가?"

오브리가 킥킥 웃었다.

"아하, 자네가 손자로군. 그럼 얘기가 더 쉽겠어. 플레상스 경은 잘 지내고 있다. 원한다면 만나게 해줄 수도 있지. 그렇군, 삼자대면 어떤가? 대화로 오해를 풀고, 잘된다면 플레상스 경도 자네와 같이 돌아갈 수 있겠지."

"아아, 그거 구미가 당기는 얘기네."

막시민이 그렇게 대꾸하자 이스핀은 제정신인가 하는 눈빛으로 막시민을 힐끗 봤다. 막시민은 이스핀을 보지 않고 두건 쓴 자를 향해 말을 이었다.

"난 이게 다 어떻게 된 일인지 전혀 모르겠거든. 시골 살다가 켈티카 구경 와서 할아버지 댁에 안부 인사나 드릴 겸 들렀을 뿐인데 이웃한테 할아버지가 납치를 당하셨다는 황당한 소릴 듣고, 다음날은 집이 걸레짝이 되도록 털렸을 뿐이지. 이야, 정말 무서워 죽을 지경 아니겠냐고. 그래서 오해를 풀기 위한 삼자대면이라니 듣던 중 반가운 소린데 이런 꼴을 보고 나니 사람한테 조심성이란 게 생기지 않겠어?"

"안전은 보장한다고 하지 않았나?"

"어휴, 감동적인 말씀이네. 그럼 이렇게 해보자고. 그분이 누구든 간에 당신 같은 자들이 섬기고 있을 정도니까 틀림없이 지체도 높고 품격도 높은 분이겠지? 그런 분을 만나 뵈려면 거기 어디냐, 그래, 그 정도는 돼야지. 그랑도프 호텔이라고 요새 켈티카에서 뜨는 곳이라며? 거기 1층에서 만나서 같이 홍차와 체리맛 아이스크림이라도 먹어보자고. 그러면 이야기도 한결 매끄러워지겠지."

상대는 이게 뭔 소린가 싶었겠지만 가까스로 표정을 감추고 대꾸했다.

"장소는 그분이 정하신다. 충분히 좋은 곳일 것이다."

"아, 저런. 거절이야? 시골뜨기가 호텔 구경 한번 해보나 했더니 실망이네. 그럼 이건 어때? 할아버지한테 뭐 맡겨둔 사람이 되게 많은 모양이던데 그 사람들도 같이 불러서 한꺼번에 만나면 단번에 해결되고 좋잖아."

"지금 상황을 잘 이해 못하는 것 같은데……"

막시민이 손을 내저으며 오브리를 쏘아봤다.

"이해는 아주 잘하고 있어. 나같이 이 동네에 아는 사람도 없고 든든한 부모도 없는 벌레 같은 놈을 슬쩍 집어다가 표본실 고정판에 핀으로 꽂아놔도 누구 하나 모르고 치안대조차 신경 안 쓸 거라는 점 말이야. 그러니까 사람 많은 데서, 미리 약속을 잡고, 참관인들과 함께 보잔 말이야. 그분이 공명정대한 이 거리의 수호자이고 우리 할아버지가 진짜로 혼 좀 날 만한 일을 저질렀다면 누군들 그분 편이 아니겠어? 나조차도 그럴 거라고 믿고 싶은데 말이야. 나조차도, 그분이 자기 욕심을 위해 할아버지를 납치해 갔으며 말을 듣지 않으면 죽여버리거나 손자란 놈을 데려가서 고문이라도 해가며 위협할 작정으로 날 뒤쫓는 거라고는 조금도 생각하고 싶지 않은데 말이야."

그쯤 되면 오브리도 막시민을 말로 구슬려서 데려갈 수 없음을 충분히 눈치챘을 것이다. 하지만 바로 행동을 취하는 대신 그자는 웃었다.

"이런 제안을 받았을 때 조건을 조정할 수 있다고 감히 생각하다니, 패기가 넘치는 어린놈이군. 네 할아버지도 너처럼 굴다가 핀으로 꽂히게 됐다는 생각은 안 해봤나? 고정판에 나란히 꽂혀서 너희 가문은 왜 그렇게 건방진지 사이좋게 대화를……"

오브리는 말을 맺다 말고 갑자기 뭔가를 집어던졌다. 자그

마하고 길쭉한 병이 막시민의 발밑에 떨어지면서 팍 깨어지
더니 녹색 불꽃과 연기가 일어났다.

"읍!"

삽시간에 연기가 자욱해지며 앞이 잠시 보이지 않았다. 막
시민은 순간적으로 숨을 참으며 앞으로 내달리려 했지만 세
걸음째에서 무릎이 꺾이며 머릿속이 아득해졌다. 가까운 곳
에서 뭔가가 부딪치고 넘어졌지만 알아볼 수가 없었다. 이스
핀이 외치는 소리가 먼발치에서 들려왔다.

"막시민!"

이스핀은 오브리가 뭔가를 던지려던 순간 이미 그자에게
달려들고 있었다. 도사리고 있었기에 가장 빠른 속도로 다섯
걸음 만에 도약해 꺾어 쥔 검을 돌려 쳤다. 자신의 위치가 낮
았고 상대는 용마루에 서 있었으므로 다리를 노렸는데 오브
리가 껑충 뛰더니 이스핀을 타넘다시피 맞은편으로 옮겨갔
다. 방향이 바뀐 상황에서 이스핀도 녹색 연기와 불꽃을 보았
지만 허둥지둥 그리로 달려가지는 않았다. 이자를 해치우지
않으면 막시민을 구할 수도 없다…… 냉정히 판단하면서도
저도 모르게 꽉 다문 입술에 힘이 들어갔다.

"오, 빠른데?"

오브리가 여전히 아무 무기도 없이 싱글거리고 있다는 사
실이 자존심을 건드렸다. 얕본 대가를 치르게 해줘야겠지만

뭘 숨기고 있는지도 경계해야만 한다.

조금 전, 막시민은 대화 도중에 저자가 단도를 던진 자라는 힌트를 주었다. 투척 무기를 가진 자와는 어설픈 거리 벌리기가 가장 불리하다. 충분히 멀리 떨어지지 못할 바에는 가진 무기가 닿을 범위로 파고드는 편이 낫다. 그렇다면 속전이다!

마침 바람이 불어와 연기를 조금 흩어주며 오브리 쪽으로도 번져갔다. 오브리가 옆걸음으로 피하려 하자 그때를 노린 이스핀이 한 걸음 내디디며 오른쪽으로 향했던 날을 밀어 페이크 동작을 했다가, 반대로 내리치면서 왼발로 허벅지를 걷어찼다. 오브리는 예상한 것처럼 검을 피했지만 한 가지만은 잘못 짚었다. 호리호리해 보이는 이스핀의 걷어차는 힘이 상상 이상이라는 점이었다.

"윽!"

다리가 마비되다시피 한 오브리의 자세가 흐트러지는 순간을 놓치지 않고 찌르기로 전환한 이스핀의 검이 막 몸을 꿰뚫으려 했을 때였다. 녹색 연기 속에서 시커멓고 커다란 뭔가가 튀어나오더니 오브리의 머리를 강타했다.

퍼억!

놀란 이스핀이 옆을 보니 그건 막시민의 가방이었다. 막시민은 반쯤 비틀대고 있었지만 묵직한 가방을 철퇴라도 되는 것처럼 휘두른 결과 오브리는 옆으로 쓰러져 꼼짝도 하지 않게 되었다. 그런데 문제는 그 서슬에 가방이 열려버렸다는 점이었다.

"야······?"

열린 가방에서 튀어나온 사과, 포도주, 초콜릿 잼이 든 병, 건포도 브리오슈, 돼지 뒷다리 햄 따위가 지붕 위로 흩날리는 초현실적인 광경 속에서 한층 놀라운 일이 벌어졌다. 그 모든 물건이 허공에서 멈췄다. 투명한 벽에 못을 박아 걸어버리기라도 한 것처럼. 이게 어찌된 일일까?

둘 다 얼어붙은 듯 말이 없었다. 막시민은 한바탕 죽을 듯이 기침을 하더니 쉰 목소리로 중얼거렸다.

"이거······ 뭐냐?"

불어오는 바람에도 물건들은 까딱도 하지 않았다. 흩날리는 건 둘의 머리카락뿐이었다. 눈이 마주치고, 둘 다 영문을 모른다는 판단이 서자 이스핀이 물건들을 향해 조심스럽게 손을 뻗었다. 손가락을 살짝 오므렸다가 한쪽으로 내던지듯 허공을 가르자 쉿 하는 바람 소리와 함께 모든 물건은 도로 막시민의 가방 안으로 빨려들어 처박혔다. 그 충격으로 그렇지 않아도 비척대던 막시민이 옆으로 자빠졌다는 것만이 부작용이었다.

"거기! 움직이지 마라!"

지붕 아래쪽에서 난 소리였다. 아래를 보자 어느새 붉은 견장을 단 치안대가 나타나 있었다. 세 명, 말을 탔고 시장 쪽에서 막 달려온 듯했다. 이 정도 소란을 피웠으니 나타날 때도 됐다고 생각하긴 했지만……

먼저 막시민은 몸을 일으키며 뭐라 말하려 했지만 녹색 연기를 마신 뒤로 목이 잠겨 소리가 잘 나오지 않았다. 막시민이 쉰 목소리로 웅얼대고 있는 사이 이스핀이 재빨리 검을 꽂더니 소리쳤다.

"아아, 드디어 오셨네요! 이제 살았다! 도와주세요! 저희 진짜 죽을 뻔했어요!"

그러면서 막시민을 향해 빨리 도로 자빠지라는 신호를 보냈다. 막시민은 어처구니없는 눈빛을 보내긴 했지만 어차피 말할 기운도 없는 터라 시킨 대로 얌전히 자빠졌다.

"이게 다 어찌된 일이야?"

지붕으로 올라온 치안대원 두 명은 금세 심각한 표정이 되었다. 그야 지붕 곳곳에 피가 흘러 있고 세 사람이 죽은 듯 쓰러져 있으며 범인인지 피해자인지 모를 한 명은 무서워 죽겠다는 것처럼 쪼그려앉아 떨고 있으니 작은 사건은 아니라고 생각하는 게 당연했다.

"야, 몇 명 더 불러와. 사람이 셋이나 쓰러져 있어!"

"죽었어?"

"몰라! 야, 네가 이랬어?"

이스핀은 실감나게 울 것 같은 표정을 하고는 고개를 내저었다.

"아니에요! 저도 피해잔데…… 콜록! 저기, 저거 보이세요? 그리고 이상한 냄새 안 나세요? 그걸 저 사람이 던졌는데 토할 것 같은 냄새가 나면서 머리도 어지럽고……"

녹색 연기는 어느 정도 흩어졌지만 아직도 주위에 희미하게 남아 있었다. 그리고 깨진 유리 조각도 지붕 틈새에 흩어져 있었다. 옆에서 죽은 체하던 막시민은 치안대원들이 쓰러진 사람을 확인하는 동안 곁눈으로 이스핀의 표정을 살폈다. 아까 사람을 벨 때 전신에 들끓던 살기는 온데간데없고 지금은 천진난만하게 울먹이고 있는 것이 평소처럼…… 아니다. 저게 평소의 모습이라는 증거가 어디 있단 말인가?

이윽고 치안대원들은 아래에서 기다리는 동료를 향해 소리쳤다.

"들것이 있어야겠는데!"

이스핀의 연기가 대강 먹혀들어 들것은 세 개가 요청되었다. 막시민은 이대로 누워 있다가 자연스럽게 치안대원들의 구조를 받아 내려가게 될 듯했다.

막시민은 난생처음으로 이런 상황에서 다른 사람한테 대처를 맡기고 "잘하니까 계속 잘해봐라"라고 뇌까리며 휴식에 몸을 맡기려 했으나 하필 누운 곳이 울퉁불퉁하고 경사진 지

붕 위여서 그러지도 못했다. 불편을 참으며 죽은 체 비슷한
걸 하고 있자니 불쑥 인생에서 가장 편안했던 의자에 대한 그
리움이 떠오르며 그 좋은 걸 엉뚱한 놈한테 제공하고 있다는
불안감이 스멀스멀 발치로 올라왔다. 그거 빨리 찾아와야 하
는데……

6
장

PENETRATE

켈티카 치안대 남부 분소의 두 사람

"하아, 언제까지 기다려야 한담."

이스핀은 기지개를 켜며 하품을 하고는 주위를 두리번거렸다. 하지만 큰 의미는 없는 행동이었다. 켈티카 치안청 산하 '치안대 남부 분소'의 대기실 구석에서 볼만한 구경거리는 떨어진 지 오래였다.

반들반들하게 닳은 테이블형 칸막이가 널찍한 안쪽 공간과 좁고 북적이는 대기실을 가르고 있었다. 칸막이 안쪽에서는 수십 개의 책상 사이로 다양한 사람들이 오갔다. 붉은 견장의 치안대원들, 기록원들, 필경사들, 푸른 견장 달린 재킷 때문에 통칭 '이폴레트'라고 불리는 치안청 수사관들이다.

치안대원들은 서류를 뒤적이거나 안쪽으로 불려간 사람들

과 대화를 나누는 중이었다. 기록원들은 종이와 노트 뭉치를 들고 이리저리 돌아다녔다. 필경사들은 책더미에 묻혀 얼굴이 잘 보이지 않았고, 이폴레트는 입구에서 제일 먼 곳에 앉아 있으면서 다른 사람들을 멋대로 제 앞으로 불렀다. 가끔씩 심부름하는 아이들이 어디선가 뛰어들어왔다가 뭔가를 받아들고 사라지곤 했다.

칸막이 바깥쪽의 대기실은 안쪽에 비해 좁았고 더더욱 붐볐다. 돈주머니를 도둑맞았다는 노부인, 망아지를 데리고 들어가야 한다고 실랑이하는 농부, 나들이라도 가는 것처럼 잘 차려입고 왜 이런 데 와 있는지 모를 남녀, 체류중이니 방문증 따위에 서명을 받고 싶어하는 외지인들, 서지 모자를 쓴 상점의 사환들, 구두를 닦으라며 돌아다니는 아이까지. 접수는 느리고 대기는 길어졌으며 앉을 곳조차 부족했으니 금세 다툼이 벌어지지 않을까 싶었지만 평소 성마른 켈티카 시민답지 않게 그들 모두는 점잖았다. 소매치기의 뒤통수든 벽에 박으려는 못대가리든 가리지 않고 공평하게 휘두른다는 치안대원들의 치안봉이 몇 걸음 안쪽에 수십 개나 있다는 사실이 그들에게 침착성을 더해준 것 같았다.

대기실 안쪽 의자를 차지한 승리자가 된 이스핀은 그들에 비해 여건이 나았지만 점잖은, 아니 영혼이 부분적으로 이탈한 표정인 건 똑같았다. 여기까지 오는 동안 당장이라도 긴급하게 수사를 벌일 것처럼 흥분해 있던 치안대원들은 이곳 치안대 남부 분소에 도착해 저들과 비슷한 자들 틈으로 사라져버리더니 다시는 나타나지 않았다. 기록원 한 사람이 와서 사건의 개요를 받아 적은 것이 전부였다.

"이름은?"

"마리우스 콜롱브."

"주소는?"

"클라인 거리 2번지, 브란트 성."

"브란트 성이라면 마이그너 남작가인데, 무슨 관계지?"

"비서입니다."

"어쩌다가 그자들에게 쫓겼지?"

"그자들이 저희를 붙잡아 '그분'이라고 불리는 수상쩍은 사람에게 억지로 데려가려 했기 때문에 도망쳤던 거예요. 사실 플레상스 경이라는 분도 얼마 전에 실종되었는데 그것도 그자들이……"

대략의 설명을 들은 기록원이 다시 물었다.

"그자들이 너희에게 관심을 갖는 이유는 모르고?"

"그건 남작님의 개인적인 문제와 관계되어 있어서 허락 없이는 말씀드릴 수가 없습니다."

기록원은 미심쩍은 표정을 지었지만 더 묻지 않고 종이 한 장만 달랑 가지고 물러갔다. 지난번에 플레상스 경의 집으로 쳐들어왔던 베네트 외 2인의 반응을 보고 귀족 이름을 대면 치안대가 대충 넘어가고 싶어하려니 판단했는데 과연 사실이었던 모양이었다. 하지만 이쯤 되자 그게 사실인지 아닌지는 아무래도 좋아졌고 차라리 쫓아와서 다 캐물어주기를 바라는 지경에 이르렀다. 이스핀이 대기실 구석에서 온갖 종류의 상황을 연상해보고 일일이 대응책을 궁리하며 몸을 배배 꼬고 있은 지 어느덧 두 시간째였다.

"아…… 머리에 과부하 걸리겠어."

이럴 때 머리를 나눠 써야 할 파트너가 이스핀에게도 있었던 것 같지만 애당초 배역을 잘못 맡긴 결과 그는 안쪽 방 하나를 차지하고 시체 역을 열연중이었다. 물론 치안대원들이 진짜로 막시민이 죽었다고 생각한 건 아니고, 녹색 연기의 유독함을 설득력 있게 전달하기 위해 필수적인 배역이었지만 배우가 타고난 재능을 조금도 사용할 수 없다는 점만은 크나큰 아쉬움이었다. 유독한 가스에 당한 환자가 말까지 잘할 수는 없으니 말이다. 디렉터는 무릎을 올려 껴안은 다소 처량한 자세로 다음 무대에는 캐스팅을 넉넉히 해서 이런 실수가 없게 하겠다고 다짐했다.

오브리는 죽지 않았다. 하긴 걷어차이고 가방으로 맞았다고 죽긴 쉽지 않을 것이다. 이스핀이 오브리를 가해자로 지목했기 때문에 그는 이곳 지하의 어딘가로 끌려갔다. 이스핀의 칼에 중상을 입은 남자도 죽지 않았다. 치안대원들이 이자를 누가 공격했느냐고 물었을 때는 이스핀도 사실대로 대답했다. 도망친 적들의 핑계를 대는 방법도 있었지만 그러면 이자가 가해자가 아니라 피해자가 되어버리고 이스핀과 무슨 사이인지 설명해야 할 판이었기 때문이다. 먼저 싸워서 지붕 밑으로 떨어뜨린 두 명까지 발견되었더라면 세 명이나 베어버린 이스핀이 오히려 수상쩍어 보였겠지만 고맙게도 그들은 일찌감치 어디론가 사라져주었다.

맨 처음 단도를 맞은 남자만 죽었다. 이스핀은 그 단도를 오브리가 던졌다고 주장했고, 오브리의 품에서 다른 단도가 나와서 그 점은 어느 정도 증명될 것 같았다.

이스핀이 정리해둔 주장은 이러했다. 자신은 섬기는 남작님의 명예를 위해 아직 밝힐 수 없는 어떤 문제를 플레상스 경에게 의뢰했는데 플레상스 경이 갑자기 사라지는 바람에 그 손자를 만나 대화를 해보려던 참이었다. 그런데 갑자기 낯선 자들이 접근해와 플레상스 경을 납치해 갔다고 제 입으로 인정하더니, 자기들이 섬긴다는 '그분'이 너희 둘을 데려오라고 했다며 강압적으로 굴었다. 겁이 나서 동행을 거절하고 도망치려 하자 위험천만한 독이 든 연기로 공격해왔다. 몸을 지키려다가 다툼이 벌어졌고, 부득이하게 한 명을 베게 되었다.

이만하면 그럴듯하다. 저들이 이것저것 캐묻는 과정에서

'그분'에 대한 정보를 좀 준다면 그것도 좋다. 오면서 몇 마디 나눠본 결과 치안대원들은 플레상스 경을 아는 것 같았고, 그러므로 관심을 갖고 플레상스 경의 실종을 조사해준다면 더욱 좋다.

하지만 그런 주장을 들어줄 사람이 아무도 오지 않는다는 점이 문제였다. 켈티카 치안청은…… 물론 여긴 치안청이 아니라 치안대 남부 분소인가 뭔가라지만 대체 이렇게 느릿느릿해서 시민의 안전을 지킬 수는 있는 걸까? 대기실의 다른 시민들도 삼십 분 정도는 보통이고 한 시간 넘게 기다린 사람도 있는 것 같은데 왜 기록원이 종이에 몇 자 적어 들고 안쪽으로 사라지기만 하면 감감무소식이란 말인가? 오를리에는 치안청은 없지만 세큐리테가 비슷한 일을 하는데 혹시 거기도 이따위로 일하는 걸까?

이스핀이 오를리의 세큐리테가 똑바로 일하고 있을지, 만약 아니라면 어떻게 해야 할지 추론에 푹 빠져 미간을 찌푸리고 있을 때 누군가가 나타났다.

"마리우스 콜롱브? 안으로 따라오시오."

생각에 빠져 하마터면 가짜 이름을 못 알아들을 뻔했다. 이스핀은 흠칫 놀랐다가 얼른 일어나 낯선 남자를 따라갔다. 그러면서 이자를 조금 전까지는 보지 못했다고 생각했다. 두 시간이나 내부를 실컷 관찰한 터라 거의 모든 사람의 얼굴을 외

200
—
블러디드 3

운 참이었다.

남자가 앞서 걸으면서 물었다.

"마이그너 남작의 비서라고 했던가?"

"네."

"비서치고는 어려 보이는데."

"그런가요. 하긴 사실이 그러니까…… 치안청은 처음인데 이것도 경험이네요."

일부러 적당히 세상 물정 모르는 말투로 말했다. 남자가 걸음을 멈칫하며 이스핀을 돌아봤다.

"여긴 치안청이 아니라 치안대 남부 분소요. 하지만 치안청에 가고 싶다면 구경시켜줄 순 있지."

"아…… 감사합니다."

감사합니다, 가 남자가 기대한 반응은 아니었을 것이다. 남자는 어깨를 으쓱하고는 그냥 걸어갔다. 저 말은 무슨 뜻이었을까? 치안청까지 갈 만한 범죄를 저질렀다면 숨길 생각은 말라는 경고였을까? 그런 소리를 한 걸 보면 남자는 치안청 소속 수사관, 즉 이폴레트란 말인가? 하지만 견장 달린 재킷도 없고 이폴레트는 웬만큼 중요한 사건이 아니면 나서지 않는다고 들었는데……

"혹시 치안청 분이신가요?"

"켈티카 치안청 2부서 소속, 지크 바일러요."

그렇게 대답한 남자가 사무실 맨 끝에 있는 문 중 하나를 열었다. 조사실처럼 생긴 방에는 탁자 하나와 의자 둘, 그리고 벽 쪽에 긴 의자가 있었다. 긴 의자 위에는 익숙한 사람이 누워 있었다. 끝까지 기절한 시늉을 하며 들것까지 동원해 운반되어 온 막시민이었다. 슬슬 같이 진술할 때도 됐다고 생각한 이스핀은 슬쩍 다가가 연기를 잘하고 있나 보려 했다. 그런데……

"……."

막시민은 연기중이 아니고 진짜로 곯아떨어져 있었다. 그것도 지크 바일러의 재킷을 잘도 덮고서. 이스핀은 당황해서 눈을 깜빡이다가 바일러가 탁자 뒤로 가서 앉자 그쪽을 돌아보았다. 바일러가 말했다.

"그 무슨 녹색 연기를 마셨다고 했는데, 잠이 오는 약이었던 모양이지?"

"그야……."

당장이라도 걷어차서 깨우고 싶은 마음을 꾹 누르며 이스핀은 얼른 머리를 굴렸다. 상대는 수사관이다. 사실만 말하면서 원하는 결론으로 유도해야 한다.

"약의 정체는 저로선 알지 못합니다. 지독한 냄새였고, 그 순간에는 숨을 못 쉬고 쓰러질 정도였다는 점만이 분명한 사실이죠. 지붕 위라 빨리 확산되는 바람에 목숨을 건진 것 같은데 얼마나 다행인지 모르겠습니다."

"그렇군. 죽진 않은 것 같아. 다만 그런 것치고 좀…… 잘 자는 것 같은데."

막시민은 편안하게 의자 팔걸이에 한쪽 다리를 걸친 채 코까지 골고 있었다. 이스핀이 기다리는 것이 지루했다면 막시민도 마찬가지였을 테고, 어제 잠자리가 불편했을 테니 오후 무렵이 되자 정말 졸렸던 모양이구나 싶어 조금 안됐다는 생각도 들긴 했다. 물론 그건 상식적 판단이었을 뿐 막시민은 전날 잠자리가 어떻든 기회만 되면 아무데서나 잘 자는 사람이었지만 이스핀이 그것까지 알 순 없었다. 다만 적어도 한 가지는 확실했다. 유독한 연기에 중독된 환자라는 배역을 망각하고 잠이나 잘 바에야 일어나서 혓바닥이라도 쓰란 말이다……

이스핀은 손을 뒤로 돌려 막시민의 코를 쥐면서 바일러를 향해 말했다.

"그 점은 의사에게 데려가서 확인해볼 필요가 있을 것 같습니다. 이러다가 갑작스럽게 문제가 생길지도 모를 일입니다. 플레상스 경이 실종된 마당에 그의 손자마저 죽거나 한다면 큰일이겠죠. 빨리 필요한 진술을 하고 의사에게 가보고 싶습니다."

"당신 칼에 베인 사람은 빈사 상태라서 이미 의사에게 보냈소, 콜롱브 군. 그자가 죽는다면 당신은 살인범이 되는데 간단한 진술만 하고 돌아갈 수 있다고 생각하시오?"

"네? 무슨 말씀인지 이해가 가지 않는데요."

이스핀은 큰 눈을 더욱 크게 뜨며 남자를 봤다.

"그자들은 수상한 의도를 품고 여럿이서 저희를 추적하고, 포위하고, 납치하려 했습니다. 그 상황에서 맞서 싸우지 않았다면 저희는 죽거나 납치되었을 거고, 제가 섬기는 분의 비밀은 그대로 흘러나갔겠지요. 명예를 위해 목숨을 아까워하지 않는 고귀한 분들께서는 아랫사람들도 당연히 그러기를 바랄 것입니다. 그렇기에 저 역시 목숨을 걸고 상대를 베었습니다. 그 행동에는 후회도 사과도 있을 수 없습니다."

켈티카는 한때 왕정을 뒤집고 공화정이 들어섰다가 다시 신왕정으로 돌아간 특이한 이력의 도시였다. 그런 사건을 겪은 결과 켈티카 사람들이 귀족이나 왕을 바라보는 시선도 다른 지역과 사뭇 달라졌다. 제법 많은 켈티카 시민들이 '아, 왕이나 귀족을 쫓아내고 죽여도 하늘에서 벼락이 떨어지지는 않는구나'라는 걸 배웠기 때문이다.

따라서 이스핀이 한 말은 켈티카에서도 새로 등장한 문물에 해당하는 치안청 소속 수사관에게는 다소 예스러운 관점이었다. 동시에 아직까지도 귀족들이 가장 좋아하는 관점이기도 했다. 귀족을 섬기는 비서라니까 그런 생각인 것도 이상

할 건 없었지만 젊은 나이에 저렇게 진지하게 말하는 경우도 흔치 않았으므로 바일러는 조금 이채롭다는 것처럼 이스핀을 봤다.

"뭐 좋아. 마이그너 남작님은 만족하시겠지. 하지만 치안청은 남작님을 섬기지 않잖소? 그러니 당신과 관점이 같을 순 없는 거요. 여기가 전쟁터도 아닌데 시민끼리 칼을 휘두르도록 그냥 내버려둘 수는 없는 것 아니오."

"하지만 국왕 폐하를 섬기시지 않습니까? 국왕 폐하의 뜻을 받들어 시민들을 보호하고 계시지 않습니까? 수사관님은 국왕 폐하의 명예를 위해서 필요하다면 어떤 상대든 베어야 하겠죠. 그러니 제가 남작님을 위해 그래서는 안 된다는 말씀을 하시진 못할 겁니다."

그즈음 코가 막힌 막시민은 잠에서 깨어나 원인이 된 손을 발견하고는 그 손의 주인을 흘끔 봤다. 뭔가 열심히 말하는 중이라 막시민이 깬 것은 아직 모르는 모양이었지만. 목소리만 들어봐도 경험은 부족하지만 열정 넘치는 비서 역할을 성실하게 수행중인 듯했다. 그나저나 지금껏 그의 잠을 깨우려고 노력했던 사람이 한둘이 아니었는데 이보다 간단하고 효율적인 방법을 택한 사람은 없었던 것 같았다.

"그거야 물론…… 아아, 뭐 됐어. 그 문젠 다친 쪽이 깨어난 다음에 신문해보면 될 일이니까. 하여간 당신의 주장은 그

자들이 먼저 접근해서 당신들을 납치하려 했다는 거군. 대체
왜라고 생각했소?"

"말씀드렸다시피 플레상스 경을 납치했음을 제 입으로 자
백한 자들입니다. 수사관님 앞에서 감히 추측하자면 데려간
플레상스 경이 말을 듣지 않았던 게 아닐까요? 그래서 그 손
자까지 납치해서 협박하려 했던 것이 아닐까 싶습니다."

"그래. 기록에도 그렇게 적혀 있군. 그런데 그들이 플레상
스 경은 또 왜 납치했지?"

"그건 제가 아니라 그자들에게 물어보셔야 할 질문이 아닐
까요? 그자들이 자기 입으로 플레상스 경을 데리고 있다고
말해주기 전까지는 저희도 몰랐던 사실이거든요. 하지만 그
집에 이런 것이 남아 있었는데……"

이스핀이 주머니에서 검은 리본을 꺼내들었다. 그걸 보는
바일러의 눈빛이 약간 변했다.

"이웃이 얘기해주기를 이건 이 동네에서 악명 높은 지하
조직의 표식이라더군요. 전 지금껏 시키는 일만 성실히 하며
살아왔기 때문에 지하 조직 같은 것과는 한 번도 관계되어본
적이 없었습니다. 그래서 그 얘기를 곧이듣지도 않았고요. 하
지만 오늘 이런 위험천만한 습격을 당해서 죽을 뻔하고 보니
그 얘기가 사실이었구나 싶고, 너무나 무섭네요. 앞으로도 저
들의 보복이 없으리라는 보장은……"

바일러가 손을 내밀어 리본을 받아 갔다. 슬슬 이야기에 귀를 기울이기 시작한 막시민은 "죽을 뻔하고……"라는 말을 들으며 "지금 네가 죽이고 있거든"이라고 뇌까린 다음 코를 집은 이스핀의 손을 겹쳐 잡아 뒤로 뺐다. 이스핀이 얼른 돌아보더니 얼굴을 바짝 들이대면서 눈을 부라린 다음 상냥하게 물었다.

"아, 깨어난 건가요, 슈발리에? 정말 다행이네요. 몸은 어때요? 심호흡 좀 해보세요."

"심호흡……이란 게 필요한 것 같긴 하군요."

코가 막혀 있었다보니 진짜로 숨이 차서 이스핀의 부축을 받아 몸을 일으킨 막시민은 기침을 몇 번 했다. 이것도 노리고 코를 막았던 거냐고.

"가슴이 답답하고 머리가 아직도 어지러워서…… 두통도 좀 있고 속이 메슥거려……"

그러면서 이마를 짚었다가, 가슴을 문질렀다가 하며 제법 환자답게 굴었다. 이스핀은 눈을 가늘게 뜨고 바라보면서 자다가 일어나느라 배역을 아예 잊어버리진 않은 모양이라고 판단했다. 막시민을 지켜보고 있던 바일러가 고개를 끄덕였다.

"의사를 빨리 만나보긴 해야 할 모양이군. 진술은 할 수 있소? 난 치안청의 이폴레트인 지크 바일러요. 먼저 당신이 플레상스 경의 손자라고 들었는데 맞습니까?"

"……그렇습니다."

"이름은?"

"막시밀리앵 드 플레상스라고 합니다."

"말하기 괜찮다면 플레상스 경이 왜 납치됐는지 짐작 가는 일을 말해보시오. 위험한 사건에 연루됐다든가."

"으음, 그게…… 제가 켈티카에 오랜만에 들렀다보니 요즘 할아버지께서 어떻게 지내셨는지는 잘 모릅니다. 어려운 사람들을 도와주시곤 했다는 얘기만 전부터 들어왔는데, 최근에 도움을 청했던 사람이 어느 지하 조직의 미움을 샀던 듯하다고…… 이웃이 그렇게 얘기하더군요. 그 얘기를 들었을 때까지만 해도 대낮에 시장 거리에서 대놓고 습격해올 줄은 상상도 못했습니다만."

막시민은 바일러를 덮어놓고 믿을 수는 없다고 생각했기에 파울에 대한 이야기나 청어절임, 데보라에 대한 부분은 일단 생략했다. 바일러가 말했다.

"뭔가 위험천만한 일에 휘말린 모양이지. 심각한 사건은 잘 건드리지 않는 것 같더니."

"할아버지를 잘 아십니까?"

바일러가 고개를 애매하게 끄덕거렸다.

"그리 잘 아는 건 아니고, 이쪽에 왔다갔다할 일이 있다보니 치안대원들에게 얘기를 들어 알고 있소. 젊어서 이폴레트였던 분이잖소? 은퇴한 후에 소일거리 삼아 사람들의 문젯거리를 해결해주기도 했다지만 본격적인 수사가 필요한 사건은 이폴레트한테 넘겼다고 들었소. 하지만 이번에는 그러지 않았는데 이유를 모르겠군그래."

이폴레트는 지금도 일반인이 쉽사리 만날 수 있는 상대가 아니었지만 옛날에는 훨씬 대단한 존재로 여겨졌다. 지금은 치안청 규모가 커졌지만 구왕정 시대만 해도 그렇지 않았고 이폴레트도 숫자가 극히 적었다고 들었다. 당시에 이폴레트가 되었다는 것은 수사 능력을 인정받아 특별히 뽑혔다는 뜻으로 사람들도 기사 작위라도 받은 양 존경심을 담아 바라봤다고 했다. 이폴레트라는 이름의 유래가 된 견장이 금색과 푸른색으로 화려한 이유도 당시에는 국왕이 직접 이폴레트를 임명했기 때문이다.

이스핀이 말했다.

"오해에 휘말린 무고한 사람을 보호해주려다가 그렇게 되지 않았을까요? 치안청에 알리면 오히려 체포될 만한 누명을 썼다거나, 또는 지하 조직에서 살해하겠다고 위협했을지도 모르죠. 저들의 한패거리도 입을 열 것 같으니까 단도를 던져서 죽여버리는 자들이니 충분히 그럴 만하다고 생각합니다."

바일러는 '뭐 그럴 수도 있겠지' 정도의 표정으로 눈썹만

올리더니 물었다.

"그렇지. 당신이 섬기는 남작이 의뢰한 문제가 이 일과 관계가 있는 건 아니오?"

"아뇨. 이쪽은 의뢰를 하려고 찾아가보니 이미 플레상스 경이 사라져버린 상황이었으니 그럴 것 같진 않습니다."

그러면서 이스핀도 파울 얘기를 꺼내야 할지 말아야 할지 가늠하며 막시민 쪽을 봤다. 그런데 막시민은 다른 것을 뚫어져라 보고 있었다. 바일러가 테이블에 내려놓았던 검은 리본이었다.

"그거, 어디서 난 겁니까?"

"조금 전에 콜롱브 군이 준 거요. 플레상스 경의 집에 있었다고 했지."

순간 막시민의 미간에 확 힘이 들어갔다.

"역시 그거였군요. 그 리본을 할아버지의 의자에 붙여놨더란 말이죠. 그러면 찾는 걸 포기하라는 뜻이라던데, 정말 웃기지도 않는 노릇 아닙니까? 이까짓 리본이 붙어 있다고 가족을 포기하라고요?"

아침에 방에서 나오며 했던 말이 그대로 튀어나오는 바람에 이스핀은 저도 모르게 움직임을 멈췄다. 예상치 못한 순간이어서였을까, 목소리에 깃든 분노가 자신의 것과 겹쳐지면서 저절로 얼굴이 굳어졌다. 막시민은 아마 단순히 떠오르는 대로 써먹은 것뿐이겠지만, 그리고 연기일 뿐이겠지만 어쨌든 화를 내고 있었고 마치 이스핀의 입장이 되기라도 한 것처럼 이어 내뱉었다.

"웃기지 말라고 하십쇼. 그분인가 뭔가가 어디의 대단한 작자든, 지하 세계의 거물이든 뭐든, 가족을 납치해 갔는데 겁을 준다고 얌전히 참을 거라고 봤다면 한참 잘못 생각한 겁니다. 전 무슨 수를 써서든 되찾겠습니다."

막시민은 바일러와 몇 마디 나눠보면서 이자가 일부러 모호한 태도를 취하려 한다는 걸 알아차렸다. 그래서 상대를 코너로 밀어붙여보기로 했다. 이쪽이 격하게 나오면 듣는 사람도 어느 쪽으로 기울어지든 분명한 태도를 보일 수밖에 없기 때문이다. 마치 세계 흔들어서 낟알과 돌을 가르듯. 바일러는 큼큼 하고 잔기침을 하더니 말했다.

"뭐 젊은이답게 좋은 말이지만 당신, 뭘 좀 알고 하는 말입니까? 상대방에 대해서?"

"힘없는 어르신을 납치해 가고 남의 집 가재도구를 모조리 박살내는 파렴치한 놈들인 건 잘 알죠."

"흠…… 내가 충고 하나 하겠는데 일을 너무 크게 만들지 않는 편이 나을 거요. 여러 사람 위험해질지도 모르니까."

그 말 한마디로 막시민도, 이스핀도 알았다. 바일러는 '그분'이 누구인지 알고 있었다.

"그 말씀은, 저희 할아버지가 납치된 사건을 수사하지 않겠다는 말씀입니까?"

"그건 아니지…… 하지만 수사를 한다고 모든 사건이 해결되는 건 아니라오. 그 정도는 알겠지만."

"물론 그렇겠지요. 하지만 수사는 시작되지도 않았는데 벌써부터 그런 말씀을 하시면 저희가 어떻게 받아들여야 합니까?"

"들은 그대로요. 모든 사건은 해결될 수도 있고 아니기도 하다는 거지. 치안청은 항상 인력이 모자라고 이폴레트 한 명에게 할당되는 사건은 수십 가지가 넘소. 그 와중에 하나가 더해진 건데 내가 모든 사건을 반드시 해결하겠다고 호언장담해야 하겠소?"

예상대로 상대의 태도는 분명해졌다. 바일러의 말은 명백한 책임 회피였다. 사건을 해결하지 못했다고 수사관에게 죄가 생기지는 않는다. 그러므로 피해자에게 처음부터 희망을 버리라는 소리를 할 필요도 없다. 그저 해결하지 못하면 그걸로 그만인데 왜 파헤치지 말라는 뉘앙스의 말을 하는 것인가? 그야 파헤치기 싫어서겠지.

막시민은 침착하게 바일러를 주시했다.

"그렇군요. 오브리라는 자는 무기와 독약으로 저희를 습격했고, 현장에서 치안대원들의 손에 연행되어 이곳 지하에 얌전히 갇혀 있는데, 그리고 그자는 제 입으로 할아버지를 납치했다고 자백하기까지 했지만, 그런 사건을 해결하지 못하는 일도 일어날 수가 있겠죠. 그야 오브리라는 자를 붙들고 '귀하가 플레상스 경을 납치하셨습니까? 아니라고요? 저런 오해가 있었나보군요. 그럼 안녕히 가십시오'라고 한다면 불가능한 일도 아니겠죠."

"아니, 지금……"

"하지만 그런 일은 역시 벌어질 리가 없겠죠? 왜냐하면 이 폴레트는 켈티카에서 가장 까다로운 사건들을 해결해온 뛰어난 분들이니까요. 저는 예전부터 할아버지에게 들어서 잘 알고 있습니다. 그런 분이 제 할아버지를 찾아주신다니 저는 안심하고 집에 가서 기다리기만 하면 될 것 같습니다. 정말 든든하군요."

바일러는 이놈이 무슨 소릴 하려는 건가 싶은 눈빛이었다. 분위기를 눈치챈 이스핀도 말을 받았다.

"물론이죠. 국왕 폐하께서 켈티카 시민들을 지키고자 내려주신 수호자들이 아니던가요? 존귀, 지엄하신 국왕 폐하께서는 저의 주인이신 마이그너 남작과는 비교할 수 없는 충성을 받으셔야 마땅한 분이라고 믿어 의심치 않습니다."

"……"

막시민과 이스핀이 웃음기도 없이 눈만 반짝이며 바일러를

켈티카 치안대 남부 분소의 두 사람

쳐다보는 가운데 바일러는 불편해졌는지 헛기침을 몇 번 했다. 현장 검거와 용의자와 자백이라는 삼박자가 다 갖춰진 사건을 능력이 없어 해결하지 못한다니 말이 되는가? 일개 남작의 비서인 자신이 이런 충성을 바치는데 국왕을 섬기는 이 폴레트가 수사를 대충한다니 가당키나 한 일인가? 둘이 이런 소리를 하고 있다는 걸 바일러 또한 모르지는 않았다. 하지만 그는 역시 이런 일을 하루이틀 해온 사람이 아니었다.

"다 맞는 말이야. 알았으니까 이제 사건은 나한테 맡겨두고 그만들 돌아가시오. 새로운 사실이 생기면 내 쪽에서 연락하도록 하겠소."

그 말을 들은 이스핀은 그만하면 만족했다는 것처럼 어깨를 움츠려 보였다. 그녀는 치안청이 그들의 문제에 도움을 주리라는 기대를 이미 접었다. 그렇다면 사람은 왜 베었느냐는 둥 귀찮게 굴지 말고 보내주기나 하면 된다.

하지만 막시민은 생각이 달랐던 모양이었다.

"아직 궁금한 게 있는데요. 오브리는 이미 신문하셨습니까? 그자는 뭐라던가요?"

"아직 입을 열지 않더군. 내일쯤에는 열겠지."

"안 열면요?"

"우리에겐 여러 가지 수단이 있소. 너무 걱정 말고 돌아가시오."

"아아, 그렇다면 다행이고요. 그런데 한 가지만 더 여쭤보고 싶은데요. 그자들이 섬긴다는 '그분'이 대체 누굽니까?"

바일러와 막시민의 시선이 마주쳤다. 바일러의 얼굴에는 억지로 그런 것처럼 아무런 표정도 없었다. 그런 채로 그가 말했다.

"그냥, 사업가요."

사업가라는 말은 최근에 생겨난 단어였다. 예전에는 상인이라고 통칭했던 사람들이지만 그들이 하는 일이 점차 다양해지면서 이런저런 새로운 이름이 생겨났다. 사업가는 주로 시설을 만들거나 많은 사람을 고용해야 하는 일로 돈을 버는 상인들을 가리켰다. 옷감 공장, 규모 있는 식당, 마차 제조, 목공소, 인쇄업, 호텔……

막시민이 고개를 갸우뚱했다.

"제가 시골 출신이라 잘 모르겠는데 켈티카에서는 사업가가 아랫사람들을 시켜서 사람 많은 시장 바닥에서 살인도 저지르고 그럽니까? 은퇴한 이폴레트가 마음에 안 드는 일을 했다고 납치해서 협박하고……"

"그런 건 사업가를 만나면 물어보든가 하시오. 하지만 하나 말해두겠는데 플레상스 경이 문제를 일으킨 건 이번이 처음이 아니라오. 이 년 전 어떤 남작께서 자택에서 심장마비로 쓰러져 죽은 채로 발견된 일이 있었소. 그때 집사라는 자가 심장마비가 아니라 살인이라고 생각하면서 치안청에 수사를 요청했소. 하지만 누가 침입한 증거가 전혀 없었기 때문에 수사할 만한 건 없었고, 우리가 손을 떼니까 플레상스 경을 찾아가 의뢰를 했던 모양이었지. 그래서 플레상스 경이 그 댁에 몇 번 드나들었더니 상속인이 불쾌해하면서 그만 손을 떼라고 했는데 말을 듣지 않으니까 오히려 치안대를 부르는 상황이 벌어졌소. 그후 플레상스 경이 따로 치안청에 와서 이사건은 살인이 맞는다면서 다시 수사해야 한다고 주장했지만 아무도 곧이듣지 않았지. 그때 플레상스 경이 용의자라고 지목했던 인물이 바로 그…… 사람이었소."

"왜였습니까?"

바일러가 헛웃음을 지었다.

"그야말로 아무 근거가 없었소. 그러니까 누구도 귀를 기울이지 않았던 게 아니겠소? 그냥 악명이 좀 있으니까 지목한 거 아니냐고 누가 그러던데 설마 이폴레트 출신인 사람이 그랬을 것 같진 않고…… 하여튼 그 시점에서는 이렇다 할 증거를 대지 못했지. 그런 얘기가 그 사람 귀에 들어갔다면 좀 달갑지 않기도 했겠고."

"그 말씀은 이번 사건의 불씨를 할아버지가 제공했다는 뜻처럼 들리는군요. 아닌가요?"

"그런 뜻은 아니고, 그게 이 년 전이니 그후로도 같은 생각이었다면 계속해서 조사하다가 점차 서로 부딪치게 된 건 아닐까 싶다는 거요. 궁금하면 그 집사를 찾아가 물어보시오."

"그걸 물어보러 가야 할 사람은 저희가 아니라 수사관님 아닙니까?"

"이보시오."

바일러가 자세를 고치더니 탁자에 내려놓았던 검은 리본을 도로 집어 매만졌다.

"내가 오늘 당신들한테 여러 가지 얘기를 하고 조언까지 해준 건 호의라는 걸 아시오. 나도 이 사건이 안타깝다고 생각하고 이제부터 수사도 하겠지만, 아까도 말했듯 '이폴레트가 손댄 모든 사건이 해결되는 건 아니오'. 알겠소?"

"……."

바일러가 뒷부분을 힘주어 말한 이유는 묻지 않아도 뻔했다. 더 다그치는 것이 의미가 없다는 것도 알았다. 청어절임이 아이언페이스를 증오하면서 동시에 두려워하던 모습이 떠올랐다. 이폴레트인 바일러도 아마 많은 것을 보아왔을 것이다. 처음 마주친 젊은이들에게 모든 것을 말해줄 수는 없었겠지만. 다시 말해 화가 치미는 상황이긴 해도 어쩌면 정말로 호의였을 것이다. 아무 말도 해주지 않았어도 그만이 아니었겠는가.

이스핀이 벌떡 일어섰다.

"네, 잘 알겠습니다. 호의에 감사드립니다. 그만 가시죠, 슈발리에."

막시민도 천천히 따라 일어났지만 다시 바일러를 내려다보며 기묘하게 예의바른 어조로 물었다.

"사업가라고 했으니 그 사람에게도 대외적 이름이란 게 있겠죠. 괜찮다면 알려주시지 않겠습니까?"

"스테어 아이언스라고 하던데 본명인지는 잘 모르겠더군. 철강 길드로 성공한 사람이 이름도 아이언스라니, 우연치고는 꽤 별나니까 말이오."

"만나본 적이 있으십니까?"

"은둔자라 얼굴 아는 사람은 별로 없는 것 같소. 나도 물론 본 적이 없고."

"잘 알겠습니다. 감사합니다."

조사실을 나와 칸막이 바깥쪽까지 가는 동안 몇 사람이 그들을 힐끗거렸다. 둘은 말없이 걸어나와 칸막이를 통과해 여전히 대기중인 사람들 틈을 비집고 밖으로 나왔다. 그러고도 한동안 더 걸었다. 상점가를 통과해 주택가로 접어들 무렵 이스핀이 입을 열었다.

"막시민."

"응."

"너 무슨 생각 해."

둘 다 목소리가 가라앉아 있었다. 몇 걸음 내쳐 걷던 막시민이 멈춰 서더니 몸을 돌려 이스핀을 마주봤다. 한동안 뭔가를 찾듯 들여다보고 있었다. 문 닫힌 구두 가게의 동그란 주물 간판 아래, 좁다랗고 얼룩진 회색 벽 앞이었다.

"너…… 되게 괜찮지 않지?"

갑작스럽게 나온 말이라 이스핀은 눈만 몇 번 깜빡이고 있었다.

"무슨 소리야?"

"너 내가 상상 못할 뭔가에 쫓기고 있지?"

"응?"

조금 전, 둘은 아이언페이스가 겉보기에는 버젓한 사업가이고, 대낮에 사람을 죽이거나 납치하는데도 치안청의 가장 뛰어난 사냥꾼들인 이폴레트조차 그자와 관련된 일을 파헤치기 싫어한다는 불쾌한 사실을 깨닫고 나오는 참이었다. 그리고 아이언페이스는 막시민과 이스핀을 붙잡아 제 눈앞에 세워놓고 싶어한다는 점을 분명히 했다. 일이 이렇게까지 됐는데 쉽사리 포기할 리가 없다. 그러니 그들이 쫓긴다고 봐도 틀린 말은 아닐 것이다. 하지만 지금 막시민이 한 말은 전혀 다른 이야기였다. 그렇다는 느낌이 들었다.

"그리고 그걸 내가 이해할 리도 없고, 알 필요도 없다고 생각하고 있지?"

둘이 너무 가까웠기에 이스핀은 턱을 쳐들어 막시민을 보았다. 오늘 벌어진 추격전과 싸움, 그리고 지루한 기다림과 실망스러운 대화 때문에 둘 다 피로해서 눈가가 어두웠고 아침에는 제법 멀쩡했던 옷차림도 흐트러졌다. 그뿐이 아니었다. 시장에서 싸움이 벌어지기 직전, 막시민은 기묘한 책을 발견하고 혼란스러워진 상태였고 뭔가 간단치 않은 가족사가 얽혀 있는 듯해서 이스핀도 다그쳐 묻지 못했던 참이었다. 그런데 막시민이 갑자기 엉뚱한 말을 내뱉었던 것이다. 말없이 입을 꾹 다문 막시민은 지금껏 본 중 가장 진지한 표정이었다.

대체 무슨 생각을 하며 꺼낸 말일까.

정확히는 모른다. 하지만 왠지 들킨 듯한 기분이 든다. 지금까지 이스핀이 누구도 끼어들지 못하게 한, 공녀를 사랑하고 충성하는 가신들에게도 나눠주지 않겠다고 결심한, 아직까지는 마음속에서만 벌어지고 있는 전쟁을 꿰뚫어보기라도 한 것처럼.

하지만……

"왜 갑자기 그런 얘길 하는지 모르겠어. 우리 둘 다 같은 인간한테 쫓기고 있잖아?"

한 박자 사이를 두고 이스핀의 대답이 나오자 막시민은 눈을 꾹 감았다가 떴다. 이어 관자놀이 언저리를 문지르며 짧은 한숨을 뱉어냈다.

"야, 내가 지금 좀 감상적일 수도 있어. 그놈의 정신 나간 소설책도 그렇고 이상한 일이 많이 벌어져서 솔직히 약간 제정신이 아닌 것 같긴 해. 나 본래 이런 거 물어보는 사람 아니고, 남의 일에 일일이 참견하는 성격도 아니고, 하여튼, 너와 나는, 아직 친구라고도 할 수 없어. 동료라고 할 수는 있겠지만 어쨌든, 그렇게까지 가까운 사이는 아니란 말이야. 그런데, 너 아까 지붕 위에서…… 그거 뭐였냐?"

"지붕 위에서?"

"한 놈 칼로 벤 다음에 말이다. 저쪽 지붕에 있던 놈들 건너오라고 손짓할 때. 그때 너 아주 이상한 느낌이 들었어. 보통 사람은 공격성을 보여도 그런 느낌이 나지는 않아. 데보라가 공격했을 때하고도 좀 달랐는데 그걸 뭐라고 불러야 할지 모르겠다만, 막다른 곳까지 왔으니 이제 끝장을 보자는…… 사람 많이 죽여본 놈들이나 풍길 법한 그…… 느낌이 있었단 말이다."

"……"

무슨 말을 하는지 알아들었다.

그 순간을 잘 안다. 속에서 불합리한 감정이 맹렬히 치솟아 온갖 가면이 벗겨져나가고 분노와 증오만이 남을 때. 그럴 때는 눈앞을 가로막은 적을 죽이는 건 물론이고 보이는 모든 것을 부수고 태워버리고 싶어진다. 무기도 아닌데 손에 쥐었던 컵을 저도 모르게 깨뜨리거나 펜대를 부러뜨린 적도 있다. 시종을 부르는 대신 보이지 않게 치워버리고는 자신에게 묻곤 했다. 왜 그러는 거야. 뭐에 그렇게 화가 난 거야. 왜 목숨이라도 위협당한 것처럼 반응한 거야. 그런 일은 전혀 없었잖아.

스스로를 잘 조절한다고 믿으며 살아왔다. 상대에 맞는 얼굴 따위, 얼마든지 만들어낼 수 있었다. 찰흙 주무르듯 손쉽게 만들어 내밀었다. 이걸 원해? 이게 필요해? 그럼 가지라고. 가지고 꺼져.

그런데 지금 막시민이 그게 뭐냐고 묻고 있는 것이다. 이스핀의 내면에 든 기괴한 우물의 잔상을 포착하고서. 그게 지나가는 그림자가 아니라고 생각하다니. 이스핀이 내보이는 온갖 얼굴을 보고도 그 밑에 다른 그림이 깔려 있을지도 모른다고 생각하다니. 이스핀 자신조차 차마 못 들여다보고 검은 천으로 덮어버렸던 것을. 그걸 왜 들여다봐? 그 밑에서 나올 건 썩은 시체 같은 것밖에 없어.

이스핀의 얼굴이 차츰 굳어가는 것을 본 막시민이 미간을 찡그렸다.

"젠장…… 이게 말이냐 뭐냐. 내가 해놓고도 뭔 소린지."

"아니. 무슨 말인지 이해했어. 그런데 넌 어디선가 그런 걸 또 봤던 거야?"

의외로 침착한 목소리였다. 막시민은 고개를 약간 움직여

긍정했다.

"딱 한 번."

"언제인데?"

"설명하기도 싫은 순간이다. 아주 끔찍한 놈이었으니까. 그래, 아까 설명한 그대로 사람 많이 죽여본 놈이었지."

"나도 그래 보여?"

말을 돌리지 않고 바로 찔러 물어온다. 막시민은 선뜻 대답하지 못했다. 그렇게 묻는 이스핀의 얼굴은 침착하다못해 약간의 미소마저 띠고 있어서 더더욱 대답하기 어려웠다. 하지만 먼저 말을 꺼낸 사람은 자신이었다. 이제 와서 망설여진다고 물러설 일이 아니었다.

"솔직히 아니라고 확언은 못하겠다."

잠시 주위가 고요해진 듯한 착각이 들었다. 여전히 사람들은 지나가고 바람은 불어왔으며 거리에는 어렴풋한 황혼이 내리는 중이었다. 이스핀이 한 발짝 물러서더니 회색 벽에 몸을 기댔다. 서쪽에서 드리워진 빛으로 얼굴 한쪽이 발그레해진 채로 그녀가 말했다.

"그런 걸 봤으면서 '뭔가에 쫓기고 있기 때문이다'라고 대단히 좋게 해석해줬네. 고마워."

"그게 그렇게 되는 거냐."

"고맙게 생각하니까 한 가지는 말해줄게. 나 아직까지 사람 죽여본 적 없어."

그 말을 듣자 막혔던 숨이 트이듯 마음이 놓이며 약한 한숨
이 나왔다. 분명 먼저 의심했으면서도 그런 인간은 아닐 거라
고 믿고 싶었던 모양이다. 막시민이 미간을 펴려는 순간 다음
말이 이어졌다.

"왜냐하면, 그럴 기회가 오지 않았기 때문에."

"······."

막시민의 얼굴도 마찬가지로 한쪽만 불그레한 빛에 물들어
있었다. 둘 다 풍경화 속에 든 듯 무표정하게, 이제부터 돌아
서서 가버리면 딱 어울릴 듯한 모습으로 어디로도 가지 않고
서로를 보고 있었다.

이스핀이 다시 입을 열었다.

"막시민. 난 어디서든, 누구하고든, 얼마든지 잘 지낼 수
있는 사람이야. 너무 깊이 파헤치지만 않으면. 네가 그런 생
각이라면 네 앞에서 사람 죽일 일은 앞으로도 없도록 해볼게.
난 너와 잘 지내고 싶어. 필요해서이기도 하지만 즐겁기도 해
서야. 앞으로도 우린 서로에게 도움이 될 거야. 언젠가는 친
구가 될지도 모르지. 그러니까 진심으로 말하는데, 이제 그만
해. 거기서 멈춰."

막시민이 다리를 삐딱하게 짚으며 눈썹을 찡그렸다.

"······넌 그런 말이 이해가 되냐? 난 안 되는데."

"안 되었나? 내가 재주가 부족했네. 하지만 이건 알아줘. 내가 이 말을 하는 것도 널 존중하기 때문이야. '그땐 무섭기도 하고 너무 화가 나서 제정신이 아니었나봐. 미안해'라고 하면 적당히 넘어가기 좋을 텐데 왜 굳이 이런 얘길 한다고 생각해?"

"아, 그래? 그러면 내가 넘어갈 거라고 생각한단 말이지? 하긴 누구도 네가 어떤 사람이고 어떤 상태인지 증명이야 못 하겠지. 그런 걸 확신하듯 말한 내가 이상한 놈이지. 갑자기 그따위 소릴 한 건 오늘 갑자기 십구 년이나 속속들이 알아온 나란 놈이 내 생각과 다른 뭔가일지도 모른단 생각을 하게 되어서였을 거고, 그래서 너란 애한테도 겉보기와는 다른 뭔가가 있다는 기묘한 확신 같은 걸 하게 돼버린 거지. 그래, 다 헛짚었고 웃기는 얘기야. 그만두자."

말을 맺은 막시민은 고개를 돌려버렸다. 이스핀은 뭐라 말하려다가 막시민이 고개를 돌리는 바람에 멈추고 막시민이 들고 있는 가방을 내려다보았다. 그러자 뭔가가 떠올랐다.

"너, 그 가방으로 오브리를 때렸던 거……"

"그래. 네가 그놈 죽일까봐 그랬다. 삼 초만 늦었으면 찔렀겠지. 늘 기회가 없어서 못 그러다가 모처럼 잡았는데 내가 망쳤냐?"

"아니……"

이스핀은 눈을 내리깔았다. 정말 생각지도 못한, 방향조차 뜻밖인 배려라는 생각이 들어 기분이 이상했다. 열한 살에 스스로의 뜻으로 에투알에 들어간 후로 오늘까지 자신이 쥔 에투알 수련병의 검에, 공녀의 검에, 피를 묻히지 않기를 바란다고 말해준 사람은 없었다. 에투알은 군인이고 군인은 적을 벤다. 공녀는 무례한 자, 불충한 자를 뜻대로 벨 수 있다.

그렇게 살아왔다. 피가 무섭다고 생각한 적은 없었다. 피는 어디에나 있었다. 오를란느인은 피를 10월의 눈이라고 불렀다. 목숨이 끊겨가는 잎들로 숲에서도 호수에서도 희미한 피 비린내가 풍기는 계절에, 하늘조차 붉어진 황혼녘이면 요정들의 세계에는 붉은 눈이 떨어진다. 요정들이 그 눈에 물들고 나면 싸늘한 허공을 검으로 긋기만 해도 붉은 물이 뚝뚝 떨어진다고 했다. 아마도 칼날에 매달린 석양빛을 비유한 것이었겠지. 그런 이야기를 서너 살에 잠자리 동화로 듣곤 했다. 그 이야기는 좋았다. 10월에 태어난 작은 샤를로트는 빨간 옷을 좋아했잖아. 왜냐하면 요정들이 입었을 것 같았으니까.

그렇듯 자연스럽게 받아들였던 자신을 처음으로, 낯설고 기괴한 뭔가로 바라보는 시선을 깨닫자 온몸이 기묘하게 근질거렸다. 내가 이상했던 거야? 넌 나처럼 생각하지 않는다는 거야? 그런 인간은 상상도 안 된다는 거야? 너와 내가 비록 달랐지만 같이 농담도 주고받고 웃을 수도 있었는데, 이

지점부터 갈라져 너는 사람이고 나는 괴물인 거야?

아니, 아니다……

두 사람은 다를 수밖에 없었다. 이스핀이 되고자 했던 에투알은 살인 병기를 목표로 하는 존재다. 에투알 중에서 공녀를 위협하는 자를 베어버리지 않을 자는 아무도 없다. 공녀인 자신도 마찬가지다. 대공국을 위협하는 자라면 용서 없이 벨 것이다. 지금껏 몇 번이나 보이지 않는 공격에 맞섰고, 그때마다 누군가는 공녀 대신 칼을 피로 적셨기에 살아났다. 살얼음이 낀 핏빛 칼날 같은 자신의 세계를 남쪽의 따뜻한 땅에서, 자유롭고 안전한 마법 학교에서 공부하다가 온 사람에게 몇마디 말로 이해시킬 수 있을 리 없다.

하지만 그런 사람이 혐오스러운 표정으로 도망치는 대신 묻고 있었다. 네가 그런 사람이 된 건 그렇게 태어나서가 아니라 뭔가 무서운 것에 쫓기고 있기 때문이 아니냐고. 네 악몽이 뭔지는 모르지만 가능하다면 벗어나게 해주고 싶다고. 하다못해 가방을 휘둘러서라도.

그런 생각을 하는 이스핀은 저도 모르게 입술을 깨문 채 눈만 치뜨고 막시민을 올려다보고 있었다. 아이 시절에 억울했을 때처럼. 발레복을 입은 채로 검술 수업을 받겠다고 우겨대다가 둘 중 하나만 하라고 딱 잘라 말하는 베르나르를 노려보던 때처럼. 왜 그러고 싶었는지 설명할 순 없었다. 지금도 마

켈티카 치안대 남부 분소의 두 사람

찬가지다. 너는 아직 알 수 없어. 아니, 앞으로도 알 수 없어. 내가 피비린내를 좋아하는 게 아니라는 것도, 마음속에 지옥으로 내려가는 뻥 뚫린 구멍이 있다는 것도. 그 사과들이 속삭여줬지. 너는 오래된 죄가 낳은 자손이라고. 네 피 속에는 선물만 든 것이 아니며 넌 언젠가 빚을 갚게 될 거라고.

막시민은 그런 이스핀이 무언의 항변을 한다고 느낀 듯했다. 왜 자신을 이해해주지 않느냐고. 하지만 이스핀은 아무것도 설명하려 하지 않고 그냥 모르는 체해달라고만 했다. 물론 그편이 옳을 수도 있다. 하지만 그건…… 상대를 소통 가능한 인간으로 보지 않는 것 아닌가.

"그래, 존중의 의미에서 말했단 말이지. 하지만 한 가지만은 틀렸어. 그런 식으로 우리가 수십 년을 함께 보낸들……"

막시민은 입술을 꾹 다물었다가 씹어뱉듯 말을 맺었다.

"친구 따윈 절대로 못 될 거다."

이스핀이 천천히 고개를 끄덕였다.

"그래, 알았어. 그건 포기할게. 친구라니, 하긴 참 사치스러운 거지. 동료로도 만족해."

몸을 돌린 둘은 다시 걸어갔다. 아무 일도 없었던 것처럼.

먼저 마음이 상한 인간 따위는 둘 다 되고 싶지 않았기 때문일까. 이 정도로 감정의 밑바닥을 건드리고 나면 당장 헤어지지 않더라도 한동안 말 따위는 나누고 싶지 않을 것도 같은

데, 하더라도 냉담한 몇 마디에 불과할 것 같은데, 스무 걸음 쯤 걷고 난 이스핀이 물었다.

"그런데 말이야, 너 왜 가방 속에 프시키를 넣고 다녀?"

"……뭐?"

막시민도 곧 떠올렸다. 지붕 위에서 가방이 열렸을 때 물건들이 쏟아져나왔고, 그게 허공에 멈추었고, 이스핀이 손을 움직이자 도로 들어갔다. 프시키를 다뤄서 한 일이겠거니 생각했지만 그때는 물어볼 겨를이 없었다.

"그거 네가 어떻게 한 거 아니었냐? 프시키인가 하는 놈들을 다뤄서?"

"반만 맞는데, 그 물건들을 가방 속에 도로 쓸어넣은 건 물론 나야. 하지만 그전에 먼저 허공에서 멈추었잖아. 그건 내가 아니었어. 네 가방 속에서 어떤 힘이 뻗어나와서 그것들을 잡았는데…… 프시키라는 건 알았지만 좀 이상했어. 지금껏 본 적이 없는 형태랄까."

"그놈들이 형태도 있냐?"

"그런 형태가 아니고…… 양상이라고 해야 하려나. 네 가방 속 어딘가에 숨어 있었던 모양인데 부분적으로만 존재를 드러내더니 날아가는 물건들을 움켜잡았거든. 아마도 몸 일부를 변형시켜서. 내가 명령을 내리지도 않았는데 제 뜻으로 그렇게 바꾼 거야. 일반적인 프시키는 마치 떠다니는 찰흙 같은 상태여서 내가 의지를 불어넣어야만 의미 있는 형태로 바뀌거든? 왜 그랬는지도 모르겠어. 그 안에 무슨 중대한 것이 있었을까? 대부분 식료품이었잖아?"

물론 이스핀은 프시키가 제 뜻으로 모습을 바꾸는 것을 본 적이 있었다. 사과의 섬에서, 첫 조우 때. 그때 동굴 속에 가득했던 프시키들은 불꽃 같은 새들로, 벽으로, 들개로 계속 모습을 바꾸었다…… 이스핀이 블러디드의 힘을 처음 각성했던 날이고, 나중에 로랑과 크루파드가 프시키의 목소리를 들었다고 말해주기도 했던 날이었다. 그 특별했던 날 후로 다시는 그런 적이 없었다. 물론 목소리를 들은 적도 없었다.

막시민도 잘 이해가 안 간다는 표정이었다. 그에게는 이스핀이 프시키를 다룬다는 것조차 '네가 그렇다고 하니 믿긴 하겠다'일 뿐 진짜로 납득하기는 힘든 영역이었다.

"그리고 가장 이상한 건, 프시키가 네 가방 속에 들어 있었다면 왜 내가 그때까지는 몰랐던 걸까? 네 가방에 무슨 특별한 힘이라도 있는 거야? 하지만 플레상스 경의 집에서 열쇠꺼낼 때 가방을 열기도 했고 나도 들여다봤잖아. 그때도 프시키가 보이진 않았단 말이야. 아니, 사실은…… 조금 이상하긴 했어. 보이지는 않는데 에너지 같은 게 느껴지긴 했었지……"

이스핀은 말하면서 자신도 미심쩍은지 눈살을 찌푸렸다. 사 년 전 동굴에서 로랑의 검으로 베었던 프시키는 동그란 구슬로 변했다. 하지만 마리 루이가 건네받자 곧 사그라져버렸다. 나중에 마리 루이는 그 구슬을 쌌던 천이 마력을 비롯한 에너지를 차단하는 힘이 부여된 것이었다고 말해주었다. 그렇게 차단하니까 형태가 무너져 가루로 변했던 것 같다고.

그렇다면 구슬 상태였을 때까지만 해도 프시키는 죽은 게 아니었을 것이다. 사실 프시키가 정말로 죽는지는 아직껏 아무도 모른다. 다만 확실한 건 프시키가 형태를 가진 물건으로 변할 수가 있다는 점이다. 그렇게 변하면 이스핀의 눈에 쉽사리 띄지 않게 된다는 것도.

"돌아가면 네 가방 속을 좀 봐도 될까? 물론 실례란 건 알지만."

"좋을 대로. 별건 없으니까."

이스핀은 고개를 끄덕거리며 걸음에 리듬을 주었다. 구두가 보도를 딛는 소리가 경쾌해졌다. 싸움 도중에 사라져버린 먼지떨이가 아직 있는 것처럼 손을 가볍게 저어보더니 불쑥 결연한 표정으로 중얼거렸다.

"청소는 좀 해놨겠지, 너희 둘?"

막시민은 그런 이스핀을 보며 생각했다. 순식간에 아무것도 없던 것처럼 매끈한 표면으로 변해버리는군. 깊은 호수에 돌을 던져봤자 파문이나 몇 가닥 번질 뿐 흔적은 남지 않는다는 것처럼. 약간 섬뜩하기도 하고 조바심이 나는 것 같기도 하고…… 묘하게 입술을 사리물게 만드는 데가 있다.

널 믿지 못해 아무것도 알려줄 수 없다고 철벽을 쳐버린 애한테는 화가 나거나 신경쓰기 싫어지는 게 보통이 아닌가? 그런 애의 속을 알아내려 해봤자 마음만 상할 것 같은데, 기껏 알아낸대도 보통 사람이 범접하기 힘든 끔찍한 모습이나 튀어나올 것 같은데, 왜 알아내고 싶을까. 왜 평소처럼 만사 귀찮으니 알게 뭐냐는 태도로 물러나버리지 않고 새롭게 대결을 벌여서, 파헤쳐서, 심지어 이기고 싶을까.

마치 오랫동안 뒤쫓은 범죄자의 심리가 궁금해서 멈출 수가 없는 탐정처럼.

그런 생각을 하는 막시민을 이스핀이 한 걸음 앞지르더니 몸을 돌려 마주서며 물었다.

"그래서 너 말이야. 플레상스 경 납치 사건, 계속 조사할 거야? 물론 그분 일은 안됐지만 진짜로 네 친척은 아닌 건데 거기다가 목숨까지 걸어야 하는 이유는 없잖아."

"하려고."

"왜?"

막시민이 품을 뒤적거려 편지를 꺼내더니 이스핀에게 건네줬다.

"난 아까 조사실에서 기다리다가 읽었다. 그걸 보니까 이 양반이 나하고 아주 무관한 사람은 아니더구먼."

"그래? 하지만 어떻게?"

막시민은 대답 대신 편지를 읽어보라는 시늉을 했다. 이스 핀이 편지를 읽는 사이 막시민은 늘 방관자였던, 억지로라도 그러고자 했던 자신에게도 뭔가가 닥쳐온다는 생각을 했다. 모든 세계에 가을이 닥치듯. 지난봄과 여름 동안 무엇을 했느 냐고 묻는 수금자가 늘 닥치듯. 언제까지나 무대 밑에 있고자 했겠지만 맨 마지막 순서는 너라고.

곁에서 편지를 접는 소리가 들렸다. 석양은 이제 거리 끝 을 비추고 있었다. 막시민은 다시 걷기 시작하며 앞을 쏘아보 았다.

"내가 탐정이 되려고."

켈티카 치안대 남부 분소의 두 사람

플로레종

친애하는 리프크네 군,

펜을 들었으나 마음이 복잡하여 첫마디를 어찌 꺼내면 좋을지 심히 망설여지는구려.

이 년 전, 네냐-야플리아의 디아나 로렐딘 교수님이 내게 특별한 방법으로 편지 한 통을 주셨소. 당 학교에 입학 예정인 막시민 리프크네라는 학생의 부모 및 후견인을 찾을 수 없어 부득이하게 신분 확인을 위한 질의를 보낸다는 내용이었소.

그 편지가 나를 얼마나 놀라게 했는지 모를 거요. '리프크네'라는 이름은 내게 아득하게 멀어졌지만 동시에 소중히 간직한 추억이었다오. 하지만 다시 마주하게 될 날이 오리라고 기대하지 못했던 이름이기도 했소.

물론 당시 나는 리프크네 군이 어떤 사람인지 전혀 알지 못했기 때문에 내가 아는 것들만을 쓰고는 오히려 리프크네 군에 대해 알려달라고 부탁 말씀을 드렸소. 가능하다면 직접 만나고 싶은 마음이 간절했소. 하지만 교수님은 확인은 고맙지만 네냐플 학생의 신상을 알려주거나 만남을 주선할 수는 없다면서 정중히 거절하셨다오. 나 또한 충분히 이해할 수 있는 말씀이었소.

그렇게 이 년이 흐르고, 교수님이 부득이한 사정으로 리프크네 군을 내 집에 잠시 기거하게 하고 싶다는 말씀을 전하셨을 때 내가 얼마나 기뻤을지 짐작이 가오?

지나가버린 일이라고만 생각했던 소중한 기억과 다시 마주할 생각을 하니 기쁘면서도 떨리는 마음을 감출 수가 없구려.

오래전, 흘러간 엘반트 3세 시절에 나는 갓 세워졌던 치안청에서 역할을 맡았던 적이 있소. 국왕 폐하가 내려주셨던 견장을 어깨에 붙이고 우쭐해져서는 배가 고파 남의 곳간에 숨어든 좀도둑들을 잡곤 했다오. 까다로운 사건은 거의 없던 시절이었소. 아마 우리의 수사 능력이 부족했기 때문이기도 할 것이오.

그러다가 처음으로 우리의 수사력이 한계에 부딪힌 사건이 발생했소. 지체 높은 가문의 인물들이 연달아 세 명이나 살해된 사건이었소. 우리는 나름대로 재주와 머리를 총동원해서 그 사건을 해결하고자 했지만 역부족이었소. 문제의 흉악범은 아무런 증거도 남기지 않은 듯했소.

당시 내가 곧잘 들르던 카페가 있다오. 주인과 아는 사이여서 '플로레종'이라는 이름도 내가 지어주었던 곳이었소. 뜻은 '꽃피는 시절'이라는 뜻이라오. 구왕국에서 나름 번창했던 그 카페는 공화국을 거치면서 처신을 의심받아 신왕국이 들어선 뒤로 영업이 어려워지고 말았소. 간신히 버텨나가다가 오 년 전 아쉽게도 문을 닫고 말았다오.

어쨌든 그 시절 나는 그 카페에서 저녁을 먹거나 차를 마시는 것을 일과처럼 하고 있었소. 같은 카페에 늘 들르다보니 나처럼 자주 오는 손님들이 자연히 눈에 익게 되었소. 그런 사람들 중 종이 뭉치와 잉크병과 펜과 여러 권의 책을 가져와 늘 뭔가를 쓰는 숙녀분이 계셨다오. 특이한 모습이 의아해서 카페 주인에게 슬쩍 물어보니 그분은 늘 같은 창가 자리에 앉아 종종 점심과 저녁을 그곳에서 다 드실 정도로 오래 머무른다는 귀띔을 해주었소. 나는 그분에게 호기심이 생겨 카페에 자리가 부족하던 어느 날, 합석을 제안하게 되었다오……

"괜찮으시다면 함께 앉아도 될는지요?"
여자는 의아한 눈빛을 보냈지만 카페가 붐비고 있었으므로 빈자리가 없나보다 생각하고는 가볍게 고개를 끄덕이며 테이블 위의 책더미를 옆 의자로 치웠다. 초겨울 한파가 닥친 날이라 여자는 털모자에 팔 토시, 장갑을 꼈고, 하루종일 데운 스토브의 온기로 유리창은 하얗게 흐려져 있었다.

"저는 제레미 플레상스라고 합니다."

"전 라이지아 블라에르크예요."

그런 뒤 제레미는 차를 주문했다. 늘 마시던 홍차로. 차가 나오고 어색한 침묵이 흐르자 라이지아가 안경을 꺼내 쓰더니 찻주전자를 흥미롭게 바라보며 말했다.

"오를란느 분들도 홍차를 많이 즐기시나요?"

"제 출신을 어찌 아셨습니까?"

"성함을 말씀하시는 발음을 듣고 알았어요. 오를란느 분들의 발음은 근사하죠. 하지만 아노마라드에 오신 지 오래되셨나봐요."

"그건 또 어찌 아셨습니까?"

"오를리 커프스라고 하잖아요. 셔츠 끝을 접어서 두 겹으로 만드는 거요. 오를란느에서 온 지 얼마 안 된 분들은 다들 그런 소매 모양을 하고 계시더군요."

생각지도 못한 지적에 제레미는 조금 놀랐다. 분명히 그도 그런 커프스를 했던 시절이 있었지만 이폴레트로 일하면서 점차 단순한 셔츠에 익숙해졌던 기억이 났다. 그저 여러 가지 셔츠의 일종이라고만 생각하고 말았기에 누군가가 그걸 관찰하고 있으리라는 생각은 해본 적이 없었다.

영리한 사람인 모양이다. 제레미는 곧 빙그레 웃으며 대답했다.

"맞습니다. 하지만 차 맛은 아노마라드산이 더 좋은 것 같습니다."

라이지아도 싱긋 웃어 보였다.

"고향을 떠나 멀리 오셨는데 뭐라도 맞는 것이 있다니 잘된 일이네요."

그렇게 둘은 몇 마디를 드문드문 나누며 차를 마셨다. 대화가 끊기자 라이지아는 다시 쓰던 종이 뭉치로 돌아갔다. 제레미는 사건 생각을 하고 있다가 라이지아 옆에 쌓인 책들에 무심코 눈길을 주었다. 그 가운데 자신이 읽은 책도 있어 눈썹을 조금 올렸다. '고대의 범죄들'이라는 제목이었다.

그제야 라이지아가 뭔가를 베끼고 있지 않다는 것을 깨닫고 고개를 갸웃했다. 그는 라이지아가 필경사일 거라고 무심코 생각하고 있었다.

"뭔가를 많이 쓰시는군요."

"네. 넘기기로 한 날짜가 얼마 안 남아서요."

"실례지만 조금 궁금해져서요. 무엇을 그리 많이 쓰십니까?"

테이블이 제법 커서 제레미가 앉은 곳에서는 라이지아가

쓰고 있는 내용이 자세히 보이지 않았다. 라이지아는 조금 경계하는 눈빛으로 제레미를 빤히 보다가 곧 생각을 바꿨는지 원고를 뒤적거려 한 장을 빼내서 슥 밀어주었다.

"이건……"

소설이었다. 제레미는 지금껏 소설이라는 것을 제대로 읽은 적이 없었지만 어쨌든 소설임을 알아볼 수는 있었다. 그가 아는 소설이란 요정 이야기나 고대 가나폴리의 전설 같은 것들과 크게 다르지 않았지만. 어려서 잠자리 이야기로 그런 이야기들을 재미있게 듣긴 했어도 종이에 적힌 것까지 읽을 필요는 느끼지 않는, 그런 평범한 사람이었다. 그런데 조금 더 훑어보던 그의 눈이 커졌다. 소설에 어쩌자고 이폴레트가 나오지?

"재미있을 것 같아요?"

라이지아가 자신을 관찰하듯 보고 있었음을 깨닫고 제레미는 조금 당황해 미간을 찡그렸다. 그리고 물었다.

"저는 이런 소설은 처음 봤습니다. 그리고……"

"이폴레트가 나와서 놀라셨죠?"

이제 당혹감을 숨기지 못하게 된 제레미는 찻잔에 손을 대려다가 도로 뗐다가 하며 입술을 실룩거렸다. 그런 그를 본 라이지아가 위로하듯 상냥한 미소를 지어 보였다. 하지만 살짝 치켜올라간 녹색 눈에는 짓궂은 기색이 어른거렸다.

"놀라게 해드렸다면 죄송해요. 하지만 전부터 보고 있었거든요. 여기 자주 오셨잖아요. 제가 주변을 관찰하는 버릇이 있어서."

"그야 그럴 수도 있지만, 그렇다고……"

"이폴레트라는 걸 알아차릴 수는 없지 않느냐는 말씀을 하시는 거죠? 견장 달린 제복을 입고 오신 적도 없었고 말이죠. 물론 그럴 수도 있지만…… 말씀드렸잖아요. 제가 관찰을 좋아해요. 같은 사람을 수십 번쯤 보면 아무래도 이것저것 알게 되죠. 언제쯤 오는지, 어떤 날 오지 않는지, 어떤 차림인지, 뭘 갖고 다니는지. 그리고 저는 이폴레트에 대한 소설을 쓰는 사람이죠. 이폴레트의 생활 방식이나 특징에 대해 좀 잘 알 것 같지 않나요?"

제레미가 카페에 자주 오는 라이지아를 발견했다면 라이지아도 제레미를 발견하지 못하라는 법은 없었다. 다른 사람이라면 어떤 남자를 이런 정도로 관찰한 건 이성적 관심이 있어서라고 지레짐작했을 것이다. 하지만 방금 전 라이지아와 몇 마디 대화를 나눠본 것만으로도 제레미는 그게 아니라고 판단했다. 라이지아는 순전히 재미로 그래본 것뿐이었다. 아마 이 카페의 다른 단골들도 비슷한 기분으로 관찰하고 있었을 것이다. 증거는 없지만 그렇다는 느낌이 왔다. 비록 대단한 사건을 해결한 적은 없다 해도 그는 국왕의 임명을 받은 이폴레트였기에 사람 보는 눈은 제법 날카로웠다.

그리고 검은 외투를 점잖게 빼입은 신사라 해도 제레미는 이미 마흔이 가까운 나이였고, 가까이에서 본 라이지아는 많아야 이십대 중반일 듯했다. 그 나이대 여자들의 관습적인 머리 모양이 아니어서 짐작하기 어렵긴 했지만. 갈색 머리를 간단히 올려 묶고 수수한 회색 모직 스커트 위에 잉크 얼룩 자국이 남은 덧옷을 걸치고, 심지어 손가락 끝을 잘라낸 장갑을 낀 희한한 차림새로 낯선 남자와 대화를 시작했지만 머뭇대거나 부끄러워하는 기색도 없었다. 하긴 그럴 사람이었다면 사람들이 많이 오가는 카페에 이런 차림새로 나와 앉아 있지도 않았을 것이다. 상대가 사람들이 다소 겁내는 직업인 이폴레트라는 점도 그저 흥미의 대상일 뿐인 듯했다.

"솔직히 말씀드리자면…… 소설에 이폴레트가 등장한다는 건 상상도 못해보았습니다."

"그러실 거예요. 그리 많지는 않거든요. 어쩌면 이 세상에 딱 두 권뿐일지도 모르죠. 그리고 이게 세 권째."

라이지아가 쓰고 있던 원고를 톡톡 두드려 보았다. 제레미가 종이를 돌려주자 받아들어 제자리에 끼워넣은 라이지아가 안경 아래로 시선만 내려 제 원고를 슥 보더니 물었다.

"혹시 궁금하세요?"

제레미는 진심으로 궁금했다. 누군들 그렇지 않겠는가.

"궁금하군요."

라이지아는 치안청의 이폴레트가 범죄자를 뒤쫓는 내용의 소설을 쓰고 있었다. 치안청이 생기고 사람들에게 화제가 되자 흥미를 느낀 라이지아가 새롭게 창안해낸 형태라고 했다.

라이지아가 지금 쓰고 있는 작품은 세번째였는데 앞의 두 권이 큰 인기를 끌지는 못했던 모양이었다. 편집장은 라이지아의 소설이 너무 복잡하고 남녀 주인공이 사랑에 빠지지 않는다는 점을 불만스러워했다. 그는 라이지아의 원고를 읽고 나면 한숨을 푹푹 쉬며 말하곤 했다. "대체 누가 이렇게까지 머리를 써가며 도둑질을 하겠습니까? 아니, 남의 물건이나 탐내는 도둑놈들이 정말로 이렇게 똑똑하다고 생각해요?"

라이지아가 물었다.

"플레상스 씨의 생각은 어떠신가요? 이런저런 범죄를 많이 보셨을 테죠."

"도둑들 중에는 머리 좋은 자들도 많죠. 그런 자일수록 귀중한 것을 노리기 마련이고요. 제법 자주 있었던 일이기도 합니다. 자랑처럼 들리지 않았으면 좋겠습니다만 제가 저번에 잡았던 자의 경우⋯⋯"

라이지아는 제레미가 설명한 사건 이야기를 흥미롭게 들었다. 그러더니 원고 구석에 조그맣게 메모를 해놓았다. 라이지아는 훌륭한 경청자여서 제레미는 저도 모르게 지금 교착 상태에 빠진 사건 이야기까지 꺼내게 되었다. 얘기를 듣고 난 라이지아는 책더미에서 한 권을 뽑아 훌훌 넘겨보고는 곧 한 군데를 찾아 내밀었다.

"말씀을 듣다보니 그 범인한테서 연상되는 어떤 느낌이 있네요. 이 책을 한번 보세요. 여기서부터 보면 좀 비슷한 느낌의 인물이 나와요."

라이지아는 다시 글을 쓰고, 제레미는 책을 읽었다. 이윽고 제레미가 책에서 눈을 들며 말했다.

"이 사람은…… 고귀한 신분이 아닙니까?"

라이지아도 고개를 들더니 제레미를 빤히 쳐다봤다.

"고귀한 신분은 범죄를 저지르지 않는다고 생각하시나요?"

"물론 그건 아니지만…… 이번 사건은 세 명이나 죽은데다 정확히 급소를 공격했고 수법도 잔혹했습니다. 그래서 충동적 살해로는 보이지 않았고 범죄를 자주 저질러본 자라고 생각했습니다만."

라이지아가 흐음 하며 턱을 괴더니 한쪽 입가를 올렸다.

"칼에 찔린 상처였다고 했죠? 검을 어려서부터 체계적으로 배워서 제일 잘 쓰는 사람들이 누굴까요? 설마 뒷골목 불량배들일까요?"

라이지아의 말은 옳았지만, 그때까지만 해도 사람들은 물론 이폴레트조차도 귀족들은 잔혹 범죄를 잘 저지르지 않는다고 생각했다. 귀족들이 값진 물건을 탐내 살인까지 저지르는 것도 잘 연상되지 않았거니와 혹시 누군가를 죽여버릴 정도로 미워한다면 그들에게는 결투라는 방법이 있다. 하인 따위의 눈까지 속여가며 주도면밀하게 계획을 세운다거나, 변장을 하고 살금살금 다니는 유의 행동도 마찬가지였다. 대부분의 귀족들은 당당하고 거만했으며 자기 행동에 변명을 늘어놓는 것을 즐기지 않았다.

따라서 귀족들이 사람을 죽인다면 우발적인 살인이 아니면 독살이기가 쉬웠고, 보통은 치안청까지 사건이 내려오기도 전에 윗선에서 끝장나거나 아니면 아예 묻혀서 알려지지도 않는 것이 보통이었다. 그래서 치안청에서 귀족을 수사 대상으로 다룰 일은 좀처럼 없었다.

"귀족이 검으로 살인을 하고 숨어버린 사례는 아직껏 본 적이 없습니다. 검을 잘 쓰면 그들은 결투를 신청하죠."

"왜 꼭 그래야 하겠어요? 결투를 하면 자기 자신도 죽을 위험에 노출되는데. 불시에 습격하면 훨씬 유리하잖아요?"

"하지만 밝혀지면 매우 불명예스럽겠지요."

"밝혀지지 않으면 되는 일이죠. 실제로 밝히지 못하고 있고요. 세상 사람들이 모두 상식이라고 여기는 생각이 있다면 그 틈새를 노리는 자가 범죄를 저지르는 거예요."

라이지아는 이어 여러 가지 생각을 말해주었다. 죽은 사람이 셋 다 제 집에서 당한 것으로 보아 경계하지 않고 방에 들일 만한 계층에 속한 사람일 가능성이 크다고. 또한 찔린 부위는 피가 많이 나는 곳인데 양탄자가 피범벅이 되지 않은 걸 보면 살인자가 제 옷에 피가 튀지 않게 하기 위해 두꺼운 천 같은 것을 갖고 있다가 미리 검을 관통시킨 채 찔렀을 것 같다고. 따라서 갑자기 옷을 갈아입고 나타날 수 없는 사람으로 생각되며, 또한 범인은 결투를 벌이기 힘든 이유가 있는 사람이었을 것 같다는 것도.

"그런 천을 숨기기에는 여성의 드레스가 좋겠지만, 다른 가능성도 생각해볼 필요는 있어요. 두번째 희생자가 목 앞쪽을 찔렸다고 했죠. 정면에서 자기보다 키가 큰 사람의 목을 찌르는 것은 쉬운 일이 아니에요. 뒤라면 모를까. 의자에 앉아 있었다면 더더욱 뒤에서 접근하는 편이 쉽죠. 그러므로 이자는 상대를 죽이기 전에 이미 제압했어요. 평범한 힘을 가진 사람이 아니에요."

한참 뒤 제레미가 대답했다.

"의견 감사합니다. 고려해보도록 하지요."

며칠 뒤 저녁, 제레미는 다시 라이지아의 테이블을 찾아와서 앉아도 되느냐고 물었다. 그리고 범인이 잡혔다는 사실을 말해주었다. 그는 라이지아가 해준 말이 큰 도움이 되었다며 정중히 감사를 표했다. 범인은 고위 군인 출신으로 검을 잘 쓰는 노인이었으며 키가 상당히 컸다고 했다. 피를 막아준 두 꺼운 물건은 그의 장교용 모자였다.

그후로 제레미는 종종 라이지아의 테이블에 와서 사건 이야기를 나누게 되었다. 답답하게 막힌 듯했던 사건도 라이지아의 날카로운 지적을 듣다보면 돌파구가 열린 적이 한두 번이 아니어서 그는 이 젊은 소설가가 보통 사람이 아니라는 생각을 품었다. 그러던 어느 날 라이지아가 찾아준 실마리 덕택에 중요한 사건을 해결한 제레미는 기사 작위를 받게 되었고, 이튿날 그는 라이지아를 찾아가 이제부터 정식으로 자문을 받으면서 상담료를 지불하고 싶다고 제안했다.

"좋아요. 상담료를 받으면 저도 좀더 긴장해서 머리를 굴려야겠네요."

라이지아는 겸양을 떨지 않고 받아들였다. 본래 그런 성격이기도 했지만 꽤 가치 있는 조언을 해주고 있다고 스스로도 자신 있게 생각했기 때문이다.

"지금까지 주신 말씀들만으로도 갚기 힘든 도움을 받았습니다. 제가 받은 작위의 절반은 블라에르크 씨의 것이라고 생각합니다. 언젠가 어려운 일이 생긴다면 반드시 말씀하십시오. 꼭 보답하고 싶습니다."

라이지아는 어깨를 으쓱하며 킥킥 웃었다.

"오, 좋아요. 오를란느 예법이 이렇게나 철저하다니까요? 어쨌든 그렇게까지 말씀하시니까 저도 잊지 않도록 하죠."

그날로부터 둘은 비공식 파트너가 되었고, 약 사 년 동안 여러 사건을 함께 해결했다. 그사이 라이지아는 몇 권의 소설을 더 썼고 그중 한 권이 제법 인기를 끌게 되었다. 켈티카 뒷골목의 크고 음산한 건물에 멋대로 들어가 사는 사남매가 주인공으로 이 방 저 방을 전전하며 소소한 사건을 해결해나간다는 내용이었다. 기존 작품들의 플롯이 복잡하여 평범한 독자들의 이해를 앞서갔던 것과는 달리 아이들을 주인공으로 하자 사건의 개요도 단순해지고 소재가 귀여워져서 독자들의 반응도 훨씬 좋았다.

그 작품을 구상하던 당시 라이지아는 몇 가지 이름을 놓고 궁리중이었다. 아이들의 이름은 정했고 성을 정할 차례였다. 고민하던 라이지아는 후보 몇 개를 제레미에게 보여주었다. 클라인, 베르그렌, 벨만…… 그리고 리프크네.

"아이들 이름은 뭔가요?"

"일마, 막시민, 루돌프, 리하르트라고 정했어요."

"음…… 베르그렌이 어감이 좋군요. 리프크네도 괜찮긴 하지만 리하르트하고는 조금 맞지 않는 것도 같습니다."

"리하르트는 막내다보니 어려서 큰 비중은 없어요. 전 리프크네가 좋을 것 같긴 했는데 리하르트 리프크네…… 좀 그런가? 뭐 그것도 그리 나쁘지 않은 것 같은데요?"

"내심 낙점해놓고 물으셨군요. 그럼 리프크네로 하시지요."

라이지아가 키득키득 웃었다.

"사실 제가 지어놓고도 마음에 들었어요. 그래도 의견이란 항상 도움이 되잖아요. 특히나 카페 이름을 이렇게나 잘 짓는 분의 의견은 말이죠."

주인공은 일마 리프크네. 자신을 '뒷골목 탐정'이라고 당당히 부르며 이런저런 사건에 겁없이 끼어들었다가 매번 아슬아슬하게 해결하고 빠져나가는 열네 살의 소녀다. 세 명의 동생은 각자 다른 재주를 발휘해 누나를 돕는다. 소설은 자라서 이폴레트가 된 일마의 회상록 형식으로 되어 있었다. 그래서 필명도 'I. 리프크네'라고 했다.

그간 라이지아가 쓰던 심각한 색채의 소설들과 달리 이번 것은 제법 짓궂고 유머러스했다. 제레미는 "이번 작품은 느낌이 새롭네요"라고 평했을 뿐 라이지아의 글이 뭐가 그렇게 달라졌는지까지는 알지 못했다. 다만 주인공인 일마가 라이지아를 상당히 닮았다고 생각했을 뿐이었다.

그 무렵의 라이지아는 평소 시니컬하던 태도를 벗고 쾌활해졌고 별것 아닌 일에도 곧잘 천진난만하게 웃음을 터뜨렸다. 활짝 웃을 때면 동그랗게 휘어지던 눈과, 뺨 위쪽에 생기던 작은 파임과, 웃느라 흘러내린 안경을 치켜올리던 손가락과, 그 모든 것이 왜 그렇게 생동감이 넘쳤는지 제레미는 알지 못했다. 가끔은 정신을 다른 데 두고 있는 듯 보이기도 했지만 제레미는 왜냐고 물어보지도 않았다. 상담료를 지불하고 있다는 것 때문에 집중하라고 닦달하는 것처럼 들릴까봐 걱정했기 때문이다.

사 년이나 동료이자 친구로 지냈지만 두 사람은 늘 플로레종에서만 만났고 홍차를 물처럼 마셔가며 지금 수사중인 사건, 지난번에 해결한 사건, 미결로 끝난 사건, 책에 나온 온갖 사건에 대한 이야기들만 실컷 떠들었다. 때로는 불꽃 튀는 논쟁이 되기도 하고, 마음이 상한 채로 헤어졌다가 이튿날 화해하기도 하고, 칭찬에 우쭐해하는 상대를 슬쩍 놀리기도 하고, 사건 진행을 놓고 디저트 내기를 하기도 했지만 사생활에 대한 이야기는 그리 나누지 않았다. 적당히 선을 지키려는 마음도 있었을 것이다. 제레미는 고풍스러운 예의가 몸에 밴 신사였기에 젊은 아가씨인 라이지아와의 사이에 다른 것을 기대한다는 인상을 주지 않으려고 무척 애를 썼다. 본심이야 어떠했든.

나중에 그는 그게 잘했던 일인가 하는 생각에 빠지게 되지만, 모든 삶의 순간들이 그렇듯 돌이킬 수 없는 지나간 일이었다. 얼마 뒤 라이지아는 아기를 가졌다는 말로 제레미를 놀라게 했고, 아이 아버지가 신분을 밝힐 수 없는 일을 하고 있어 결혼식도 치르지 못했고 함께 살지도 못한다는 말까지 듣고는 뭐라 말하기 힘든 감정에 사로잡혔다. 이윽고 태어난 아기는 사내아이였다. 라이지아는 "흐음, 계획과는 다르네"라고 중얼거리면서 아이에게 소설 속 둘째의 이름을 붙여주었다. 막시민 리프크네.

존재하지 않는 리프크네 씨는 죽은 걸로 해두었다. 아이 아버지의 이름을 밝힐 수가 없었기 때문이다.

그후로도 라이지아는 어린 막시민을 데리고 드문드문 플로레종에 나왔다. 라이지아가 식사를 할 때면 제레미가 잠깐씩 아기를 안아주기도 했는데 경험이 없어 어처구니없을 정도로 서툴렀지만 조금씩 나아졌다. 고향을 떠난 후로 친척들을 만날 일도 없이 살아왔기에 막시민은 제레미가 일생 처음 안아본 아기였다.

라이지아는 아기를 돌보느라 예전처럼 글을 쓰지 못했고, 주로 제레미의 사건을 도와주며 생계를 해결해나갔다. 남편은 한 달에 한 번이나 볼 수 있으면 다행이라 했다. 제레미는 안타까운 마음에 도움을 주고 싶어 상담료를 두 배로 올리려 했지만 라이지아는 웃으면서 거절했다.

"이젠 기억력도 판단력도 예전 같지가 않아서요. 눈물이 많아져서 잔인한 사건에 집중을 잘 못하겠어요. 특히 어린아이가 연루된 사건을 보면 너무 괴로워서 객관적으로 생각하기가 어려워요."

"아기를 갓 낳아서겠죠. 조금 있으면 다시 괜찮아질 겁니다."

"그랬으면 좋겠네요……"

친구로서 제레미가 종종 저녁을 사고 찻값을 내는 정도가 라이지아가 받아들인 친절의 전부였다. 그래도 제레미는 노력했다. 핑계를 만들어 아기 옷을 선물하기도 하고, 처치 곤란이라 가져왔다며 식료품을 떠안겼다. 한번은 라이지아가 심하게 앓아누워서 플로레종에 며칠이나 나오지 못한 적이 있었다. 제레미는 라이지아의 집을 물어물어 찾아가 의사를 불러주고, 볼 줄도 모르는 아기를 어떻게든 재워보려다가 얼떨결에 곁에서 밤을 새우고 말았다. 그 무렵 아기들이 그렇듯 엄마와 떨어진 막시민은 밤새 칭얼거려 사람의 정신을 쏙 빼놓았다.

이튿날 정신이 든 라이지아는 상황을 알아차리고는 쉰 목소리로 말했다.

"정말 고마웠어요. 하지만 다시는 이런 일 하지 마세요."

제레미는 등뒤에서 어깨의 견장을 집요하게 잡아당겨 떼어낼 지경이 된 막시민의 손을 살살 잡아떼면서 물었다.

"제가 당신의 친구라고 생각했는데 아니었단 말입니까?"

"우린 친구예요…… 친구일 뿐이죠."

그러나 그런 나날도 고작 한 해였다. 이듬해 켈티카에는 공화 혁명, 보는 사람에 따라서는 반란이었던 사건이 닥쳤다. 혼란에 휘말린 켈티카에서 라이지아와 제레미의 삶은 지진처럼 갈라졌다. 이폴레트인 제레미는 전 왕정에서 혜택을 받은 부역자로 분류되었기에 목숨을 부지하려면 켈티카를 떠나야 했다. 라이지아가 그 사실을 미리 알려주었기에 제레미는 혁명 나흘째, 아직 대대적인 검거가 시작되기 전에 피신할 수 있었다. 그날이 오고서야 제레미는 라이지아의 남편이 공화파였다는 사실을 알게 되었다.

두 사람이 실컷 이야기하다가 목이 말라 새 홍차와 저녁식사를 시키곤 하던 저녁 일곱시, 반짝이던 금빛 손잡이에 쇠사슬이 감기고 흉한 판자가 못질된 플로레종의 녹색 문 앞에 마주선 둘은 짧은 인사를 나누었다.

"부디 몸조심하십시오, 블라에르크 씨. 막시민도 건강하기를."

"안전을 빌어요, 플레상스 경."

황혼녘이었다. 라이지아의 품에 안긴 막시민은 조용히 잠들어 있었다. 제레미는 아이의 손가락을 건드려보려다가 그만두었다.

그 많은 손님이 드나들던 카페는 불이 꺼져 어두컴컴했고 거리는 텅 비어 있었다. 다시 보자는 말은 차마 꺼내지 못한 채 서로의 안전만을 기원하며 돌아서면서도 언젠가는 또 만나려니, 다시 저 카페 안에 마주앉게 되려니, 이 혼란이 가라 앉으면…… 그런 생각을 했던 듯했다. 하지만 온갖 사건을 해결했던 영리한 소설가도, 유능한 이폴레트도 자신들의 미래만은 알지 못했다. 두 사람은 두 번 다시 만나지 못할 운명이었다.

305호의 평화로운 저녁

988년 초까지만 해도 오후 다섯시 무렵 플로레종 카페를 찾아가면 구석진 자리에 앉아 홍차를 마시고 있는 제레미 드 플레상스 경을 만날 수 있었다. 하지만 그해 여름, 플로레종 의 주인인 레지나 에시크 부인은 공화국 시절에 삼 년간 카 페를 열었던 것을 해명하라고 왕국 8군에 불려다니다가 지쳐 마침내 카페를 닫기로 결정했다. 삼십 년 가까이 운영된 플로 레종의 폐업 소식을 많은 사람이 안타까워했다. 그중에는 플 레상스 경을 더이상 보지 못하게 됐다는 것을 아쉬워한 사람 들도 제법 있었다.

에시크 부인은 단골들에게 "잠시 쉬었다가 오겠어요"라고 했지만 오 년이 흘러도 돌아오지 않았다. 플로레종은 그곳의 상징처럼 여겨졌던 초록색 문에 살풍경한 판자가 박힌 채 낡아갔다. 처음에는 미련을 품고 기웃거리던 사람들도 갈수록 귀신이라도 나올 것처럼 변해가는 모습에 저렇게 방치하느니 차라리 새로운 가게로 바뀌는 게 낫겠다며 고개를 저으며 지나가곤 했다.

그후 플레상스 경은 공식적으로는 탐정 일을 그만두고 친분 있는 사람들이 집으로 찾아오거나 할 때만 가끔씩 일을 맡았다. 평소에는 취미인 고서 수집 및 해독으로 시간을 보내곤 한 모양이었다. 비록 그 고서들은 빈집에 연달아 닥친 재난으로 모조리 종이 꽃가루가 돼버렸지만.

일지를 면밀히 살펴본 결과 최근 이 년간 플레상스 경이 맡았던 중요한 사건은 고작 다섯 건에 불과했다. 중요하다는 것은 대략의 개요라도 적혀 있다는 의미에서였고, 그 외에는 날짜와 이니셜만 적히고 말았든가 쓰다가 죽죽 그어 지워버린 것들뿐이었다.

왜 그렇게 조금밖에 맡지 않았던 걸까? 먹고살 돈이 충분해서 흥미가 가는 것만 맡았다는 상상도 가능했지만 그렇다고 보자니 그보다 앞선 삼 년은 제법 기록이 많은 것이 미심쩍었다. 그리고 이 년간 기록된 다섯 건 기록의 첫머리에 펠그레이브 남작 사건이 있었다. '로트M'이라는 메모가 추가되어 있던 바로 그 사건이다.

막시민은 그 사건이 바일러 수사관이 말해준 '이 년 전 어느 남작이 심장마비로 죽은 사건'과 동일한 것이라고 판단했다. 플레상스 경은 남작의 집사의 의뢰로 그 사건을 맡았지만 상속인의 비협조로 결국 해결하지는 못했다. 하지만 실제로는 그후로도 계속 손대고 있었던 걸까?

"그 사건 하나를 이 년이나 조사했다니 좀 말이 안 되는 것 같지만 말이에요."

쓸모를 잃은 둥근 대리석 받침대 위에 앉은 데보라가 쇼트브레드를 오독 깨물면서 중얼거렸다. 본래 조각상이라도 얹어놓았을 것처럼 생긴 곳에 다리까지 올리고 오도카니 앉아 있으니 조각상이 사람으로 변한 것처럼 희한한 분위기가 났다. 창밖에서는 진눈깨비가 흩날리고 있었다. 두 시간이나 들여 청소한 끝에 마침내 불을 지핀 난로에서는 제법 아늑한 온기가 흘러나왔다.

"게다가 해결도 안 됐고."

대꾸하는 이스핀은 노끈을 감아 임시로 고쳐놓은 안락의자에 앉아 한쪽 다리를 올린 채 턱을 괴고 있었다.

"해결되고 말고 할 것이 없었죠. 전시실 안에서 자기 혼자 문 잠그고 죽은걸요. 펠그레이브 사건은 제 귀에까지 들어왔을 정도로 유명하긴 했지만 미해결 살인 사건이라거나 그래서 그런 건 아니고, 음침한 소문이 많았거든요. 괴담 좋아하

256

블러디드 3

는 사람들의 취향에 딱 맞았죠."

"그래. 그 전시실 안에 움직이는 인형인가 그런 게 잔뜩 있었다면서."

"네. 오토마톤이라고 부르는 것들이죠. 태엽 감으면 알아서 움직이고 목소리도 나오는 소름 끼치는 인형이요."

데보라는 상상만으로도 기분이 나쁘다는 듯 어깨를 움츠렸다. 이스핀은 다시 생각에 잠겼다. 어제 콜레트로부터 펠그레이브 남작의 죽음에 대해서는 웬만큼 들었다. 그자가 모았던 것도 오토마톤이었다. 주로 인형 형태였기에 이스핀의 관심사가 아니었을 뿐이었다. 콜레트도 그렇게 말해주었다.

인형 말고 다른 오토마톤도 있었을까 싶어 데보라를 더 떠보려 했지만 마침 안쪽 방에서 우당탕탕 소리가 났다. 벌떡 일어나 가구 몇 개를 타넘으며 들어가보니 청어절임이 막 세 발 달린 가느다란 콘솔을 하나 부순 참이었다. 부러진 가구 다리를 당당히 들고 나와 난로에 던져넣는 청어절임을 이스핀이 뒤따라가며 물었다.

"야, 베네트가 가구에는 손대지 말랬다면서?"

"그 양반이 여기 이 많은 걸 어떻게 다 기억합니까? 한두 개 빠개먹어도 모른다고요."

"그럼 왜 하필 그거야? 개중 멀쩡했는데."

"멀쩡해봤자 쓸데없게 생겼잖아요. 손바닥만한 액자나 몇 개 얹어놓는, 그런 거 아니에요? 이 폐가구 하치장에서 그딴 걸 뭐에 쓴대. 그리고 이놈의 것들을 조금이라도 줄여야 대충이라도 사무실처럼 쓸 거 아니겠냐고요."

"그리 그럴싸한 사무실이 필요한 건 아니야. 손님이 올 것도 아니고."

"에이, 그래도 시작할 때 좀 치워놓지 않으면 갈수록 더 엉망 되는 거 모르세요?"

물론 이스핀도 속으로는 청어절임의 말이 맞는다고 생각했다. 생산 효율이 있는 공간이 어떤 것인지는 잘 안다. 이스핀이라면 어떻게든 개선했을 것이다. 하지만 이곳에 머물 막시민 본인이 되도록 덜 건드리고 싶어한다는 걸 알아차렸으므로 존중할 필요도 있다고 생각했다. 베네트에게 방을 공짜로 빌려 쓰기로 했으니만큼 최소한으로만 이용하고 그 이상의 폐는 끼치기 싫다는 마음도 이해하지 못할 것은 아니었다. 그래도 이스핀이 없는 사이 셋 중 누군가가 청소란 걸 하긴 했는지 먼지가 풀풀 날리는 지경에서는 겨우 벗어났다. 눈에 차지는 않지만 이런 데 있다가 죽어버릴 정도까지는 아니었다.

어제 치안대 남부 분소를 나와 베네트의 사무실에 들른 막시민은 '당신이 공짜로 제공한' 이 방에 얼마간 머물며 플레상스 경의 실종 사건을 해결해보겠다는 생각을 알렸다. 베네트는 반색해서 벌떡 일어나려고 엉덩이까지 들썩거렸다.

"그건 진짜로 좋은 생각인데!"

막시민은 베네트 당신이 그렇게 말할 줄 알았다……는 표정으로 뺨만 한 차례 실룩였다. 그리고 그 외의 다른 사건을 맡거나 할 생각은 없음을 분명히 했다. 베네트는 "아, 그럼, 그렇고말고. 그게 다 그런 거지"라는 다소 모호한 대답을 했다. 하지만 가구를 좀 버려도 되느냐고 물었을 때는 반응이 달랐다.

"아니 왜? 꼭 그래야 하나? 그게 다 얼만데. 조금만 고치면 멀쩡한 것들이야. 그것들도 사려면 다 돈이라고. 적당히 옆으로 치워놓으면 되잖아?"

청어절임은 베네트의 말을 나름대로 적절하게 해석했다. 그는 아침부터 야금야금 뭔가를 부숴서 없애고 있었는데, 당연한 일이지만 다른 사람들은 지금처럼 현장에서 목격하기 전에는 뭐가 없어졌는지도 알아차리지 못했다. 베네트인들 알겠는가?

그 덕택에 이스핀이 산 테이블과 의자를 놓을 자리가 생겼지만 그사이 아무데나 앉는 데 익숙해진 그들은 새 의자와 테이블을 입구 근처에 놔두었다. 마치 손님용이라는 것처럼. 손님은 없기로 했는데도.

이스핀은 청어절임이 또 뭘 부술 게 없나 두리번대는 것을 묵인하기로 하고 도로 안락의자에 앉았다.

"내일은 그 저택에 가봐야지."

"순순히 들여보내줄까요?"

"안 된다면, 다른 방법을 써야겠지."

막시민은 어젯밤에 술을 마시는 바람에 느지막이 일어났다가 볼일이 있다며 낮에 나갔다고 했다. 오늘 이스핀은 저녁에나 들렀으므로 함께 가지 못했고, 그래서 조금 걱정이 되는 참이었다. 이스핀에게도 나름대로 사정은 있었다. 어제저녁 콜레트의 저택으로 돌아가자 콜레트는 이스핀의 차림새를 보고는 벌린 입을 다물지 못했다.

"이건, 대체 공녀님…… 무슨 일을 하고 다니시는 거예요? 저기, 아무래도 친구를 잘못 사귀신 것 같은데요?"

"그래. 잘못 사귄 것 같네."

아침에 새로 마련해준 옷이 긁히고 찢어지고 먼지투성이가 되고, 흰 셔츠에는 핏자국이 있고 부츠도 다 까져 있는데 공녀가 뽑아 닦는 검에도 피의 흔적이 남아 있으니 콜레트의 머릿속이 하얘지는 것도 당연했다. 가신의 심정을 이해했기 때문에 어느 정도의 잔소리는 들어줘야겠다고 마음먹었지만 살짝 생략된 자초지종을 듣고 난 콜레트는 그 정도에서 그칠 기색이 아니었다.

"공녀님, 아무래도 안 되겠어요. 호위해줄 에투알이 오기 전에는 나가지 말고 저택에 머물러주세요. 이대로는 제가 오

릴리로 끌려가 교수대에 오르는 것도 시간문제예요. 공녀님 모습이 이 지경이신 걸 본다면 다른 사람도 아니고 3분견대 에투알들이 서슬이 시퍼레져서 절 끌고 갈 거라고요. 아아, 벌써부터 목에 까슬까슬한 밧줄의 감촉이 느껴지네요…… 젠장, 진짜로 죽겠네. 아시겠죠?"

귀부인인 콜레트의 입에서 '젠장'이 튀어나오는 가운데 이스핀은 아이처럼 살짝 눈치를 보며 웃었다.

"내일은 아주 잠깐만 나갔다 올게."

"아니, 왜요!"

"어떻게 돼가는지는 듣고 와야지. 잠깐이면 돼."

그래도 안 된다며 콜레트의 태도가 강경했으므로 이스핀은 저녁까지 기다리며 눈치를 보다가 산책만 하고 오겠다며 잽싸게 나와 이리로 온 참이었다. 그런데 와보니 막시민은 없고, 낮에 나갔다는데 밤이 되도록 돌아오지도 않고, 콜레트는 걱정하고 있을 것 같고. 무엇보다 아이언페이스의 부하들이 어디서 노리고 있을지 모르는데 그 녀석 혼자 나돌아다니고 있다는 것이 몹시 신경을 건드렸다. 어디서 납치나 당하는 건 아니겠지. 싸울 줄도 모르면서. 무기도 없는 주제에. 가방이 무기냐고……

시간이 갈수록 안절부절못하게 된 이스핀이 지금이라도 나가서 찾아볼까, 어디부터 가보면 좋을까, 펠그레이브 저택?

치안청? 아르크노베르 거리? 다 가봐도 못 찾으면 어쩌지?
같은 생각을 연달아 하고 있는데 문 두드리는 소리가 났다.

"응?"

왔나 싶어 반색하여 일어서다가 생각해보니 막시민이라면
문을 두드릴 리가 없었다. 자기 방이 아닌가. 그럼 누구지, 이
런 시각에?

이스핀은 문 뒤로 가서 검 자루에 손을 얹고는 청어절임에
게 문을 열러 가라고 눈짓했다. 청어절임은 눈치껏 문고리를
잡더니 바로 여는 대신 소리쳐 물었다.

"이 밤에 누구쇼?"

"여기가 플레상스 경 댁 맞습니까? 부탁하신 짐을 갖고 왔
습니다."

청어절임이 이스핀을 쳐다봤다. 짐꾼인 체하며 들어오려는
수작일지도 몰랐으므로 이스핀은 고개를 저었고, 청어절임이
대꾸했다.

"어디서 왔는데 그러슈?"

"아, 거 무거워죽겠으니 빨리 좀 여십쇼."

그때 희미한 외침 소리를 알아듣고 창밖을 내다본 데보라
가 두 사람을 향해 손짓했다.

"그냥 열어줘도 될 것 같은데요?"

이스핀이 가구들을 타넘어 창가 쪽으로 가는 사이 데보라

의 말을 들은 청어절임이 문을 열었다. 그래서 이스핀이 창문 너머 앞길에서 팔을 휘젓고 있는 막시민을 발견한 것과, 열린 문 너머에서 다짜고짜 밀고 들어온 묵직한 짐을 피하려던 청어절임이 뭔가에 걸려 자빠진 것은 동시였다.

"어어…… 아이쿠, 이건 뭐죠?"

일꾼 두 사람은 청어절임의 질문에 대꾸하는 대신 어처구니없는 표정으로 주위를 둘러봤다. 제법 넓어 보이는 방은 일말의 일관성조차 없는 각양각색의 가구들로 가득찼고 뭘 내려놓을 빈 공간 따윈 없었다. 이런 데서 옹기종기 모여 사는 인간들의 정체는 뭘지 궁금해질 광경이었다.

"햐, 이걸 어쩌란 거야?"

"이렇게 뭐가 많은데 왜 또 의자 같은 걸 사는 거야?"

그건 의자였다. 고급스러워 보이는 호두나무 틀에 붉은 벨벳을 씌운, 앉는다기보다 비스듬히 누워야 할 것처럼 생긴 의자다. 뒤를 돌아본 이스핀은 그 의자를 한눈에 알아봤다. 그리고 울컥 화가 치밀었다. 아까부터 몇 시간째 마음을 졸이고 있는데 기껏 이걸 가지러 갔었어?

청어절임과 데보라가 가구들을 주섬주섬, 그러니까 치울 데가 없었으므로 한쪽에 탑처럼 쌓아 자리를 만들어주었고 일꾼들은 간신히 의자를 내려놓았다. 그런 다음 땀을 닦으며 팁이 필요한 눈빛으로 그들을 노려봤지만 이스핀은 화가 나서, 나머지 둘은 돈이 없어서 아무도 호응해주지 않았다.

일꾼들이 사라지고 나서 잠시 후, 막시민이 들어왔다.

"3층 올라가는 계단이 좁아서 앞질러갈 수가 있어야 말이지. 팁 못 받았대서 내가 주긴 했는데 두 번 준 건 아니겠지?"

그런 다음 방을 둘러보더니 입맛을 쩝 다셨다.

"사람이 넷이나 모였는데 나란 놈의 주머니에서 팁이 나가다니. 켈티카는 살아볼수록 놀랍게 알짤없는 도시구먼."

"야, 너."

창가에 기대서서 팔짱을 끼고 있던 이스핀의 목소리가 이미 심상치 않았지만 막시민은 못 알아챈 체하며 대꾸했다.

"왜?"

"너 고작 이걸 가지러 나갔던 거야?"

"이것뿐만은 아니고…… 하여튼 언제 가져와도 가져왔어야 하는 거라서. 몇 날 며칠 계속 맡겨둘 수도 없고."

"그렇다 쳐. 하지만 어디로 뭘 하러 가는지 정도는 말해주고 나가는 게 예의 아니야?"

"그야 그땐 네가 없었으니까 그렇지."

"다음에는 여기 둘한테 말을 해두든가, 쪽지라도 써놓든가 해. 알았어?"

이스핀의 말은 옳았지만, 저녁에 이스핀이 와서 기다리고 있을 줄 몰랐던 것도 사실이었다. 청어절임이나 데보라한테 일일이 행선지를 설명해야 한다고는 생각하지 않았으니까. 그리고 은근히 다그치는 말투가 거슬렸다. 왜 나한테만 상식을 요구하는 거야? 그러는 너는 뭐 엄청난 상식인이라서?

"너야말로 말 안 하는 게 백만 가진데 난 꼭 어디 뭐하러 간다고 다 말하고 다녀야 하냐?"

"그야 네가 납치 위협 같은 걸 받지 않을 때 얘기잖아!"

"아무 일도 없었다는데 왜 그래!"

"그래서, 계속 이러겠다는 거야? 무슨 일이 진짜로 생길 때까지?"

한 명은 입구, 한 명은 창가에 서서 잡아먹을 듯 노려보며 목소리를 높이는 가운데, 사이에는 집어던지기 딱 좋은 망가진 가구들이 가득했으므로 그 중간에 낀 누구라도 긴장하지 않을 수 없었고 방금 이런 곳에 떨어진 의자도 당황했을 것이 틀림없었다. 데보라가 청어절임을 쿡 찌르며 속삭였다.

"야, 이런 상황에서 애들은 옆방으로 빠지는 거야."

그러더니 슬금슬금 옆방으로 도망쳤다. 청어절임도 뒤따라갔지만 데보라와는 달리 문가에 서서 밖을 힐끔거렸다.

그쯤 되자 막시민도 이스핀이 자신을 걱정했다는 걸 알아차렸으므로 입술을 물었다가 풀었다가 하다가 삐딱하게 내뱉었다.

"그러니까…… 아니, 됐어. 다음부터는 안 그러면 되지?

앞으로는 일일이 보고드리고 다닌다고. 이제 만족하셨어?"

이스핀의 눈이 가늘어지며 입꼬리가 꿈틀거렸다. 살아오며 저런 시시한 고집을 부리는 상대를 봐주고 넘어간 적은 한 번도 없었다. 잘못한 걸 알았으면 깔끔하게 인정하면 되지 그런 고집은 왜 부리는 거야?

"알긴 알았어? 근데 그런 말을 왜 곱게 못 하니? 달리 뭐 잘한 거라도 있어서? 네가 걱정거리란 사실을 못 받아들이겠어? 그 작자들이 너를 가장 잡아가고 싶어한다는 게 받아들여지지가 않아? 네가 없어져버리면 내가 탐정이 돼서 널 찾아야 하니? 나한텐 그런 능력 없거든? 대신 넌 네 몸을 지킬 능력이 없단 말이야!"

구경하던 청어절임이 뒤를 돌아보며 소곤거렸다.

"야…… 이번엔 아무래도 플레상스 경이 털릴 것 같다."

"그야 그럴 만하게 됐잖아. 근데 왜 또 도로 플레상스 경이야. 슈발리에라며."

"몰라. 그런 어려운 말 어떻게 기억해."

막시민은 바로 대꾸하지 않았다. 걱정했기 때문에 저런다는 건 알고 있었다. 걱정의 대상이 되다니, 낯선 것도 사실이었다. 지금껏 늘 자신은 주목받는 위치가 아니었고, 아니었기 때문에 내키는 대로 움직여왔다. 이렇게 해도 될지, 저렇게 하면 안 될지, 누구에게도 물어보지 않고 필요하다고 생각되는 일을 하러 훌쩍 떠나곤 했다. 그게 자기 방식이라고 생각했던 것 같다. 제 몸을 못 지킬 정도라는 생각은 물론 해보지 않았다. 예전에 누가 그의 신변이 걱정스럽다며 이렇게 나왔다면 집어치우고 신경 끄라는 반응이 튀어나왔을 것이다.

하지만 이제 상황은 바뀌었다. 상대는 여럿이고, 거침없이 집요하고, 첫번째 목표가 자신이었다. 예전에 위험에 처한 녀석이 제멋대로 굴려 할 때 얼마나 화가 났는지도 기억하고 있었다. 자신마저 그 꼴이 된다면 우스운 일이다. 바뀐 상황도 못 받아들이는 주제에 어디서 살아남겠는가.

막시민 리프크네는 늘 현실주의자였다. 논리적으로 증명 불가능한 기분 때문에 위험을 무릅쓰지 말자는 것은 그의 좌우명이나 다름없었다. 누군가가 자신을 이렇게 걱정한다는 것이 어색하기 이를 데 없었지만 이것도 적응해야 할 현실이라고 생각하며 막시민은 차마 잘 떨어지지 않는 입술을 비틀어 열어 말했다.

"……그래, 없다. 없으니까 뭐라도 가르쳐줘봐라."

이렇게 나올 줄은 몰랐는지 이스핀도 조금 놀란 표정이었다. 잠시 눈을 깜빡이던 그녀는 주위를 둘러보더니 문가에서 기웃대는 청어절임과 눈이 마주치자 즉시 손가락을 들어 명령했다.

"문 닫고 들어가."

"네, 네, 그래야 하겠네요."

문이 쾅 닫혔다. 이스핀은 그것으로 만족하지 않고 문가에 낡은 캐비닛을 하나 밀어놓아 혹시 열더라도 이쪽이 보이지 않도록 했다. 그리고 막시민의 가방을 낚아채 창가로 돌아가면서 막시민에게 따라오라고 손짓했다.

"이리 와봐."

검술은 아니더라도 호신술이라도 가르쳐주려나 무심결에 생각하고 있던 막시민은 의아한 기색으로 뒤따라 창가로 갔다. 이스핀은 창문 쪽으로 돌아선 채 가방을 망가진 피아노 뚜껑 위에 얹어놓고 열었다.

"이거 말이야."

안에 든 온갖 것 중 이스핀이 가리킨 건 바이올린이었다. 어제저녁 잠깐 방으로 올라왔던 이스핀은 약속대로 가방을 열어서 살펴보았지만 막시민에게 의견을 말해주지는 않았다. 왜냐하면 방안에 청어절임과 데보라가 함께 있었기 때문이다.

"그거 뭐?"

"이 안에 있어."

"뭐가?"

"그거 말이야."

최대한 멀리 떨어져놓고도 혹시 안에 들릴까봐 돌려 말하자니 말이 잘 통하지 않았지만 막시민도 영 눈치가 없지는 않았다. 막시민이 고개를 끄덕이자 이스핀이 손가락을 현 가까이 가져갔다. 그러자 현이 바르르 떨다가 스스로 진동하기 시작했다. 손끝도 닿지 않았는데.

웅……

이스핀은 손가락을 도로 치웠다. 그러자 진동도 멎었다.

"이게 그거야. 모습을 바꾼 거야."

막시민도 그 순간을 기억하고 있었다. 동판 명함이 여러 개로 불어났었고, 도로 사라지더니 현이 나타났다. 그런데 그게 프시키였다고? 하긴 오렌지나무 술집에서 있었던 일을 생각하면 프시키가 여러 가지 모습이 될 수 있는 것 같긴 했지만 변신 범위가 불타는 원숭이에서 바이올린 현까지냐……

"이게 왜 이런 데 있는 건데?"

"나도 모르지. 그보다 놀라운 건, 이 안에 있으면 내가 어떻게 할 수가 없더라."

이스핀이 어이없다는 것처럼 혀를 한 번 찼다. 자기 명령을 듣지 않는 프시키는 그날 이후로 처음이어서 꽤 놀랐다. 하지만 예외라기보다는 발견이라고 해야 할 것이다. 이스핀이 블러디드가 되고부터 프시키에게 명령을 하거나 없애버릴 순 있었지만 그렇다고 프시키의 정체를 알아낸 것은 아니었다. 여전히 많은 면이 밝혀지지 않은 존재였다.

"하지만 그때, 생각나지?"

이스핀이 손을 펴서 가방에서 물건이 튀어나오는 시늉을 했다. 막시민이 고개를 끄덕였다.

"그랬지."

"아무도 명령하지 않았는데 저들의 의지로 그런 일을 했단 말이야. 왜지? 이거 너한테 의미 있는 물건이야?"

"좀…… 있긴 하지."

"내 추측이지만, 이것들이 너한테 볼일이 있는 것 같아."

막시민은 이게 무슨 소린가 하는 표정으로 이스핀을 보다가 문득 생각하는 표정이 되었다. 그러더니 말했다.

"그래서 말도 걸었던 건가."

"뭐?"

깜짝 놀란 이스핀이 눈을 커다랗게 뜨며 막시민을 봤다.

"말을? 그게 정말이야? 네가 들었어?"

"딱 한 번뿐이었다만…… 그런데 그게 대단한 일이냐?"

이스핀은 여전히 놀라움을 감추지 못한 채로 고개를 흔들었다.

"난 한 번도 들은 적이 없어. 단 한 번도."

지금껏 프시키의 목소리를 들은 사람은 로랑과 크루파드뿐이다. 블러디드가 된 이스핀은 정작 한 번도 듣지 못했다. 그래서 로랑과 크루파드가 들었다는 소리도 어쩌면 착각이 아닐까 생각했었다. 그날 전투가 워낙 힘들었고 다들 정신이 없었을 테니까, 그래서 들렸다던 말도……

살려줘, 살려줘, 살려줘, 살려줘, 살려줘……

도와줘, 도와줘, 도와줘, 도와줘, 도와줘……

"너한텐 뭐랬는데?"

막시민은 잠시 생각하고 있더니 이윽고 말했다.

"맨 처음에 '열어'. 그다음은 '듣는다' '들어라' '말한다' '말해'. 그리고 마지막에는…… '잡다' '잡았다' '잡혔다'."

"……"

이스핀은 입술을 짓씹으며 바이올린을 노려봤다. 무슨 말인지 바로 이해가 가진 않아도 저 정도로 정확하면 착각일 리없다. 지쳐서 환각이 들릴 만한 상황도 아니었을 테고. 정말로 프시키는 말을 할 수 있는 건가? 그렇다면 왜 내게는 한번도 말을 걸지 않은 거지?

"네 말대로라면 내 생각이 추측이 아니라 사실인가보네. 얘들이 너한테 할말이 있는 모양이야. 기회가 된다면 한번 물어보든가."

막시민이 기막힌 표정으로 양팔을 벌렸다.

"대체 나한테 왜? 난 널 안 만났으면 그게 뭔지도 몰랐을 사람 아니냐?"

"나도 이유는 몰라. 하지만 앞으로는 그걸 꼭 갖고 다녀. 내 생각엔 얘들이 널 도울 마음이 있어. 어떤 식으로 도와야 하는지는 잘 모르는 것 같지만. 전부터 보면 애들한테도 무슨 생각이 있긴 한 것 같은데 우리 상식하고 달라서 뭐랄까, 좀 별나. 지붕에서의 일만 해도 그렇고."

"쫓기든 잡혀가든 그건 알 거 없는데 초콜릿 잼과 돼지 뒷다리 햄은 꼭 먹어야 할 것 같았다?"

"어…… 뭐 그런 식이라고나 할까."

이스핀은 다시 가방을 덮었다. 막시민이 가방과 이스핀을 번갈아 보더니 물었다.

"야, 그래서 끝이야? 이게 호신술이냐?"

"그런 셈이잖아. 넌 뭘 바랐는데? 이제 와서 내가 생초보 붙들고 검이라도 가르쳐줄 것 같았어?"

이스핀이 한쪽 입술 끝을 올리며 피식 웃는 바람에 막시민은 자존심이 상했고, 모르는 체하며 옆방 쪽으로 걸어간 이스핀은 캐비닛을 발로 밀어내고 문을 열어주었다.

"됐어. 이제 나와."

청어절임이 얼른 고개를 내밀더니 물었다.

"야아, 누가 이겼어요? 이긴 쪽 편들자."

"이기긴 뭘 이겨. 전쟁 났어? 그럼 난 간다."

이스핀이 입구로 척척 걸어가자 청어절임이 다시 고개를 뺐다.

"그냥 가요? 무슨 볼일 있어서 왔던 거 아니에요?"

이스핀은 문을 열면서 뒤를 돌아보지도 않고 한 손만 번쩍 들어 흔들었다.

"공주님 안전한 거 알았으니 볼일 끝났어. 내일 보자."

쾅, 문이 닫혔다.

이튿날은 아침 아홉시에 문 두드리는 소리와 함께 시작되었다. 그때까지 모두 자고 있던 셋은 누가 대신 일어나지 않나 고개만 살짝 들고 두리번거렸지만 당연한 것처럼 아무도 일어나지 않았다.

"빌어먹을……"

이 아침에 찾아올 사람이라고는 이스핀밖에 없을 것 같았다. 펠그레이브 저택에 가보기로 했으니 오긴 와야겠지만 왜 꼭두새벽부터(다시 말하지만 아홉시였다) 이렇게 부지런한 거냐고 투덜대며 억지로 일어난 막시민은 잠시 머리를 싸쥐고 있다가 얼굴을 몇 번 문지르고는 입구로 걸어가 물었다.

"아 네, 누구십니까?"

"여기가 플레상스 경이 계신 곳이 맞습니까?"

이건 또 뭔가 싶어진 막시민은 옷을 갈아입기도 귀찮아 코트만 집어 걸치고는 문을 조금 열었다. 처음 보는 늙수그레한 남자가 서 있는 걸 보자 저절로 '넌 또 뭔데?' 하는 표정이 튀어나왔지만 남자는 개의치 않고 물었다.

"안녕하신가요? 여기가 305호 맞죠? 건물이 말이야, 구조가 이상해가지고. 옆방인가 하고 두드려봤는데 거긴 비었더라고요?"

"그래서 플레상스 경한테 무슨 볼일이슈?"

"그야 부탁드리고 싶은 것이 있어서……"

문득 졸음이 달아나며 정신이 돌아왔다. 잠깐, 이 사태는 뭐야. 설마……

막시민이 미간을 팍 찡그린 채 어느 뻔뻔스러운 인간의 실실 웃는 표정을 떠올리고 있는데 상대는 어느새 슬금슬금 안으로 들어왔다. 그는 안쪽의 망가진 가구 모음전을 보고는 어리둥절해져서 주위를 두리번대다가 이스핀이 새로 사 온 의자와 테이블을 발견하고는 냉큼 거기에 앉았다.

"아니, 누가 거기 앉으랬습니까?"

"아니, 그럼 여기 말고 어디 앉아요?"

"아니, 그런 소리가 아니잖아!"

아침부터 깨운 것도 짜증나고, 새로운 손님은 안 받는다고 분명히 말했는데 못 들은 체한 놈도 짜증나고, 그래서 찾아왔다는 인간이 뭐 맡겨놓은 듯 당당하게 구는 것도 짜증나고 하여튼 모든 게 짜증났으므로 막시민은 문을 활짝 연 다음 말했다.

"나가세요."

"응, 왜?"

"아홉시니까."

그런 다음 의자 등받이를 잡고 질질 끌어당겨서 복도 앞에서 뒤쪽만 살짝 세우는 방법으로 짐짝 내놓듯 그놈을 내쫓았다. 도로 문을 닫고 잠가버린 막시민은 천상의 잠을 선사해주는 의자형 침대로 돌아가 한 시간쯤 더 잤다. 그사이 다시 문두드리는 소리가 났던 것 같지만 이번에는 그냥 무시했다.

그런 식으로 자다가 열시경에 슬슬 일어나 물이라도 한 모금 마시고 있을 때였다. 또다시 문 두드리는 소리가 났다. 그때쯤에는 데보라와 청어절임도 일어나 있었으므로 막시민은 기막힌 눈빛으로 그들을 돌아보며 한탄했다.

"대체 이놈의 방은 3층에 있는데 길가 노점이나 되는 것처럼 별별 놈들이 기웃대는 이유가 뭐야? 내가 모르는 사이에 이 방 앞으로 지나가는 새 길이라도 났냐?"

"그런 길이 났다면 우리 방을 통과해서 저 창문으로 뛰어내리기라도 해야 하는 모양이죠."

데보라가 중얼대면서 일어나 창문을 열러 갔다. 알아서 문 앞으로 간 청어절임은 마치 막시민처럼 말했다.

"여기 노점 아니고, 길 묻는 데도 아니고, 창문으로 뛰어내리려는 사람도 취급 안 하니까 그 외의 볼일이라면 말을 해보시든가요."

"여기 플레상스 경이라고 계신가요? 전해드릴 게 있어서 왔는데요."

아 하며 청어절임은 문을 열었다. 그리고 밖에 서 있던 세 명과 차례로 눈이 마주쳤다. 맨 앞에 선 남자가 손에 들고 있던 달걀 꾸러미를 내밀었다. 청어절임이 물었다.

"이게 뭔데요?"

"플레상스 경에게 빌렸던 달걀입니다. 정확히 열두 갠데, 세어보시든가요."

건네줬으면 볼일이 끝났을 텐데도 그는 가지 않았다. 청어 절임은 달걀 꾸러미를 갖고 들어가 막시민에게 건네주며 말 했다.

"열두 개래요."

"뭐가 열두 개야?"

"달걀요."

"그러니까 달걀이 왜……"

그러는 사이 세 사람은 어느새 안으로 들어오더니 또다시 이스핀이 적절히 마련해둔 테이블에 둘러앉았다. 그들은 마치 일행이기라도 한 것처럼 자연스럽게 잡담을 주고받았다. 마 치 다 함께 문밖에서 한 시간쯤 대기하기라도 한 것처럼…… 설마 아니겠지.

베네트의 천재적 영업

"그딴 짓을 해야만 했던 특별한 이유가 없었다고는 말 못 하겠지?"

폭풍 같은 기세로 들이닥친 막시민이 첫마디를 외치자 졸고 있던 베네트가 깨어났다. 막시민이 아홉시부터 열두시까지 응축된 분노를 담아 걷어찬 문이 닫히면서 문짝에 달린 종이 요란하게 흔들거렸다. 문짝 너머에는 "베네트의 각종 중개 및 알선—귀찮은 일 해결해드립니다"라는 글귀가 뒤집힌 채 매달려 있었다.

베네트는 잠결에 들은 말을 해석하려 했다.

"그딴 말 하긴 그렇지만 나는 특별하니까 이유가 없다면 말이 안 되는…… 잠깐, 방금 뭐랬지?"

"난 분명히 새 손님은 필요 없다고 했어."

"그게 그런 뜻이 되나."

베네트는 다시 하품을 했다. 막시민은 상대가 정신을 차리도록 기다리고 있지 않았다. 오며 가며 본 바로 베네트는 하루의 절반 정도는 졸면서 보냈지만 그런 채로도 기억하지 못하는 말은 없었다. 기억은 기억대로 하고 왜곡은 왜곡대로 할 뿐이다.

"그런 뜻이었다! 새 손님 따위 한 명도, 반 명도, 반의반 명도 필요 없다고 분명히 말해뒀는데 왜 꼭두새벽부터 열 명이나 들이닥치는 거야!"

"그야 한 명이나 반 명은 필요 없을지 몰라도 열 명이란 제법 괜찮은…… 아이고, 죄송합니다. 그만 제가 실수를."

막시민 뒤에 서 있던 이스핀이 검 자루에서 짤깍 소리를 내자마자 베네트는 얼른 태도를 바꿔 정중히 사과했다.

"그게 실수냐? 실수냐고!"

"물론 실수는 아니지. 아니고말고. 그건 그러니까…… 분명히 고의는 아니지만 인간의 언어가 갖는 필연적인 한계로 인해 확률상 발생할 수밖에 없었던 의사 전달 과정의 중대한 오류로……"

이스핀이 다가오더니 주먹으로 책상을 한 대 쾅 쳤다. 물건들이 들썩하면서 책상에 놓여 있던 벨이 따릉 하고 울렸다.

"말장난하러 온 줄 알아? 어디까지 퍼뜨렸어? 어떻게 수습할 거야?"

"아니, 뭐 그런 얘기를 어디에 퍼뜨리거나 한 건 아니고 어디까지나 아는 사람들끼리 잡담을 좀 했을 뿐인데 몇 명이 그만 지대한 관심을 보이는 바람에……"

베네트가 어물어물 눙치고 있을 때 안쪽 문이 열리며 직원처럼 보이는 두 명이 고개를 내밀었다. 벨이 울렸기 때문이겠지만 이스핀이 손가락만 저어 도로 나가라고 신호했다. 하지만 그들은 베네트와 달리 저 귀엽게만 생긴 소년의 무서움을 경험한 일이 없었으므로 고개를 갸웃대며 베네트를 쳐다봤다.

"얼른 나가. 손님 화나셨다."

베네트가 말하자 그들은 재빨리 사라졌다. 베네트는 막시민과 이스핀을 번갈아 보더니 뻔뻔스럽게도 또다시 웃음을 머금었다.

"아, 하하하…… 화가 날 만도 하지. 새 손님은 안 필요하다고 분명히 말을 했는데 말이야, 하이고 내가 그만 말실수를 하는 바람에, 요놈의 입이, 하여간에 때와 장소를 못 가리고, 플레상스 경만 만나면 뭐가 해결될 줄 아는 사람들이 한둘이 아니란 걸 미리 알았어야 했는데 별생각 없이 한마디했던 게 금세 그렇게나 퍼졌네그려? 그런데 그 사람들은 뭐라던가? 까짓거 시시한 부탁들 아니었어? 플레상스 경의 손자라면 뭐

들어보기만 해도 술술 해결이 됐겠지. 수입도…… 좀 짭짤하지는 않았나? 응?"

전부터 이 작자가 보통 인간이 아니라고 생각하긴 했지만 막상 당해보니 진짜로 보통 인간이 아니었다. 잘못을 추궁하면 인정하고 윽박지르면 수그러들지만 말만 끝나면 금세 저 좋을 대로 해버린다. 마치 용수철을 당기는 것 같아서 어느 쪽으로든 늘리고 뒤집고 비비고 꼬고 다 할 수 있지만 놓는 순간 제자리랄까.

이런 자한테 경고를 하고 다짐을 받고 해봤자 진정 아무 소용이 없었다. 막시민은 이스핀을 봤다.

"야, 이 인간은 아무래도 갱생 불가인데. 무슨 말을 해도 안 통할 느낌이야."

"응, 네가 봐도 그렇지?"

"그럼 어떻게 할까? 두 가지 길이 있어. 첫번째는 그냥 죽여버리는 거야. 사람이 죽고 나면 말 바꾸기를 못하잖냐? 말 바꾸기만 못하는 건 아니겠지만 하여간. 두번째는……"

거기까지 말했을 때 갑자기 바깥으로 나가는 문이 열리며 아까 사라진 두 명의 남녀 직원이 뛰어들어왔다. 각자 손에 마당비와 부지깽이를 움켜쥐고서.

"사장님! 엎드리세요!"

그러면서 손에 쥔 것들을 휘둘렀지만 이스핀이 오 초 만에 둘 다 빼앗아 머리를 한 대씩 때린 다음 무릎을 걷어차서 꿇어앉혔다. 그리고 빼앗은 부지깽이로 베네트의 배를 쿡쿡 찌르며 말했다.

"뭐야? 직원들 교육을 왜 이렇게 시켰어? 이 중개소는 손님이 화나시면 일단 때려잡고 보는 곳이야? 위험해 보이면 도망이나 갈 것이지."

"아니, 내가 키운 최정예 직원이 이렇게 허망하게……가 아니라 월급값 좀 하랬더니 애들이 쓸데없는 충성을 하고 그러냐. 열두신데 점심이나 먹으러들 갈 것이지. 야, 너희 오늘 일당 다 채웠다. 퇴근해."

직원들은 얼떨떨하게 베네트를 건너다보다가 일어나려 했지만 이스핀이 다른 손에 든 빗자루 끄트머리로 직원들의 정수리를 꾹꾹 눌렀다.

"멋대로 쳐들어와놓고 멋대로 퇴근하는 게 어딨어? 왔으니까 니들 사장이 얼마나 진상인지나 알고 가라. 아까 우리 어디까지 말했지?"

막시민이 말을 이었다.

"두번째는, 손님이 하나 나타날 때마다 100엘소씩 수금하려고. 오늘은 열 명이니까 금화 열 닢이네. 오늘 오후에 열 명더 올 거라고? 그럼 지금 스무 닢을 미리 내면 되겠구먼. 자, 어느 쪽이 좋겠냐?"

"아니, 금화라니 그게 무슨 말도 안 되는……"

베네트가 반론하려 하자 이스핀이 말을 가로막으며 말했다.

"첫번째라고? 알았어."

그러더니 바로 검을 뽑으려는 시늉을 했다. 베네트는 기겁하며 손을 마구 내저었다.

"자, 잠깐, 그런 법이 어디 있나! 기다려봐! 이 날씨 좋은 오후 한시 멀쩡한 대낮에 대로변에서 칼부림이 말이 되나! 금화는, 그러니까…… 난 그저 중개 및 알선을 하는 사람일 뿐이야! 중개 수수료는 높아봤자 1할이라고!"

막시민이 대꾸했다.

"그건 당신이 중개란 걸 할 때 얘기지. 당신이 한 건 중개가 아니라 직접 처리하기 귀찮은 일을 나한테 떠넘긴 것뿐이잖아?"

베네트가 눈을 동그랗게 뜨며 반문했다.

"중개가 본래 그런 건데?"

이러니 소리를 지르지 않을 도리가 없었다.

"아니다, 이 베네트 같은 놈아!"

"첫번째!"

"살려줘!"

이스핀이 한 손만 짚고 몸을 솟구쳐 책상 위에 올라서자 베네트는 사무실 구석에 놓인 옷걸이 밑으로 도망쳤다. 그런 채로도 계속해서 웅얼댔다.

"그러고 보니 중개 수수료는 중개인이 떼야지 왜 피중개인이 받아가는 건지 모르겠지만 거기다가 나는 방도 빌려줬고, 그 방을 원래대로 세를 놓으면 월 300엘소는 받아야 하고, 손님이 한 명당 30엘소를 낸다 쳤을 때 그걸 모아서 월세를 충당하자면 정확히 열 명인데……"

드디어 본심이 나왔다. 저런 인간이 공짜로 뭘 줄 리 없다 싶으면서도 이런 계획을 세웠을 줄은 예상 못했는데. 나름대로 계산도 정확히 해서 하루 만에 본전을 뽑으려 했다는 것이 더 어처구니없었다. 생각해보니 아침에 왔던 손님들한테서도 최소한 1할씩 수수료를 떼어갔을 테고 이게 바로 창조적 영업의 세계인가? 어차피 창고로나 쓰던 빈방에 문만 따주면 알아서 가구 틈에 끼어 자다가 청소도 해놓지 비품도 사다 놓지, 거기다가 소문만 조금 퍼뜨려주면 수수료까지 술술 벌어다주는 마법이라니. 중개업자도 마법사의 일종이라고 왜 지금까지 아무도 말해주지 않은 거냐?

거기까지 생각한 막시민은 눈썹을 찡그리며 옷걸이 밑을 향해 손짓했다.

"이봐. 그만 기어나와서 똑바로 된 얘기를 해봐. 이런 짓을 벌여서 나한테 원하는 게 뭐야?"

"그게 말이야…… 당신은 보기 드문 인재잖아. 그런 재주

베네트의 천재적 영업

를 가졌으면서 놀고먹으면 쓰나? 물론 놀고먹는 게 아니라 당신 할아버지를 찾을 거지만, 거 뭐냐, 그 어르신이 그렇게 쉽게 가실 분이 아니라서…… 뭐 그렇게까지 걱정은 안 되는…… 그런 분이잖아? 그리고 어차피 기다리고 있으면 저쪽에서 다 알아서 접근해올 거 아니야? 그사이에 시간도 남는데 용돈벌이 좀 하면 뭐가 어떻게 되느냐고. 그 뭐냐, 아들 녀석이 가출했다는 양반이랑, 품삯 후불이라 해놓고 선불이라면서 이미 줬다고 우긴다는 친구랑 그런 거, 당신이라면 몇 마디로 해결해줬을 거 아니야?"

그리고 그건 사실이었다.

열두 살 먹은 애가 닷새째 집에 안 들어오는데 왜 그걸 가출이라고 보느냐고 한마디했다가 그애가 이유 모를 가출이 벌써 세번째라는 말을 듣고 몇 가지 따져본 결과 가출도 실종도 아니고 새벽에만 집에 들어왔다가 나가고 있을 뿐이라는 결론을 내주었고, 품삯 시비중이라는 식당의 조리 보조에게는 다음달 품삯을 선불로 달라고 해서 받은 다음 잠적해버리라는 조언을 해주었다. 이 모두가 현장에 가보지도 않고 아무렇게나 던진 말이었지만 상대방은 그럴싸하다는 표정을 지으며 돌아갔고 막시민에게는 40엘소가 생겼다. 날마다 이런 식이었다면 플레상스 경은 일지에도 기록할 필요가 없는 시시한 조언팔이로 꽤 살기가 좋았을 듯했다. 그래서 집도 그렇게 멀쩡했던 모양이지. 아 참, 지금은 아니지만……

하지만 막시민은 그런 일을 계속할 수 없었다. 그런 걸로 쓸데없이 이름이 나선 곤란했다. 심볼리온이 여전히 그를 찾고 있을 게 아닌가? 그자들도 마법사이고 충분히 똑똑하다면 로렐딘 교수가 플레상스 경을 찾아낸 것과 비슷한 방법으로 금세 막시민을 찾아낼지 어떻게 알겠는가?

그래서 막시민은 딱 잘라 말했다.

"그건 안 돼. 포기해."

베네트는 옷걸이 밑에서 호소하듯 움켜쥔 양손을 내밀고 흔들어댔다.

"아니, 왜 안 되는데! 진지하게 다시 생각해봐. 이름만 듣고 하루에 열 명이나 찾아오는 일거리가 흔해빠진 줄 알아? 켈티카를 우습게 보는데, 여기가 얻어먹고 살기 쉬운 데가 아니야. 처음 켈티카에 올라온 사람이 그 방처럼 버젓한 거처를 구하기까지 몇 년이나 걸리는지 아나? 그러기 전에는 저기 블루엣 강둑에 있는 이가 들끓는 불법 천막이나 아침에 일어나면 목이 잘렸나 안 잘렸나부터 만져봐야 하는 인심 사나운 거리에서 수십 명이 한집에 사느라 침대도 셋이서 돌려써야 해. 애들은 울고, 싸우고 부수는 소리가 하루종일 들려오는 그런 데서 사는 사람들이 당신 같은 재주가 있었으면 '그건 안 돼' 같은 소리가 나왔겠어? 왜 그렇게 비싸게 구는 거야? 나한텐 사람 보는 눈이란 게 있고 이걸로 일거리를 찾아 주면서 한평생 먹고살아온 건데……"

거기까지 말했을 때 막시민과 이스핀은 '켈티카가 겉보기 만 번드르르하지 속은 심각하게 썩었네'라고 생각하는 외국 인 같은 표정으로 베네트를 보고 있었다. 진짜 외국인과 설정 상 외국인 모두 실감나게 그런 표정을 지었으므로 켈티카 토 박이 베네트는 기분이 상했는지 말의 방향을 바꾸었다.

"그건 그렇고, 플레상스 경을 찾는다고 했는데 그것도 그 리 빨리 될 일은 아니지. 쇠의 왕이 데려갔다면서? 나야 그 분과 직접 얽힌 적은 없다만 소문이 아주 사납지 않나? 듣자 니 그런 식으로 사라지고 나서 다시는 못 본 인간이 많다더라 고? 하지만 죽었을 리는 없지. 왜냐면……"

아까 하던 말과 정반대되는 소리를 늘어놓으면서 예의상 계면쩍은 표정도 짓지 않았다. 막시민이 무표정하게 물었다.

"왜인데."

"당신을 찾고 있잖아. 플레상스 경을 죽이는 걸로 끝나는 일이었으면 손자를 왜 찾고 있겠느냐고. 켈티카 사람도 아닌 당신한테 달리 용건이 있을 리도 없고."

"베네트 당신, 쇠의 왕이라는 작자에 대해 뭐 더 아는 것 있어?"

베네트가 슬쩍 눈치를 보았다.

"알려주면, 일거리 좀 보내도 되나?"

"아니. 대신 쟤들 퇴근시켜준다."

막시민이 손가락을 뻗어 두 직원을 가리켰다. 구석에서 웅크린 채 눈치를 보고 있던 그들을 향해 베네트가 소리쳤다.

"야, 얼른들 튀어나가!"

직원들은 들어올 때처럼 쌩하니 달아났다. 베네트가 한숨을 내쉬고 입맛을 쩝쩝 다시더니 말했다.

"짜게 굴긴…… 아, 아니, 알았어. 좋았어. 근데 내가 들은 건 다 소문뿐이라 근거는 없다는 걸 미리 말해둘게. 재밌는 데부터 해봐야겠지? 그분에 대해 사람들이 하는 얘기 중에 가장 흥미로운 부분은 이거야. 나이가 적어도 백 살은 넘을 것이다."

"뭐? 그게 말이나 돼?"

막시민이 미간을 찡그리며 쏘아보자 베네트가 옷걸이 밑에서 슬금슬금 기어나오며 목소리를 높였다.

"아, 내가 재미난 얘기라고 했잖아. 믿거나 말거나 그냥 들어봐. 이름만 봐도 알겠지만 쇠의 왕은 북부 철광 지대 사람이야. 거기서 길드로 성공해서 큰돈을 벌었다고 그러는데 알다시피 요즘에는 길드란 게 거의 해체됐잖아? 길드의 시대 자체가 흘러간 옛날이라고. 그럼 그 돈을 벌었다는 때가 대체 언제일까 싶어지잖아. 그런데 말이지, 우리 할머니가 어렸을 때쯤에 있었다던 수상쩍은 사건 얘기가 있거든. 문제의 길드에서 내분이 일어나서 두 파벌이 서로 마주쳤다 하면 칼부림을 벌이는 지경까지 갔다는데, 철광에 얽힌 이권이란 게 예나 지금이나 원체 크니까 말이야. 그러다가 어느 날 한쪽 파벌 사람들이 하룻밤 만에 마흔아홉 명이나 몰살을 당하는 사건이 벌어졌다는 거야. 그 덕택에 적대 파벌이 이권을 모조리 차지하게 됐지."

이스핀이 참견했다.

"사람이 그렇게 죽었는데 적대 파벌은 어떻게 처벌을 피했지?"

"증거가 없었거든! 마흔아홉 명이나 죽이려면 쳐들어간 사람도 많아야 하는데 사람을 움직인 흔적이 있어야지. 침입한 흔적도 없고, 생존자도 없고, 도망 나온 사람도 없고, 심지어 저항한 흔적도 없더래. 마치 한꺼번에 심장마비라도 걸린 것처럼 그냥 다 죽어 넘어져 있었다는 거야. 그래서 광산에서 괴질이 돌았다는 둥 유령이 죽였다는 둥 말이 많았다는데 얼마 뒤 길드의 수장도 갑자기 죽어버렸지 뭔가? 그러더니 길드 정책이 변해서 외부인은 접근도 하기 어려워지고, 일꾼들도 일거리를 잃고, 심지어 새 길드장이 누구인지조차 알 수가 없게 돼버렸어. 폐쇄 길드가 된 거지. 그뒤로 소문이 수군수군 퍼지길 길드에 쇳빛 얼굴을 가진 용병이 나타나고부터 그 모든 일이 일어났다고…… 그렇게들 말했다네."

"쇳빛 얼굴?"

이스핀과 막시민 둘 다 똑같은 이름을 떠올리며 표정이 심각해졌다. 하지만 베네트는 그 별명을 모르는 듯 계속해서 말을 이어갔다.

"밝혀지지 않은 길드의 수장도 그자일 거라고들 했다는데 뭐 아무도 얼굴을 못 봤으니 추측으로 그쳤지. 하여간 그후로 거의 이십 년이 흐르고서야 길드가 폐쇄 정책을 풀고 다시 제대로 거래를 하기 시작했다는데, 그렇게 오랫동안 거래선을 다 끊었는데도 그 밑의 광부들이나 기술자들이 조용히 있었다는 것도 이상하고, 길드가 건재했다는 건 더 이상한 일 아니야? 어쨌든 그즈음엔 쇳빛 얼굴 얘기도 잠잠해졌는데 몇십 년 뒤에 또 나오고, 다시 잠잠해지고, 이런 식으로 거의 이십 년 주기로 그 사람 얘기가 나왔다는 거야. 쇳빛 얼굴을 한 남자가 길드를 지배하고 있다고. 그게 다 같은 인물이라면 그자는 대략 칠십 년 전부터 길드를 차지했었다는 얘기가 되지. 당연히 나이는 백 살쯤은 될 거고."

어느새 시큰둥한 얼굴로 돌아간 막시민이 고개를 저었다.

"억측이 심하네. 그냥 소문일 뿐이잖아. 사람이 어떻게 그렇게 오래 사냐고. 그리고 어떻게든 놀랍게 안 죽었다 쳐도 백 살이면 지금쯤은 의자에서 일어나기도 힘들 지경이어야 하는데 멀쩡하게 자기 조직을 운영하고 있다는 건 또 뭔 소리 냐고."

"철강 길드에서 사람도 많이 죽고 그후로도 좀 수상쩍은 행보를 보이다보니 길드장에 대해 괴담이 생긴 거겠지. 철강 길드의 일이다보니 쇳빛이라는 소리도 나온 거 아니겠어?"

이스핀까지 그렇게 말하자 베네트가 답답해하며 손을 휘저 어댔다.

"내가 처음에 말했잖아. 길드라는 조직 자체는 이미 수십 년 전부터 유명무실해. 현재 남아 있는 길드는 그냥 친목 모 임에 가깝거든? 그런데 그분이라는 사람한테는 늘 '철강 길 드로 성공했다'는 말이 따라다닌단 말이지? 대체 그게 언제 일이라는 걸까? 내가 얘기한 그 철강 길드도 해체된 지 오래 란 말이야. 심지어 막판에는 그냥 흐지부지 얌전하게 왕가에 이권을 넘겨줬어. 근데 끝까지 역대 길드 운영 기록이나 인명 부 이런 게 한 장도 안 나왔다더라고. 마치 유령들이 길드를 지배하다가 사라져버렸나 싶을 정도로 말이야. 당연히 역대 길드장 이름도 밝혀지지 않았고."

"그래. 그럴싸한 괴담이네. 켈티카 사람들도 괴담 좋아하 나봐."

이스핀의 반응은 여전히 냉담했다. 다만 막시민은 뭔가 생 각하는 기색이더니 물었다.

"그래서 그 백 살 넘으신 양반이 쇠의 왕과 동일인이라면 지금은 뭘 해서 조직을 운영하는데? 단순히 부자야?"

"그게 나도 의문이긴 해. '그분의 사람'이라는 자들이 종종 어슬렁대고, 뜻을 거슬러 잡혀갔다든가 하는 얘기도 계속 나오는 걸 보면 분명히 조직이 굴러가고는 있는 건데 그러려면 돈이 있어야 하잖아? 보통 그런 조직들은 큰돈 벌리는 이권에 손을 대거든? 아니면 자기 구역에서 보호비를 걷든가. 그런데 거긴 그런 얘기가 전혀 없어. 뭐 모르지, 어디서 다른 이름으로 사업을 벌이고 있는지도."

"이름 알아?"

"몰라. 그러니까 다들 쇠의 왕이니 그분이니 그렇게만 부르잖아."

그렇다면 지크 바일러가 말해준 '스테어 아이언스'라는 이름은 뭘까? 그거 꽤나 특별한 정보였던 걸까?

"베네트 당신은 이런 얘기를 어디서 듣고 오는 거야?"

베네트가 우쭐한 표정을 지어 보였다.

"나 같은 일을 하자면 여기저기 연줄이 있어야지. 치안대도 그렇고. 치안청까지야 못 닿아도 그 정도 얘긴 다 들려와. 가만있자, 그리고 보니 오브리인가 그 인간도 탈출해버렸다며?"

막시민은 순간 크게 당황해서 되물었다.

"뭐?"

"오브리가 탈출해?"

이스핀도 마찬가지였다. 둘의 표정을 본 베네트는 그제야 반응에 만족했는지 싱글거리며 턱을 치켜들었다.

"몰랐나? 하긴 몰랐을 수도 있지. 내가 정보가 좀 빠르니까. 여기가 사무실은 작아도 별별 사람이 다 들르는 곳이라서 말이야. 아침에 치안대 갔다 온 사람이 얘기해줬는데 어젯밤에 사라졌다더라고. 치안대가 발칵 뒤집혔다던데."

이스핀이 걸터앉아 있던 책상에서 뛰어내리며 말했다.

"야, 가자."

막시민은 바로 나가지 않고 책상을 짚으며 제자리로 돌아간 베네트를 향해 몸을 내밀었다.

"당신, 우리가 가고 나면 또 손님 몇 명 주워 모아서 보낼 거지?"

"아니, 이봐. 날 뭘로 보고 그런 말을……"

이젠 저 대꾸가 무슨 뜻인지 자동으로 변환되어 들렸다. '아니, 내가 그런 짓을 하고도 남을 엄청난 놈인 걸 어떻게 알았나?'

막시민은 베네트 앞에 놓인 두툼한 장부를 낚아채 옆구리에 끼었다. 이번에는 베네트가 깜짝 놀라며 소리쳤다.

"어이, 그건 왜 가져가!"

"오늘은 나도 인질이 필요한 느낌이라서 말이야. 오늘 하루는 문 닫고 쉬셔. 되찾고 싶으면 저녁에 직접 와라."

몸을 돌린 두 사람은 서둘러 밖으로 뛰어나갔다. 혼자 남은 베네트가 입맛을 다시면서 중얼거렸다.

"거참 비싸게 굴긴. 아니지. 배부른 놈들이야. 내가 빵 좀 먹여주겠다고 이렇게나 애를 쓰는데 왜 그렇게 걷어차려고 앙탈이야 앙탈이. 내가 이 거리의, 아니 니들의 수호천사다. 알았냐?"

그는 책상 밑의 큰 서랍을 열고 묵은 장부를 세 권이나 척척 꺼내놓더니 처음부터 차근차근 뒤지기 시작했다. 예상 고객 명단을 뽑아야 했기 때문이다. 그의 영업력은 튼튼한 기초 작업과 면밀한 분석에서 시작되었다.

비밀

이스핀과 막시민은 즉시 치안대 남부 분소로 달려갔지만 그곳에 지크 바일러는 없었다. 물어보니 이폴레트는 주로 치안청에 머무르고 볼일이 있을 때만 치안대 분소에 들른다는 것이었다. 그렇다면 오브리는?

"여기 갇혔던 오브리라는 사람은 어떻게 됐습니까?"

"오브리? 그게 누구지?"

"이틀 전 로크리 시장에서 죽은 사람 하나, 칼에 중상을 입은 사람 하나와 함께 체포되어 여기 지하에 갇혔던 사람 말입니다."

"아……"

사건을 접수하는 기록원은 마치 몇 년 전 기억을 더듬는 것처럼 허공을 쳐다봤다. 그 얼굴을 보니 여기서 정보 따위 나오지 않겠구나 싶은 예감이 강하게 밀려왔다. 이윽고 기록원이 말했다.

"사건 담당자를 만나고 싶으면 일단 내용을 기록하고, 자기 차례가 될 때까지 기다리도록."

그러더니 입구 쪽을 한 차례 곁눈질했다. 그쪽에는 이스핀이 대기실에 앉아 기다리던 날처럼 다양한 모습에 다양한 용건이 있어 보이는 켈티카 시민들이 스무 명 가까이 어슬렁대고 있었다. 그나마 저 사람들을 앞질러 기록원과 대화한 것도 두 사람이 바일러의 이름을 댔기 때문이다. 하지만 바일러가 없는 이상 특별 대우를 받을 이유는 조금도 없었다.

기록원이 칸막이 안쪽으로 사라지자 둘은 서로를 마주봤다. 상대의 눈빛만으로도 지금 접수를 하고 또 두 시간쯤 기다린 끝에 '오브리는 탈옥했고, 방법은 모르겠고, 이제부터 뒤쫓아볼 테니 집에 가서 기다려라' 같은 소리나 듣는 건 쓸데없는 짓이라는 협의까지는 금세 도달했다. 이스핀이 말했다.

"치안청에 가볼까?"

막시민이 고개를 저었다.

"아니. 소용없을 것 같다. 운이 좋아 바일러를 만난다 한들 거기서도 나올 얘기는 뻔하겠지. 탈출 상황을 직접 본 것도 아닐 거고."

갈수록 그날 바일러가 그들에게 해줬던 방어적인 설명이 상당한 호의였구나 싶어져 입맛이 썼다. 이스핀이 고개를 끄덕이며 팔짱을 꼈다.

"그래. 이따위 조직의 도움 같은 건 포기해. 대체 뭘 지키는 곳인지도 모르겠으니까."

"일단 나가자."

사람들이 그들을 흘끔대고 있었으므로 둘은 밖으로 나왔다. 부산한 거리를 뚫고 걸으면서 이스핀이 말했다.

"이제 진짜로 직접 해나가는 수밖에 없겠네. 펠그레이브 저택부터 가볼까? 위치는 알아뒀어."

"나도 알아. 사실 어제 확인차 먼저 가봤어."

"뭐, 혼자?"

이스핀이 째려보자 막시민은 재빠르게 말했다.

"아이쿠, 이거 죄송하네요. 그만 어제 같은 소릴 들을 줄 모르고…… 여기요!"

막시민이 갑자기 도로로 뛰어들다시피 하며 지나가는 마차를 세웠다. 마차가 서자 이스핀에게 얼른 타라고 손짓했다. 이스핀이 얼떨결에 올라타자 뒤따라 타면서 마부에게 소리쳤다.

"로텐 거리요!"

마차 문이 닫히고 출발하자 막시민은 안쪽 창의 커튼을 내리면서 밖을 슬쩍 엿보았다. 이스핀이 물었다.

"누가 있었어?"

"틀림없이 있을 것 같아서 계속 살피고 있었지. 오브리가 탈출했다는 소식을 듣고 우리가 허둥지둥 달려오리라는 정도는 예상했을 테니까. 세시 방향 모퉁이에서 흘끔대던 놈을 보고서 일부러 마차를 탔더니 바로 뛰어나오더군."

"아하. 하지만 저쪽도 마차로 뒤쫓아올지도 모르지. 로텐거리는 어디야?"

"그냥 아무 이름이나 댄 거야. 예전에 켈티카에서 잠깐 지냈던 적이 있어서 주워들었어. 네 말대로 쫓아올지도 모르니까 가다가 중간에 내릴 거야. 이왕이면 광장 근처에서 내리자. 사람이 많겠지."

이스핀은 고개를 끄덕였다. 마차가 속력을 내어 달리기 시작하자 뭔가 흥미진진해지는 기분에 뺨이 약간 상기됐다. 그제야 콜레트에게 들었던 이야기를 해주어야겠다는 생각이 났다.

"어제 내가 신세 지고 있는 분한테서 들었는데 문제의 저택은 이제 펠그레이브 가문의 것이 아니래. 남작이 죽은 후로 상속받은 친척이 한동안 방치해뒀다는데 사람이 죽은 곳이라 좀 꺼림칙해서 세가 나가지 않았던 모양이지. 그러다가 최근에 브라운센이라는 사람한테 팔렸다더라고."

막시민이 고개를 끄덕였다.

"그런 것 같더군. 브라운센에 대해 좀 알아?"

"귀족은 아니고 그냥 부자라는데, 가격을 마구 후려쳐서 헐값에 사놓고 대대적으로 수리를 했다더라고."

"그게 언젠데?"

"그것까진 못 물어봤는데, 저택을 사들인 것이 9월이라니까 느낌으로는 두 달 안쪽? 하지만 겨울철에는 수리를 잘하지 않는데 말이야. 봄까지 기다렸다가 하는 게 보통이거든."

막시민은 생각에 잠긴 표정으로 고개를 끄덕끄덕했다.

"펠그레이브에 대해서는 좀더 들은 거 있어?"

"오토마톤 수집가."

막시민이 흠칫하며 이스핀의 얼굴을 봤다.

"네가 찾는 그거?"

"좀 달라. 그 사람은 인형 형태로 된 것을 수집했나봐. 그런 건 크기도 상당히 커. 거의 사람인가 싶게 만들거든. 어쨌든 오토마톤을 전시해둔 전시실에서 죽었다는데, 바일러의 말대로 전시실 안쪽에서 문이 잠겨 있어서 타살로는 생각되지 않는 모양이야. 심장마비였다고 알려졌지만 그것도 다른 외상이 없다보니 그냥 그렇게 결론이 난 거고 정확한 사인은 모른다고 봐야 한대. 그렇게 모호한 점이 있다보니 집사도 플레상스 경을 찾아갔던 거겠지. 상속인이 된 육촌 조카라는 사람이 좀 건방진데다 범죄에 연루된 적도 있어서 집사는 그 사람이 마음에 들지 않았던 모양이야. 그래서 남작을 죽이도록 사주한 사람이 그 조카가 아닐까 의심했던 거지."

"그래서 상속인이 플레상스 경을 박대했던 거구먼."

"자길 용의자로 보는데 순순히 수사에 응하고 싶진 않았겠지. 그러니까 이폴레트도 그냥 심장마비라고 하는데 네까짓 탐정 따위가 뭐냐고 오히려 치안청에 신고해버린 거잖아."

"여기서 우리의 의문점은."

막시민은 두 손의 손가락만 마주댄 채 잠시 허공을 노려보고 있다가 빠르게 말했다.

"파울이 뭘 훔쳤는지, 왜 훔쳤는지, 훔쳤다면 어쨌든 도둑인데 왜 플레상스 경은 그자를 돕기로 했는지. 그리고 그 물건은 지금 어디에 있는지. 마지막으로 그게……"

막시민은 이스핀을 힐끔 보았다.

"정말 네 생각대로 네가 찾는 물건, 즉 오토마톤 권총인지."

이스핀의 표정도 진지해졌다.

"저번에 말했다시피 아직 증거는 없어. 하지만 나와 아이언페이스의 관심사가 같다는 것만은 분명해. 비록 만난 적은 없지만 난 그자가 적어도 이 년에 걸쳐 다양한 경매에서 오토마톤을 긁어모았다는 걸 알아. 가격을 아무렇게나 부르는 바람에 시세가 천정부지로 올라서 시장 교란이라고 말이 나왔을 정도였지. 그자의 관심사가 최근에 갑자기 바뀌었을 리는 없다고 생각해. 그런 자가 어떤 물건 하나를 도둑맞았다고 데보라를 납치했다가 풀어줬고, 플레상스 경을 납치했고, 이젠 너까지 납치하려 하는데 설마 문제의 물건이 오토마톤이 아니고 달리 엉뚱한 것일까?"

"그래. 그게 우리가 알아내야 하는 사실의 반대쪽 면이지. 아이언페이스는 그 물건을 왜 노릴까? 그게 그자에게 왜 그리 중대할까? 그리고……"

막시민은 고개를 돌려 곁에 앉은 이스핀을 보면서 말했다.

"넌 왜 그 오토마톤을 원하는가."

"……"

이스핀이 얼른 대답하지 않자 막시민은 곧 시선을 돌려버렸다. 대신 마차 벽을 향해 중얼거리듯 말했다.

"그래서 널 보고 있으면 마음이 편치가 않단 말이야. 우리가 이 모든 궁금한 것을 다 알아낸다 쳐. 넌 찾던 걸 손에 넣고 플레상스 경도 돌아오고 위협도 사라지고 나면 넌…… 감사 인사쯤 남기고 그대로 사라져버릴 것 같단 말이지."

"난……"

이스핀이 뭐라 말하려 하자 막시민이 고개를 흔들었다.

"됐어. 어쩌겠냐. 잠시 동료인 척해보자고. 넌 오토마톤이 필요하고, 난 플레상스 경을 구해야 하고, 우리는 사건을 해결해야 하니까."

이스핀은 막시민이 지난번과 같은 대답을 들을 거라고 생각해 말을 돌려버렸음을 알았다. 그런 이야기를 두 번, 세 번 들은들 무슨 소용이 있겠는가. 달라질 건 없는데.

마차가 빠르게 달려가는 가운데 둘은 말없이 창밖만 보았다. 광장이 가까워질수록 거리는 점차 번화해졌다. 겨울 낮의 흐릿한 햇빛만으로도 다양한 광채가 넘실대는 도시였다. 별 모양 격자 창틀과 덩굴을 조각한 난간, 크림색과 살구색을 칠한 외벽, 장갑과 보석과 리본을 파는 가게들, 날씬한 이륜마차들, 모피를 두르고 양산을 쓴 여자들, 매끈한 새틴 코트 차림의 남자들, 벨벳 외투에 뺨이 발그레한 아이들, 신문이나 꾸러미를 쥐고 바삐 달려가는 점원들……

막시민은 플레상스 경의 편지를 다 읽고 난 이스핀에게 말했었다. 내가 이런 도시에서 태어났다니 어처구니가 없다고.

그 편지를 통해 둘은 플레상스 경이 막시민의 어머니와 인연이 있는 사람임을 알게 되었다. 막시민은 플레상스 경을 만나보기 위해서라도 이 사건을 해결해야겠다고 말했다. 둘에게는 각자의 목표가 생겨났고 서로를 도울 이유도 뚜렷해졌다. 하지만 막시민은 무슨 생각으로 그런 결심을 했는지는 말해주지 않았다. 플레상스 경을 만나 무슨 이야기를 듣고 싶은 걸까?

이윽고 눈에 익은 풍경이 언뜻언뜻 비치면서 중앙 광장이 먼발치로 보이기 시작했다. 인파가 늘어나 마차의 움직임이 느려졌을 무렵 막시민은 마부를 불렀다.

"잠깐 볼일이 생각났으니 여기서 내립시다."

삯을 치르고 마차를 세우자마자 둘은 재빨리 사람들 틈바구니로 비집고 들어갔다. 마침 휴일이라 광장은 붐볐고 손수레나 좌판을 가지고 나와 이것저것 파는 사람들이 많았다. 막시민은 사람들이 많이 기웃대는 어느 손수레 앞으로 다가가 갈색 숄을 하나 집더니 이스핀에게 휙 둘러주었다. 자신은 후드가 달린 반망토를 샀다. 값을 치르고 다시 걷기 시작하자 이스핀이 속삭였다.

"고맙긴 한데, 네가 산 망토 진짜 너랑 안 어울린다."

"……일부러 그런 걸로 고른 거야."

"정말?"

사실을 말하자면 이스핀에게 둘러준 두툼한 숄도 어울리지 않기는 마찬가지였다. 나름 켈티카 토박이처럼 매끈하게 차려입은 둘을 중부에서 막 올라온 촌뜨기처럼 보이게 만드는 마법의 의상이랄까. 둘은 광장을 북쪽으로 가로질러 어느 골목으로 접어들었다. 거기서 다시 마차 한 대를 집어타고 펠그레이브 남작, 아니 브라운셴의 저택이 있는 거리까지 가서 내렸다. 여러 채의 저택이 줄지어 있는 제법 고급스러운 거리였다. 어느새 세시경이었다. 점심을 먹지 못한 둘은 배가 고파왔다.

"얘기가 잘되면 얻어먹고, 아니면 사 먹고."

저택 입구에 이르러 그렇게 중얼거린 막시민은 문지기를 찾았으나 그런 사람은 보이지 않았다. 그리고 웬일인지 문도 빼꼼 열려 있었다. 문지기가 잠깐 자리를 비우면서 깜빡한 모양이었다. 그걸 본 막시민은 아무렇지도 않게 남의 집 입구를 통과하더니 정원을 가로질러 저택 앞 회랑까지 갔다. 이스핀은 얼결에 따라가면서도 이래도 되나 싶어 주위를 흘끔댔다. 그때 저택 뒤편에서 늙수그레한 하인이 나타났다.

"아니, 저, 누군데 여기까지 들어왔소? 남작님 손님이오?"

상대의 차림새가 깔끔해 보여 빗자루를 휘두르는 대신 질문으로 시작한 하인은 곧 눈을 크게 떴다. 막시민이 이렇게 외쳤기 때문이다.

"아니, 당신은! 혹시 보든 씨가 아닌가요? 맞죠? 당신 얘길 진짜 많이 들었는데 반갑습니다!"

하인은 멈칫하더니 고개를 저었다.

"보든은 내가 아닌데. 그런데 거…… 누군데 그러시오?"

"아, 그럼 카펠 씨죠? 그렇죠?"

"카펠은 내가 맞소만……"

막시민은 친한 친구라도 만난 것처럼 환하게 웃으며 악수를 청했다. 카펠이라는 하인은 얼떨결에 손을 맞잡고 흔들긴 했지만 웃어야 하나 헷갈려하는 표정이었다. 곁에 선 이스핀은 막시민의 연기가 너무 본격적이어서 당황했지만 영문도 모른 채 저걸 따라 하다가는 수습하기 어렵겠다고 생각해 기묘하게 평온한 표정을 짓고 있었다. 그나저나 저 하인들의 이름은 어떻게 알고 있는 거람?

"이렇게 말로만 듣던 분을 뵈니 정말 반갑네요. 전 요슈아 로트마이어라고 합니다. 파울 형님의 사촌이죠. 파울 형님이 이곳에서 만난 친절한 분들 얘기를 여러 번 써 보냈거든요. 형님이 워낙 숫기가 없어서 다른 데서는 적응이 힘들었는데 여기 왔더니 참 지내기가 좋다고 그러더라고요. 다 두 분 덕분이겠죠? 제가 대신 감사드리겠습니다."

"어, 그게…… 그러니까 파울을 찾으러 온 거요?"

카펠이 머뭇머뭇하는 걸 보니 과연 막시민이 예상한 대로의 인물인 모양이었다. 보든과 카펠이라는 이름은 어제 왔을 때 주위 상점가를 어슬렁대면서 상인들을 슬슬 찔러 알아냈다. 이런 지역의 상인들은 근처 저택 하인들의 이름이며 성품을 잘 알기 마련이었다.

"그럼요! 켈티카에 들르면 꼭 놀러오라고 했거든요. 주인 되시는 분도 아주 인심이 좋으시다던데, 그래도 저 같은 놈이 인사를 드리는 건 예의가 아니겠죠?"

"그야 그렇지만, 그보다…… 사실 파울이 여기 없어서 말이오.”

“네? 어디 갔는데요?”

카펠은 파울이 여기서 한동안 일하긴 했지만 지난달 말 이렇다 할 얘기도 없이 갑자기 사라졌다는 말을 해주었다. 이어 머뭇대다가 덧붙였다.

“얼른 나가보시오. 주인님 눈에 띄면 좋은 일이 없을 거요. 파울이 말씀도 안 드리고 제멋대로 사라진 걸로도 노하셨지만 그뒤로 물건이 뭐가 없어졌다고, 그걸 그놈이 훔쳐간 것 같다고 역정이 대단하셨거든. 뭐 우리야 어떻게 된 사정인지 모르지만 말이오. 하여간 멀리서 왔는데 미안하게 됐소이다.”

둘은 카펠에게 어물어물 인사를 하고 실망한 기색을 보이며 저택을 나섰다. 저택에서 멀어져 상점가에 접어들고서야 막시민이 중얼거렸다.

“점심은 사 먹어야겠네.”

이스핀이 그를 봤다.

“너 파울이 여기서 일했다는 거 어떻게 알았어? 데보라가 말해줬어?”

“아니.”

막시민은 생각을 정리하느라 변색된 포석을 내려다보고 있다가 고개를 들었다.

“데보라도 거기까진 몰랐더라고. 직업이 자주 바뀌었던 모양이니까. 하지만 문제는 여기가 11구거든. 청어절임이 파울을 만났다고 주장했던 그곳 말이야. 어제 펠그레이브 저택의 주소를 알아내자마자 여기가 파울 이야기의 시작이겠구나 싶었지. 플레상스 경이 손댔던 남작 사건이 발생한 이곳에 '로트 M'이라는 메모로 추가된 자는 어디서 일했을까. 플레상스 경이 파울을 왜 그렇게 열심히 도와주려 애썼는지 궁금했는데 해답이 이거구나 싶었지. 어제 베고니아라는 카페도 찾았고. 바로 저기야."

막시민이 가리킨 방향을 보니 모퉁이에 자리잡은 조그마한 카페 입구가 보였다. 이스핀은 다시 막시민을 봤다.

"파울이 플레상스 경의 정보원이었다? 그럴 법하긴 하다만 증거는 없었잖아? 추측만 갖고 들어가서 잘도 그런 연기를 했단 말이야?"

"뭐 어떠냐? 아니면 엇, 제가 잘못 알았나보네요, 그러고 나오면 그만인데. 집 좀 잘못 찾았다고 하인들이 날 두들겨 패길 하겠냐, 치안대에 신고를 하겠냐? 기껏해야 욕이나 하겠지. 욕 좀 먹고 답을 빨리 얻으면 좋은 거지."

이스핀은 정보가 확실하다 싶어야 자연스러운 행동이 나오는 성격이었으므로 그런 대답은 예상 못한 듯 눈을 몇 번 깜빡거렸다.

"하여간…… 그래, 너 대단하다. 하지만 청어절임이 파울을 만났다던 말은 거짓말이었잖아?"

"그래. 청어절임은 파울을 실제로 만나진 않았지. 다만 존재는 알고 있었기 때문에 플레상스 경에게 접근하려고 파울의 이름을 이용했던 거지. 어제 오늘 청어절임을 슬슬 찔러보니까 걔는 이 두 사람에게 실제로 관심은 없었던 것 같아. 파울과 플레상스 경이 무슨 관계인지, 플레상스 경이 펠그레이브 사건을 이 년이나 조사했다든가, 그런 것들은 몰랐더라고. 걔는 단지 이들 둘이 쇠의 왕의 최근 관심사라는 걸 알고 쇠의 왕의 약점을 알아낼 수 있을까 해서 접근했다고 생각해. 그래서 나도 일단 그 녀석을 내버려두기로 한 거야."

이스핀이 고개를 끄덕였다.

"그런 결론이 났단 말이지. 하지만 청어절임은 베고니아를 알고 있었잖아?"

"청어절임이 베고니아를 알고 있었던 건 파울이 이 근처에 산다는 것까지는 조사했다는 뜻이지. 보아하니 파울은 이 근방에서 이런저런 일자리를 전전했던 모양이야. 하인 일을 얻기에 좋은 곳이긴 하겠지. 저쪽은 저택이 즐비하고 이쪽은 거리가 허름하니까 말이야. 그런데 희한한 건 그날 청어절임이 보인 태도야. 우린 그때까지 데보라가 한 말은 그리 의심을 안 했는데 청어절임은 아니었어. 데보라의 입에서 베고니아 얘기가 나오고서야 '아, 당신이 파울을 알긴 아는군'이라고 인정했단 말이야. 다시 말해 청어절임이 우리보다 의심이 많았던 거지."

"데보라가 진짜로 파울의 동생이 아닐 수도 있다고 생각했단 말이야?"

"그래. 걔는 그랬던 모양이야. 하지만 난 데보라의 얘기를 들을 때까지만 해도 이 사건에 진지한 관심이 없었어. 플레상스 경도 나하고 아무 상관 없는 사람일 거라고 생각했고. 그래서 주도면밀하게 저울질하며 듣지 않았지. 하지만 청어절임은 아니었던 거야. 어쩌면 그놈의 태도가 옳을지도 모르지. 청어절임이나 데보라나 둘 다 우리한테 뭔가 얻어 갈 게 있어서 버티고 있지만 제 속에 든 걸 공짜로 내놓는 놈은 아무도 없단 말이야. 하여간 이 얘기엔 가짜들이 무척 많아. 솔직히 머리가 좀 아플 정도야. 너를 포함해서."

이스핀이 고개를 저었다.

"난 너를 속이지 않아."

"그렇지. 속이진 않고 해줘도 되는 얘기까지만 하지."

"그건…… 널 위해서야."

"뭐?"

이스핀도 여기까지 말할 생각은 없었던 듯 눈살을 찌푸리고 있다가 이윽고 이마를 짚더니 조용히 말했다.

"내가 널 이용해먹고 속여먹고 그러려고 이러는 게 아니라고. 내가 처음부터 좀더 거짓말을 잘했어야 했는데. 아니, 아니지. 그래봤자 넌 금방 꿰뚫어봤을 테니까 소용없었겠지. 어쨌든 거기까지만 말하자. 아, 젠장."

그러는 사이 둘은 어느새 베고니아 카페 앞까지 와 있었다. 카페 안을 슥 들여다보니 사람은 거의 없었다. 막시민이 앞장서서 들어가자 이스핀도 뒤따라 들어가 둘은 안쪽의 구석진 자리를 차지하고 앉았다.

메뉴판을 보니 이곳은 커피가 주종으로 이스핀은 거품을 많이 낸 커피를, 막시민은 홍차를 고르고 간단한 샌드위치와 양파 수프, 초콜릿 페이스트리를 함께 시켰다. 차가 먼저 나오자 막시민은 설탕을 약간 떠서 넣더니 한 숟갈 더 떠서 이번에는 자기 입에 넣었다. 그리고 천천히 녹이며 인상을 찌푸렸다.

"왜 그래? 설탕 맛이 이상해?"

"난 단걸 먹으면 머리가 좀 아파. 원래 좋아하지도 않고."

"그런데 왜 먹었어?"

"제대로 생각을 하려니 좀 필요해서."

카페 밖에서 희미한 비올라 소리가 흘러들었다. 카페 주인이 악사를 불러 세워 동전을 몇 개 주고 잠시 연주를 해달라고 부탁했다. 막시민은 무표정하게 비올라 소리에 귀를 기울이며 홍차를 마셨다. 페이스트리가 나오고, 샌드위치가 나오고, 세 곡을 경쾌하게 연주한 악사가 애조 띤 느릿한 곡으로 넘어갔을 즈음 막시민이 입을 열었다.

"그럼 들어봐. 우리의 목표를 간단히 말하자면 넌 오토마톤을 손에 넣고 싶고 난 플레상스 경을 구하고 싶어. 파울은 어디선가 오토마톤을 훔쳤고, 플레상스 경은 파울을 돕다가 붙잡혀 갔지만 둘 다 오토마톤을 빼앗기진 않은 걸로 보여. 원하는 걸 손에 넣었다면 플레상스 경을 죽일지는 몰라도 나까지 납치하려고 할 필요는 없으니까. 그러니 플레상스 경은 파울의 행방을 알거나, 또는 오토마톤의 행방을 알고 있으면서 그걸 말하지 않고 버티고 있는 거야. 즉, 아이언페이스에게는 문제의 오토마톤이 없다는 거지."

거기까지는 이스핀도 대략 이해하고 있었다. 그러나 이어진 이야기는 아니었다.

"그리고 넌 그걸 손에 넣고 싶어해. 그게 뭔지도 모르면서. 이상하지? 넌 권총 다섯 자루를 찾고 싶다고 했는데 이 사건에서 등장하는, 아니 등장할지 등장하지 않을지도 모르는 문제의 오토마톤이 그 권총 중 하나라는 증거는 전혀 없어. 사실 그게 오토마톤일 거라는 생각도 어느 정도는 억측이지. 네가 아이언페이스랑 수십 년쯤 알아온 친구 사이도 아닌데 그자가 오토마톤 말고 또 무슨 신기한 걸 주워 모으는지 알 게 뭐겠냐? 게다가 아까 카펠이라는 하인의 말대로라면 파울은 브라운센의 저택에서 뭔가를 훔친 것 같은데 오토마톤을 모으던 남작은 이 년 전에 죽어버렸고 바뀐 주인은 집을 대대적으로 수리까지 했단 말이야. 그런데 오토마톤이 아직도 브라운센의 저택에 남아 있었을까? 그렇다 치더라도 그걸 아이언 페이스의 물건이라고 부를 순 있는 걸까? 역시나, 그게 오토마톤은 맞는 걸까? 이 부분은 좀더 조사해야 하는 부분이니 잠시 덮어두고."

막시민은 말을 잠시 멈추더니 페이스트리를 한입 먹었다. 초콜릿이 듬뿍 든 달콤한 빵이었다. 천천히 씹어 삼키고는 다시 말했다.

"이 사건이 내게 명쾌하지 못한 건 전제가 어딘가 뒤죽박죽이기 때문이야. 넌 네냐플 교수가 가져간 권총이든 오토마톤이 맞는지 맞지 않는지도 모를 '그분의 물건'이든 다 네가 찾는 물건이라고 하지만 정작 그것들을 손에 넣는 것보다 다른 데 더 관심이 있어 보여. 네냐플의 권총을 그렇게 갖고 싶어하더니 교수가 안전하게 보관하고 있다고 하니까 쉽사리 포기했지. 그러더니 파울이 훔친 물건이 고작 다섯 자루뿐이라는 그 권총들 중 하나라고 별 근거도 없이 확신하고, 그래놓고 그 물건의 행방을 크게 신경쓰는 것 같지도 않아. 그저 쇠의 왕이 그걸 노렸다는 핑계로 이 사건을 파헤치기만 하면 된다는 것처럼 굴고 있지 않냐? 아주 모호한 의뢰인이네. 그럼 이쯤에서 내가 해본 두 가지 추론을 말해줄게."

비올라 소리가 멎었다. 악사는 근사한 동작으로 인사를 하고 떠났다. 주위가 고요해졌다.

"첫째는 네가 손에 넣고 싶어하는 건 특정한 권총 몇 자루가 아니라 실은 훨씬 많고, 아이언페이스라는 자도 마찬가지고, 그러므로 이 두 사람이 원하는 그 오토마톤들에는 수집 욕구를 자극하는 골동품이라는 것 이상의 특별한 비밀이 있긴 한데, 양이 더 중요하고 한 개 한 개에는 그리 큰 의미가 없다는 거야. 둘째는, 사실 네가 원하는 건 오토마톤이 아니라 아이언페이스라는 인간 자체고 오토마톤은 그저 어둠 속에 숨은 사냥감을 대낮의 빛 아래로 끌어내기 위한 일종의 낚싯대일 뿐이라는 거지. 그런 그자는 너랑 무슨 관계일까. 가족의 원수쯤 되냐? 내가 제대로 짚었다면 그만 솔직한 말이란 걸 해봐라. 반쪽짜리 의뢰 가지고 파트너 좀 그만 놀리고."

말을 맺은 막시민은 페이스트리를 마저 먹어버리고 남은 홍차를 마셨다. 이스핀은 한두 모금 마신 커피를 손에 든 채 막시민을 바라보고 있었다. 커피는 좀 지나치게 썼다. 켈티카 스타일이었다. 방금 들은 이야기도 그랬다. 원치 않은 쓴맛이다.

맨 처음, 이스핀은 네냐플 학생 막시민 리프크네를 탐정으로 고용해서 써보고 도움이 된다면 적절한 보상을 해주면 될 거라고 생각했다. 그건 막시민이 세상에서 가장 뛰어난 탐정이기 때문은 아니었다. 오를란느에도 뛰어난 인재들은 있었다. 가신들도, 에투알도, 공녀가 도움만 청했더라면 뭐든지 도우려 했을 것이다. 다 알고 있다. 그런데도 머나먼 네냐플까지 가서 자신과 아무 관계도 없는 외국인을 만나 그와 함께 무언가를 해보려 했다. 왜?

필요한 만큼만 도움받고, 값을 치르고, 쉽게 헤어질 수 있을 것 같았기에.

영리한 동료는 필요하지만 책임을 지우긴 싫었기에.

누구도 끝까지 함께 갈 수는 없으니까.

이스핀을 섬기는 자들은 알지 못했다. 이스핀이 그들에게 말하지 않는 것들을. 열다섯 살에 사과의 섬에서 바친 한 상자의 사과가 공녀에게 어떤 지식을 가져다주었는지를.

그 사과들 속에는 믿기 힘든 이야기들이 가득했다. 그 꿈 속에는 어머니에 대한 것도, 자신의 출생에 대한 것도, 베르나르가 무엇을 하려 했는지도 들어 있었다. 더 오래된 이야기들도 있었다. 아이언페이스라는 이름은 경매장에서 알아냈던 것이 아니었다. 사과가 안겨준 악몽 속에 새겨져 있었다. 그 자는 어머니와 오빠를 파괴하고 언젠가 자신에게 손을 뻗어 올 것이다. 그 자는 오토마톤을 원한다. 그 안에 자신의 조각난 심장들이 들어 있으므로. 크고, 뜨겁고, 끊임없이 속삭이는 심장.

그 모두가 마치 축축한 오를란느 괴담 같았다. 이스핀은 괴담 속에 발 딛고 선 자신을 담담히 받아들였다. 베네트가 쇠의 왕이 백 년 넘게 살아왔다는 둥 떠들었을 때는 속으로 웃었다. 그 정도가 아니야. 그자는 당신이 생각하는 것 같은 인간이 아니라고.

지금은 비록 심장을 잃어 조용히 은둔하고 있지만 아이언페이스가 심장을 되찾으면 놀랄 만한 일이 벌어질걸. 그때만은 이 세상의 누구도 그자를 모를 수 없게 될걸. 차라리 사람 몇 명 납치하는 지하 세계의 거물이나 하룻밤에 마흔아홉 명을 죽여버리는 살인귀가 낫다고 생각하게 될걸.

그런 날을 막기 위해 필요한 건 블러디드의 힘뿐이었다. 그 힘은 이스핀에게 갑작스러운 선물처럼 들이닥쳤을 뿐 아직도 아는 것이 너무나 적었다. 왜 자신에게 왔는지, 어떤 일들을 할 수 있는지, 한계는 어디까지인지…… 하지만 쓰는 법을 가르쳐줄 사람도, 조언을 해줄 사람도 없었다. 그저 자신의 노력으로 알아내는 수밖에 없었다.

그자와의 대결에는 에투알의 검도 소용이 없으리라. 그래서 에투알을 그만두었다. 장차 대공녀가 되어야 했기 때문이 아니었다. 다만 소원이 있다면, 이 대결이 자신만의 것이기를. 공녀를 따르는 누구도 희생되지 않기를. 그자에게 자신이 아끼고 사랑하는 사람을 단 한 명도 더 내주지 않을 테니까.

그리고 오빠를 되찾을 것이다.

전에 막시민에게 아무도 믿지 못한다고 말한 적이 있었다. 그건 제 곁의 사람들이 적당한 곳에서 빠져나가도록 길을 열어두려 한 것에 가까웠다. 그들이 좋았기 때문에 사라지는 순간이 더 두려웠다. 작은 샤를로트는 아끼는 물건을 잃어버리면 몇 날 며칠이나 울면서 찾아다니곤 했지. 사람들은 허둥지둥 비슷한 것을 구해서 공녀의 침대 밑에 감춰두었고, 같기도 하고 다르기도 한 새 물건을 발견하면 눈물을 그치고 물어보았다. 소식을 말해봐. 그애는 어디로 갔어? 어딘가 행복한 곳으로 갔겠지? 그래서 네가 교대해서 온 거지?

영영 되찾지 못하는 것들이 싫었다. 유한한 생명을 가진 것들이 꺾여지는 순간이 싫었다. 말없이 사라지는 것들이 싫었다. 오빠처럼…… 어머니처럼. 그래, 어머니처럼.

공녀의 가신들은 샤를로트가 오빠가 이곳저곳으로 흩어버린 오토마톤의 행방을 찾는 이유가 그걸 노리는 자를 역추적해 살인 사건의 범인을 잡기 위해서인 줄 알고 있었다. 어느 정도는 비슷한 이야기다. 마지막 부분이 다를 뿐이다. 공녀는 그자가 누구인지 이미 알고 있다. 그들에게 말하지 않을 뿐.

그자가 노리는 오토마톤을 가로채 그 속에 든 심장을 되찾지 못하도록 방해한다. 조바심이 난 그자를 점점 그늘 밑에서 끌어낸다. 조바심이 나니까 고작 오토마톤 하나 때문에 사람을 납치하고, 죽이고, 소동을 벌이는 것이다. 그렇게 안절부절못하다가 사 년 전에 해친 젊은이의 누이동생 앞에 모습을 드러내는 날이 끝장인 줄 모르고.

그러는 동안 가신들은 공녀가 두른 보드라운 벨벳에 적당히 속아주었다. 활달하고 짓궂은 주군, 오빠의 원수를 갚고 나면 대공녀의 자리에 오를 분, 장차 오를란느를 다스리실 분. 그런 분이 음험한 귀족들과 어울리려고 신경을 소모하지 말았으면, 차라리 타고난 모험심으로 얼마간이라도 재미있는 일을 찾았으면. 우리가 좀더 잘 지켜드리면 되리라. 우리는 언제까지나 그분의 손을 잡고 있으리라.

그렇듯 상냥한 사람들을 한 명도 잃고 싶지 않았다. 적당한 데서 퇴장할 리 없는 그들에게 진실을 알려주면 끝까지 따라오고야 말겠지. 하지만 모르면 그럴 수가 없으니까, 그들은 안전해져.

하지만 눈앞의 남자는 속지 않았다. 재주가 뛰어나서 제법 도움이 되나보다 싶더니 고작 나흘 만에 맨 밑바닥에 있는 비밀을 파내버렸다. 이까짓 시시한 실마리만 갖고도. 비밀을 꿰뚫어보는 능력이라는 것이 세상에 존재한다는 사실을 인정할 수밖에 없다. 정말이지 주머니칼 하나만 쥐고도 능히 무덤을 파헤칠 재주다.

이 탐정을 어떻게 해야 할까……

"표정 보니까 네 상태를 조금 알겠는데."

그때 막 양파 수프가 나왔다. 막시민이 수프를 이스핀 앞으로 밀어주더니 이스핀이 든 잔을 건너다봤다.

"이 어마어마하게 어려운 일은 나만이 짊어질 수 있다, 다른 누구한테도 못 나눠준다, 뭐 이런 종류의 자의식 과잉 있잖냐? 하지만 세상에 그런 게 어디 있어. 다 도움받고, 도움 주고, 신세 지고, 은혜 갚고, 좀 떼어먹었다가, 더 얹어줬다가, 그런 거 아니냐? 그리고 그거 맛없냐? 다른 거 시켜."

"……"

이스핀은 물끄러미 막시민을 보며 자신을 향해 말했다. 저 말이 맞는다면 얼마나 좋을까.

나도 혼자 있고 싶진 않았어. 실은 난 사람들이 좋아. 떠들썩하게 이야기하는 사람들 틈에 서서 웃는 게 좋아. 무서웠을 뿐이야. 그들이 모두 입을 다물어버릴까봐. 말하지 못하게 된 그들 틈에 혼자 서 있게 될까봐 너무 무서워.

그런데 왜 네 말을 믿고 싶을까.

"그래. 비밀을 꿰뚫어보는 것이 탐정의 역할이지."

단 한 번이라도.

"너라는 애한테는 결국 비밀을 감춘 채로 도움을 얻을 순 없었네."

이 사람이 내 삶에서.

"선을 넘어올 만큼 뛰어난 너니까 처음으로 선택권을 줄게. 비밀을 듣든가 아니면 지금 일어나서 떠나."

퇴장하지 않을 거라고.

"그 비밀은 아주 재미없는 거야. 동료가 된 지 고작 나흘째 니까 지금이 선택하기에 적당한 때겠지. 차라리 잘된 일일지 도 몰라. 이걸 알면 넌 나한테서 벗어나기 어려워져. 알았기 때문에 널 그냥 보내줄 수 없게 되니까. 넌 아직 나를 잘 몰라. 내가 왜 사람을 안 믿는지, 왜 앞을 가로막는 자를 죽여버 릴 작정으로 덤벼드는지, 프시키를 다룬다는 내 힘의 정체가 뭔지. 비밀을 듣고 나면 이 위험천만한 길을 너도 끝까지 가 야 하는 거야. 하지만 생각해봐. 넌 그럴 필요가 없어. 적당히 버티다가 심볼리온의 수배가 풀린 뒤에 네냐플로 돌아가면 그만이야. 탐정께서는 의뢰받은 사건만 해결해주고 깔끔하게 사라지면 된단 말이야."

믿어도 될까.

그런 말을 빠르게 내뱉는 이스핀을 지그시 보고 있던 막시 민은 이윽고 메뉴판을 집어 내밀며 말했다.

"말이 길어질 모양이네. 그전에 마실 거나 새로 시켜."

"너 지금 수렁으로 걸어들어가는 거야."

이스핀이 메뉴판을 받지 않자 막시민은 어깨를 으쓱하더니 한마디 덧붙였다.

"너 진짜 겁 많네."

(4권에 계속)

룬의 아이들 - 블러디드 3

1판 1쇄 2020년 9월 18일
1판 7쇄 2024년 7월 31일

지은이 전민희

책임편집 임지호 ｜ **편집** 지혜림 이송 ｜ **일러스트** UK Nakagawa
표지디자인 이혜경디자인 ｜ **본문디자인** 이원경
저작권 박지영 형소진 최은진 오서영
마케팅 정민호 서지화 한민아 이민경 안남영 왕지경 정경주 김수인 김혜원 김하연 김예진
브랜딩 함유지 함근아 박민재 김희숙 이송이 박다솔 조다현 정승민 배진성
제작 강신은 김동욱 이순호 ｜ **제작처** 한영문화사(인쇄) 경일제책(제본)

펴낸곳 (주)문학동네 ｜ **펴낸이** 김소영
출판등록 1993년 10월 22일 제2003-000045호

주소 10881 경기도 파주시 회동길 210
문의 031-955-8892(편집) 031-955-2696(마케팅) 031-955-8855(팩스)
전자우편 elixir@munhak.com ｜ **홈페이지** www.elmys.co.kr
인스타그램 @elixir_mystery ｜ **X(트위터)** @elixir_mystery

ISBN 978-89-546-7462-1 04810
　　　978-89-546-5354-1 (세트)

엘릭시르는 문학동네의 장르문학 브랜드입니다.
이 책의 판권은 지은이와 엘릭시르에 있습니다.
이 책 내용의 전부 또는 일부를 재사용하시려면 반드시 양측의 서면 동의를 받아야 합니다.

잘못된 책은 구입하신 서점에서 교환해드립니다.
기타 교환 문의 031) 955-2661, 3580